Chris Semk

Le présent ouvrage regroupe
*Introduction à l'architexte* et *Fiction et Diction*,
és initialement en 1979 et 1991 dans la collection « Poétique »,
ainsi que, en « Post-scriptum », le texte paru sous le titre
ction et Diction » en avril 2003 dans la revue *Poétique*, n° 134.

# Fiction
# et Diction

ISBN 2-02-063180-6
1ʳᵉ publication *Introduction à l'architexte*, 2-02-005310-1)
SBN 1ʳᵉ publication *Fiction et Diction*, 2-02-012851-9)

www.seuil.com

Gérard Genett

pu

«

# Fiction
# et Diction

*précédé de*
Introduction à l'arch

Le
utili
que
cor

*Éditions du Seu*

Introduction à l'architexte

# I

On connaît cette page du *Portrait de l'artiste* où Stephen expose devant l'ami Lynch « sa » théorie des trois formes esthétiques fondamentales :

> la forme lyrique, où l'artiste présente son image en rapport immédiat avec lui-même ; la forme épique, où il présente son image en rapport intermédiaire entre lui-même et les autres ; la forme dramatique, où il présente son image en rapport immédiat avec les autres [1].

Cette tripartition en elle-même n'est pas des plus originales, et Joyce ne l'ignore nullement, qui ajoutait ironiquement dans la première version de cet épisode que Stephen s'exprimait « avec l'air ingénu de celui qui découvre quelque chose de nouveau » alors que « pour l'essentiel son esthétique était du saint Thomas appliqué [2] ».

Je ne sais s'il est arrivé à saint Thomas de proposer un tel partage – ni même si c'est bien ce que Joyce suggère en l'évoquant ici –, mais j'observe çà et là qu'on l'attribue volontiers, depuis quelque temps, à Aristote, voire à Platon. Dans son étude sur l'histoire de la division des genres [3], Irene

---

1. James Joyce, *Dedalus*, 1916 ; trad. fr., Gallimard, p. 213.
2. *Stephen le héros*, 1904 ; trad. fr., Gallimard, p. 76.
3. *Die Lehre von der Einteilung der Dichtkunst*, Halle, 1940.

Behrens en relevait un exemple sous la plume d'Ernest Bovet : « Aristote ayant distingué les genres lyrique, épique et dramatique... [1] », et réfutait immédiatement cette attribution, qu'elle déclarait déjà fort répandue ! Mais, comme nous allons le voir, cette mise au point n'a pas empêché les récidives ; sans doute, entre autres raisons, parce que l'erreur, ou plutôt l'illusion rétrospective dont il s'agit, a des racines profondes dans notre conscience, ou inconscience, littéraire. Au reste, la mise au point elle-même n'était pas affranchie de toute adhérence à la tradition qu'elle dénonçait, puisque Irene Behrens se demande fort sérieusement comment il se fait que la tripartition traditionnelle ne soit pas chez Aristote, et en trouve une raison possible dans le fait que le lyrisme grec était trop lié à la musique pour relever de la poétique. Mais la tragédie l'était tout autant, et l'absence du lyrique dans la *Poétique* d'Aristote tient à une raison beaucoup plus fondamentale, et telle qu'une fois perçue, la question même perd toute espèce de pertinence.

Mais non apparemment toute raison d'être : on ne renonce pas facilement à projeter sur le texte fondateur de la poétique classique une articulation fondamentale de la poétique « moderne » – en fait, comme souvent et comme on le verra, plutôt *romantique* ; et non peut-être sans conséquences théoriques fâcheuses car, en usurpant cette lointaine filiation, la théorie relativement récente des « trois genres fondamentaux » ne s'attribue pas seulement une ancienneté, et donc une apparence ou présomption d'éternité, et par là d'évidence : elle détourne au profit de ses trois instances génériques un fondement naturel qu'Aristote, et avant lui Platon, avait, plus légitimement peut-être, établi pour tout autre chose. C'est ce nœud, pendant quelques siècles au cœur de la poétique occidentale, de confusions, de quiproquos et de substitutions inaperçues, que je voudrais tenter de dénouer un peu.

---

1. *Lyrisme, Épopée, Drame*, Paris, Colin, 1911, p. 12.

Mais d'abord, non pour le cuistre plaisir de censurer quelques excellents esprits, mais pour illustrer par leur exemple la diffusion de cette *lectio facilior*, en voici trois ou quatre autres occurrences plus récentes ; chez Austin Warren :

> Nos classiques de la théorie des genres sont Aristote et Horace. C'est à eux que nous devons l'idée que la tragédie et l'épopée sont les deux catégories caractéristiques – et d'ailleurs les plus importantes. Mais Aristote, à tout le moins, perçoit d'autres distinctions plus essentielles entre la pièce de théâtre, l'épopée, le poème lyrique. [...] Platon et Aristote distinguaient déjà les trois genres fondamentaux selon leur « mode d'imitation » (ou « représentation ») : la poésie lyrique est la *persona* même du poète ; dans la poésie épique (ou le roman) le poète parle en son nom propre, en tant que narrateur, mais il fait également parler ses personnages au style direct (récit mixte) ; au théâtre, le poète disparaît derrière la distribution de sa pièce. [...] La *Poétique* d'Aristote qui, pour l'essentiel, fait de l'épopée, du théâtre et de la poésie lyrique (« mélique ») les variétés fondamentales de poésie...[1] ;

Northrop Frye, plus vague ou plus prudent :

> Nous disposons de trois termes de distinction des genres, légués par *les auteurs grecs* : le drame, l'épopée, l'œuvre lyrique[2] ;

plus circonspect encore, ou plus évasif, Philippe Lejeune suppose que le point de départ de cette théorie est

---

1. Chapitre « Les genres littéraires », *in* R. Wellek et A. Warren, *La Théorie littéraire*, 1948 ; trad. fr., Éd. du Seuil, p. 320 et 327.
2. *Anatomie de la critique*, 1957 ; trad. fr., Gallimard, p. 299.

la division trinitaire *des anciens* entre l'épique, le dramatique et le lyrique[1] ;

mais non Robert Scholes, qui précise que le système de Frye

commence par l'acceptation de la division fondamentale *due à Aristote* entre les formes lyrique, épique et dramatique[2] ;

et moins encore Hélène Cixous, qui, commentant le discours de *Dedalus*, en localise ainsi la source :

tripartition assez classique, empruntée à la *Poétique* d'Aristote (1447 *a, b*, 1456 à 1462, *a* et *b*)[3] ;

quant à Tzvetan Todorov, il fait remonter la triade à Platon et sa systématisation définitive à Diomède :

De Platon à Emil Staiger, en passant par Goethe et Jakobson, on a voulu voir dans ces trois catégories les formes fondamentales ou même « naturelles » de la littérature [...]. Diomède, au IVe siècle, systématisant Platon, propose les définitions suivantes : lyrique = les œuvres où seul parle l'auteur ; dramatique = les œuvres où seuls parlent les personnages ; épique = les œuvres où auteur et personnages ont également droit à la parole[4].

Sans formuler aussi précisément l'attribution qui nous occupe, Mikhaïl Bakhtine avançait en 1938 que la théorie des genres

n'a pu jusqu'à nos jours ajouter quoi que ce soit de substantiel à ce qui avait déjà été fait par Aristote. Sa

---

1. *Le Pacte autobiographique*, Éd. du Seuil, 1975, p. 330.
2. *Structuralism in Literature*, Yale, 1974, p. 124. Dans toutes ces citations, c'est moi qui souligne les attributions.
3. *L'Exil de James Joyce*, Grasset, 1968, p. 707.
4. O. Ducrot et T. Todorov, *Dictionnaire encyclopédique des sciences du langage*, Éd. du Seuil, 1972, p. 198.

poétique demeure le fondement immuable de la théorie des genres, quoique parfois ce fondement soit si profondément enfoui qu'on ne le distingue plus[1].

De toute évidence, Bakhtine ne s'avise pas du silence massif de la *Poétique* sur les genres lyriques, et cette inadvertance illustre paradoxalement l'oubli du fondement qu'il croit dénoncer ; car l'essentiel en est, nous le verrons, l'illusion rétrospective par laquelle les poétiques modernes (préromantiques, romantiques et postromantiques) projettent aveuglément sur Aristote, ou Platon, leurs propres contributions, et « enfouissent » ainsi leur propre différence – leur propre modernité.

Cette attribution aujourd'hui si répandue n'est pas tout à fait une invention du XXᵉ siècle. On la trouve en tout cas déjà au XVIIIᵉ chez l'abbé Batteux, dans un chapitre additionnel de son essai *les Beaux-Arts réduits à un même principe*. Le titre de ce chapitre est presque inespéré : « Que cette doctrine est conforme à celle d'Aristote[2]. » Il s'agit à vrai dire de la doctrine générale de Batteux sur l'« imitation de la belle nature » comme « principe » unique des beaux-arts, poésie comprise. Mais ce chapitre est essentiellement consacré à démontrer qu'Aristote distinguait dans l'art poétique trois genres ou, dit Batteux d'un terme emprunté à Horace, trois *couleurs* fondamentales.

---

1. *Esthétique et Théorie du roman*, trad. fr., Gallimard, p. 445.
2. Ce chapitre apparaît en 1764 dans la reprise des *Beaux-Arts réduits...* (1ʳᵉ éd., 1746) au 1ᵉʳ vol. des *Principes de littérature* ; encore n'est-ce alors que la fin d'un chapitre ajouté sur « La poésie des vers ». Cette fin est détachée en chapitre autonome dans l'édition posthume de 1824, avec son titre emprunté au texte même de l'addition de 1764.

Ces trois couleurs sont celle du dithyrambe ou de la
poésie lyrique, celle de l'épopée ou de la poésie de récit,
enfin celle du drame, ou de la tragédie et de la comédie.

L'abbé cite lui-même le passage de la *Poétique* sur lequel il
se fonde, et la citation mérite d'être reprise, et dans la traduction même de Batteux :

Les mots composés de plusieurs mots conviennent
plus spécialement aux dithyrambes, les mots inusités
aux épopées, et les tropes aux drames.

C'est la fin du chapitre XXII, consacré aux questions de la
*lexis* – nous dirions du style. Comme on le voit, il s'agit ici du
rapport de convenance entre genres et procédés stylistiques –
encore que Batteux tire quelque peu dans ce sens les termes
d'Aristote en traduisant par « épopée » *ta héroika* (vers
héroïques) et par « drame » *ta iambeia* (vers iambiques, et
sans doute plus particulièrement les trimètres du dialogue tragique ou comique). Négligeons cette légère accentuation :
Aristote semble bien répartir ici trois traits de style entre trois
genres ou formes : le dithyrambe, l'épopée, le dialogue de
théâtre. Reste à apprécier l'équivalence établie par Batteux
entre dithyrambe et poésie lyrique. Le dithyrambe est une
forme aujourd'hui mal connue, dont il ne nous reste presque
aucun exemple, mais que l'on décrit généralement comme
un « chant choral en l'honneur de Dionysos », et que l'on
range donc volontiers parmi les « formes lyriques »[1], sans
aller toutefois jusqu'à dire comme Batteux que « rien ne
répond mieux à notre poésie lyrique », ce qui fait bon marché,
par exemple, des odes de Pindare ou de Sapho. Mais de cette
forme, il se trouve qu'Aristote ne dit rien d'autre dans la *Poétique*, si ce n'est[2] pour la désigner comme un ancêtre de la
tragédie. Dans les *Problèmes homériques*[3], il précise qu'il

---

1. J. de Romilly, *La Tragédie grecque*, PUF, 1970, p. 12.
2. 1449 *a*.
3. XIX, 918 *b*-919.

s'agit d'une forme originellement narrative devenue par la suite « mimétique », c'est-à-dire dramatique. Quant à Platon, il cite le dithyrambe comme le type par excellence du poème… purement narratif[1].

Rien dans tout cela, donc – bien au contraire –, qui autorise à présenter le dithyrambe comme illustrant *chez Aristote (ou Platon)* le « genre » lyrique ; or ce passage est le seul de toute la *Poétique* que Batteux ait pu invoquer pour donner la caution d'Aristote à l'illustre triade. La distorsion est flagrante, et le point où elle s'exerce est significatif. Pour mieux apprécier cette signification, il est nécessaire de revenir une fois de plus à la source, c'est-à-dire au système des genres proposé par Platon et exploité par Aristote. Je dis « système des genres » par une concession provisoire à la vulgate, mais on verra bientôt que le terme est impropre, et qu'il s'agit de tout autre chose.

## II

Au III<sup>e</sup> livre de *La République*, Platon motive sa décision bien connue d'expulser les poètes de la Cité par deux séries de considérations. La première porte sur le contenu *(logos)* des œuvres, qui doit être (et trop souvent n'est pas) essentiellement moralisant : le poète ne doit pas représenter des

---

1. *La République*, 394 *c.* « Il semble qu'au début du v<sup>e</sup> siècle, le chant lyrique en l'honneur de Dionysos ait pu traiter de sujets divins ou héroïques plus ou moins associés au dieu ; ainsi d'après les fragments conservés de Pindare, le dithyrambe apparaît comme un morceau de narration héroïque, chanté par un chœur, sans dialogue, et s'ouvrant sur une invocation à Dionysos, parfois même à d'autres divinités. C'est à ce type de composition que Platon doit faire allusion plutôt qu'au dithyrambe du iv<sup>e</sup> siècle, profondément modifié par le mélange de modes musicaux et l'introduction des solos lyriques » (R. Dupont-Roc, « *Mimesis* et énonciation », *Écriture et Théorie poétiques*, Presses de l'École normale supérieure, 1976). Cf. A. W. Pickard-Cambridge, *Dithyramb, Tragedy and Comedy*, Oxford, 1927.

défauts, surtout chez les dieux et les héros, et encore moins
les encourager en représentant la vertu malheureuse ou le
vice triomphant. La seconde porte sur la « forme » *(lexis)*[1],
c'est-à-dire en fait sur le *mode de représentation*. Tout
poème est récit *(diègèsis)* d'événements passés, présents ou
à venir ; ce récit au sens large peut prendre trois formes :
soit purement narrative *(haplè diègèsis)*, soit mimétique
*(dia mimèséôs)*, c'est-à-dire, comme au théâtre, par voie de
dialogues entre les personnages, soit « mixte », c'est-à-dire
en fait alternée, tantôt récit tantôt dialogue, comme chez
Homère. Je ne reviens pas sur le détail de la démonstration[2], ni sur la dévalorisation bien connue des modes
mimétique et mixte qui est l'un des chefs de condamnation
des poètes, l'autre étant naturellement l'immoralité de leurs
sujets. Je rappelle seulement que les trois modes de *lexis*
distingués par Platon correspondent, sur le plan de ce qu'on
appellera plus tard des « genres » poétiques, à la tragédie et
à la comédie pour le mimétique pur, à l'épopée pour le
mixte, et « surtout » *(malista pou)* au dithyrambe (sans
autre illustration) pour le narratif pur. À cela se réduit tout
le « système » : de toute évidence, Platon n'envisage ici que
les formes de la poésie « narrative » au sens large – la tradition ultérieure, après Aristote, dira plus volontiers, en inter-
vertissant les termes, « mimétique » ou *représentative* :
celle qui « rapporte » des événements, réels ou fictifs. Il
laisse délibérément hors du champ toute poésie non représentative, et donc par excellence ce que nous appelons
poésie lyrique, et *a fortiori* toute autre forme de littérature
(y compris d'ailleurs toute éventuelle « représentation » en

---

1. Bien entendu, les termes *logos* et *lexis* n'ont pas *a priori* cette
valeur antithétique : hors contexte, les traductions les plus fidèles
seraient « discours » et « diction ». C'est Platon lui-même (392 *c*) qui
construit l'opposition, et la glose en *ha lekteon* (« ce qu'il faut dire »)
et *hôs lekteon* (« comment il faut le dire »). Par la suite, on le sait, la
rhétorique restreindra *lexis* au sens de « style ».
2. Voir *Figures II*, Éd. du Seuil 1969, p. 50-56, et *Figures III*, Éd.
du Seuil, 1972, p. 184-190.

prose, comme notre roman ou notre théâtre moderne).
Exclusion non pas seulement de fait, mais bien de principe, ✓
puisque, je le rappelle, la représentation d'événements est
ici la définition même de la poésie : il n'y a de poème que
représentatif. Platon n'ignorait évidemment pas la poésie
lyrique, mais il la forclôt ici par une définition délibérément
restrictive. Restriction peut-être *ad hoc*, puisqu'elle facilite
la mise au ban des poètes (excepté les lyriques ?), mais restriction qui va devenir, *via* Aristote et pour des siècles, l'article fondamental de la poétique classique.

En effet, la première page de la *Poétique* définit clairement la poésie comme l'art de l'imitation en vers (plus précisément : par le rythme, le langage et la mélodie), excluant
explicitement l'imitation en prose (mimes de Sophron, dialogues socratiques) et le vers non imitatif – sans même
mentionner la prose non imitative, telle que l'éloquence, à
quoi est consacrée de son côté la *Rhétorique*. L'illustration
choisie pour le vers non imitatif est l'œuvre d'Empédocle,
et plus généralement celles « qui exposent au moyen de
mètres… (par exemple) un sujet de médecine ou de physique », autrement dit la poésie didactique, qu'Aristote
rejette envers et contre ce qu'il désigne comme une opinion
commune (« on a coutume de les appeler poètes »). Pour
lui, on le sait, et bien qu'il use du même mètre qu'Homère,
« il conviendrait d'appeler Empédocle naturaliste plutôt que
poète ». Quant aux poèmes que nous qualifierions de
lyriques (ceux de Sapho ou de Pindare par exemple), il ne
les mentionne ni ici ni ailleurs dans la *Poétique* : ils sont
manifestement hors de son champ comme ils l'étaient pour
Platon. Les subdivisions ultérieures ne s'exerceront donc
que dans le domaine rigoureusement circonscrit de la
poésie représentative.
Leur principe est une croisée de catégories directement

liées au fait même de la représentation : l'objet imité (question *quoi ?*) et la façon d'imiter (question *comment ?*). L'objet imité – nouvelle restriction – consiste uniquement en actions humaines, ou plus exactement en êtres humains agissants, qui peuvent être représentés soit supérieurs *(beltionas)*, soit égaux *(kat' hèmas)*, soit inférieurs *(kheironas)* à « nous », c'est-à-dire sans doute au commun des mortels[1]. La seconde classe ne trouvera guère d'investissement dans le système, et le critère de contenu se réduira donc à l'opposition héros supérieurs *vs* héros inférieurs. Quant à la façon d'imiter, elle consiste soit à raconter (c'est la *haplè diègèsis* platonicienne), soit à « présenter les personnages en acte », c'est-à-dire à les mettre en scène agissants et parlants : c'est la *mimèsis* platonicienne, autrement dit la représentation dramatique. Ici encore, on le voit, une classe intermédiaire disparaît, du moins en tant que principe taxinomique : celle du mixte platonicien. À cette disparition près, ce qu'Aristote appelle « façon d'imiter » équivaut strictement à ce que Platon nommait *lexis* : nous n'en sommes pas encore à un système des genres ; le terme le plus juste pour désigner cette catégorie est sans doute bien celui, employé par la traduction Hardy, de *mode* : il ne s'agit pas à proprement parler de « forme » au sens tradi-

---

1. La traduction et donc l'interprétation de ces termes engagent évidemment toute l'interprétation de ce versant de la *Poétique*. Leur sens courant est d'ordre nettement moral, et le contexte de leur première occurrence dans ce chapitre l'est également, qui distingue les caractères par le vice *(kakia)* et la vertu *(arètè)* ; la tradition classique ultérieure tend plutôt à une interprétation de type social, la tragédie (et l'épopée) représentent des personnages de haute condition, la comédie de condition vulgaire, et il est bien vrai que la théorie aristotélicienne du héros tragique, que nous allons retrouver, s'accorde mal avec une définition purement morale de son excellence. « Supérieur »/« inférieur » est un compromis prudent, trop prudent peut-être, mais on hésite à faire ranger par Aristote un Œdipe ou une Médée parmi les héros « meilleurs » que la moyenne. La traduction Hardy, quant à elle, s'installe d'emblée dans l'incohérence en essayant les deux traductions à quinze lignes de distance (Les Belles Lettres, p. 31).

tionnel, comme dans l'opposition entre vers et prose, ou entre les différents types de vers, il s'agit de *situations d'énonciation* : pour reprendre les termes mêmes de Platon, dans le mode narratif, le poète parle en son propre nom, dans le mode dramatique, ce sont les personnages eux-mêmes, ou plus exactement le poète déguisé en autant de personnages.

Aristote distingue en principe, dans le premier chapitre, trois types de différenciation entre les arts d'imitation : par l'objet imité et le mode d'imitation (ce sont les deux en cause ici), mais aussi par les « moyens » (trad. Hardy ; littéralement, c'est la question « en quoi ? », au sens où l'on s'exprime « en gestes » ou « en paroles », « en grec » ou « en français », « en prose » ou « en vers », « en hexamètres » ou « en trimètres », etc.) ; c'est ce dernier niveau qui répond le mieux à ce que notre tradition nomme la *forme*. Mais il ne recevra aucun investissement véritable dans la *Poétique*, dont le système générique ne fait à peu près acception que d'objets et de modes.

Les deux catégories d'objets recoupées par les deux catégories de mode vont donc déterminer une grille de quatre classes d'imitation, à quoi correspondent proprement ce que la tradition classique appellera des genres. Le poète peut raconter ou mettre en scène les actions de personnages supérieurs, raconter ou mettre en scène les actions de personnages inférieurs[1]. Le dramatique supérieur définit la

---

1. De toute évidence, Aristote ne fait aucune différence entre le niveau de dignité (ou de moralité) des personnages et celui des actions, les considérant sans doute comme indissociablement liés – et ne traitant en fait les personnages que comme des supports d'action. Corneille semble avoir été le premier à rompre cette liaison, en inventant en 1650 pour *Don Sanche d'Aragon* (action non tragique en milieu noble) le sous-genre mixte de la « comédie héroïque » (qu'illustreront encore *Pulchérie* en 1671 et *Tite et Bérénice* en 1672), et en justifiant cette dissociation dans son *Discours du poème dramatique* (1660) par une critique explicite d'Aristote : « La poésie dramatique, selon lui, est une imitation des actions, et il s'arrête ici (au début de la *Poétique*) à la condition des personnes, sans dire quelles doivent

tragédie, le narratif supérieur l'épopée ; au dramatique inférieur correspond la comédie, au narratif inférieur un genre
plus mal déterminé, qu'Aristote ne nomme pas, et qu'il
illustre tantôt par des « parodies » *(parôdiai)*, aujourd'hui
disparues, d'Hégémon et de Nicocharès, tantôt par un *Margitès* attribué à Homère, dont il déclare expressément qu'il
est aux comédies ce que l'*Iliade* et l'*Odyssée* sont aux tragédies[1]. Cette case est donc évidemment celle de la narration comique, qui semble avoir été à l'origine essentiellement illustrée, quoi qu'il faille entendre par là, par des
parodies d'épopées, dont l'héroï-comique *Batrachomyoma-
chie* pourrait nous donner quelque idée, juste ou non. Le
système aristotélicien des genres peut donc se figurer ainsi :

| MODE<br>OBJET | DRAMATIQUE | NARRATIF |
|---|---|---|
| SUPÉRIEUR | tragédie | épopée |
| INFÉRIEUR | comédie | parodie |

Comme on le sait de reste, la suite de l'ouvrage opérera
sur cette croisée une série d'abandons ou de dévalorisations
meurtrières : du narratif inférieur, il ne sera plus question,
de la comédie guère plus ; les deux genres nobles resteront
seuls en un face-à-face inégal, puisque, une fois posé ce

---

être ces actions. Quoi qu'il en soit, cette définition avait du rapport à
l'usage de son temps, où l'on ne faisait parler dans la comédie que des
personnes d'une condition très médiocre ; mais elle n'a pas une entière
justesse pour la nôtre, où les rois même y peuvent entrer, quand leurs
actions ne sont point au-dessus d'elle. Lorsqu'on met sur la scène une
simple intrigue d'amour entre des rois, et qu'ils ne courent aucun
péril, ni de leur vie ni de leur État, je ne crois pas que, bien que les
personnes soient illustres, l'action le soit assez pour s'élever jusqu'à la
tragédie » (*Œuvres*, Marty-Laveaux [éd.], t. I, p. 23-24). La dissociation inverse (action tragique en milieu vulgaire) donnera, au siècle suivant, le drame bourgeois.
    1. 1447 *a*, 48 *b*, 49 *a*.

cadre taxinomique et à quelques pages près, la *Poétique*, ou du moins ce qui nous en reste, se réduit pour l'essentiel à une théorie de la tragédie. Cet aboutissement ne nous concerne pas pour lui-même. Observons du moins que ce triomphe de la tragédie n'est pas seulement le fait de l'inachèvement ou de la mutilation. Il résulte de valorisations explicites et motivées : supériorité, bien sûr, du mode dramatique sur le narratif (c'est le renversement bien connu du parti pris platonicien), proclamée à propos d'Homère dont l'un des mérites est d'intervenir le moins possible dans son poème en tant que narrateur, et de se faire aussi « imitateur » (c'est-à-dire dramaturge) que peut l'être un poète épique en laissant le plus souvent possible la parole à ses personnages[1] – éloge qui montre au passage qu'Aristote, bien qu'il ait supprimé la catégorie, n'ignore pas plus que Platon le caractère « mixte » de la narration homérique, et je reviendrai sur les conséquences de ce fait ; supériorité formelle de la variété de mètres, et de la présence de la musique et du spectacle ; supériorité intellectuelle de la « vive clarté, et à la lecture et à la représentation » ; supériorité esthétique de la densité et de l'unité[2], mais aussi, et de façon plus surprenante, supériorité thématique de l'objet tragique.

1. 1460 *a* ; en 1448 *b*, Aristote va jusqu'à nommer les épopées homériques « imitations dramatiques » *(mimèseis dramatikas)*, et emploie à propos du *Margitès* l'expression « représenter dramatiquement le ridicule » *(to géloion dramatopoièsas)*. Ces qualifications très fortes ne l'empêchent cependant pas de maintenir ces œuvres dans la catégorie générale du narratif *(mimeisthai apangellonta*, 1448 *a)*. Et n'oublions pas qu'il ne les applique pas à l'épopée en général, mais à Homère seul *(monos*, en 1448 *b* comme en 1460 *a)*. Pour une analyse plus poussée des motifs de cet éloge d'Homère et, plus généralement, de la différence entre les définitions platonicienne et aristotélicienne de la *mimèsis* homérique, voir J. Lallot, « La *mimèsis* selon Aristote et l'excellence d'Homère », in *Écriture et Théorie poétiques, op. cit.* Du point de vue qui nous intéresse ici, ces différences peuvent être neutralisées sans inconvénient.
2. 1462 *a, b*.

Plus surprenante, parce que, en principe, nous l'avons vu, les premières pages attribuent aux deux genres des objets non seulement égaux, mais identiques : à savoir la représentation de héros supérieurs. Cette égalité est encore – une dernière fois – proclamée en 1449 *b* :

> l'épopée *va de pair (èkoloutèsen)*, avec la tragédie en tant qu'elle est une imitation, à l'aide du mètre, d'hommes de haute valeur morale ;

suit le rappel des différences de forme (mètre uniforme de l'épopée *vs* mètre varié de la tragédie), de la différence de mode et de la différence d'« étendue » (action de la tragédie enfermée dans la fameuse unité de temps d'une révolution du soleil) ; enfin, démenti subreptice à l'égalité d'objet officiellement accordée :

> Quant aux éléments constitutifs, certains sont les mêmes, les autres sont propres à la tragédie. Aussi celui qui sait distinguer une bonne et une mauvaise tragédie sait faire aussi cette distinction pour l'épopée ; car les éléments que renferme l'épopée sont dans la tragédie mais ceux de la tragédie ne sont pas dans l'épopée.

La valorisation, au sens propre, saute aux yeux, puisque ce texte attribue, sinon au poète tragique, du moins au connaisseur en tragédies, une supériorité automatique en vertu du principe *qui peut le plus peut le moins*. Le motif de cette supériorité peut sembler encore obscur ou abstrait : la tragédie comporterait, sans qu'aucune réciproque fût concédée, des « éléments constitutifs » *(mérè)* que ne comporte pas l'épopée. Qu'est-ce à dire ?

Littéralement, sans doute, que, parmi les six « éléments » de la tragédie (fable, caractères, élocution, pensée, spectacle et chant), les deux derniers lui sont spécifiques. Mais au-delà de ces considérations techniques, le parallèle laisse déjà pressentir que l'initiale définition commune à l'objet des deux genres ne suffira pas tout à fait – c'est le moins qu'on puisse dire – à définir l'objet de la tragédie : présomption confirmée, quelques lignes plus loin, par cette seconde définition qui a fait autorité pendant des siècles :

> la tragédie est l'imitation d'une action de caractère élevé et complète, d'une certaine étendue, dans un langage relevé d'assaisonnements d'une espèce particulière suivant les diverses parties, imitation qui est faite par des personnages en action et non au moyen d'un récit, et qui suscitant pitié et crainte, opère la purgation propre à pareilles émotions.

Comme chacun le sait, la théorie de la *catharsis* tragique énoncée par la clause finale de cette définition n'est pas des plus claires et son obscurité a entretenu des flots d'exégèse peut-être oiseuse. Pour nous en tout cas, l'important n'est pas dans cet effet, psychologique ou moral, des deux émotions tragiques : c'est la présence même de ces émotions dans la définition du genre, et l'ensemble des traits spécifiques désignés par Aristote comme nécessaires à leur production, et donc à l'existence d'une tragédie conforme à cette définition : enchaînement surprenant *(para tèn doxan)* et merveilleux *(thaumaston)* des faits, comme lorsque le hasard semble agir « à dessein » ; « péripétie » ou « revirement » de l'action, comme lorsqu'une conduite aboutit à l'inverse du résultat escompté ; « reconnaissance » de personnages dont l'identité avait été jusque-là ignorée ou masquée ; malheur subi par un héros ni tout à fait innocent ni tout à fait coupable, à cause non d'un véritable crime, mais d'une erreur funeste *(hamartia)* ; action violente commise (ou mieux, sur le point d'être commise, mais évitée *in extremis* par la reconnaissance) entre êtres chers, de préférence unis par les liens du sang, mais qui ignorent la nature de leurs liens[1]... Tous ces critères, qui

---

1. Chap. IX à XIV ; un peu plus loin, il est vrai (1459 *b*), Aristote rétablira quelque peu l'équilibre en accordant à l'épopée les mêmes « parties » (éléments constitutifs) qu'à la tragédie, « sauf le chant et le

désignent les actions d'*Œdipe roi* ou de *Cresphonte* comme
les plus parfaites actions tragiques et Euripide comme l'auteur le plus tragique, éminemment tragique, ou tragique par
excellence *(tragikotatos)* [1], constituent bien une nouvelle
définition de la tragédie, dont on ne peut tout à fait disposer
en la disant simplement moins extensive et plus compréhen-
sive que la première, car certaines incompatibilités sont un
peu plus difficiles à réduire : ainsi, l'idée d'un héros tragique
« ni tout à fait bon ni tout à fait mauvais » (selon la glose
fidèle de Racine dans la préface d'*Andromaque*), mais essentiellement *faillible* (« bien loin d'être parfait, – renchérit, toujours fidèlement à mon sens, la préface de *Britannicus* –, il
faut toujours qu'il ait quelque imperfection »), ou insuffi-
samment clairvoyant, ou, comme Œdipe et ce qui aboutit au
même résultat, *trop clairvoyant* [2] – c'est le fameux et génial
« œil en trop » de Hölderlin – pour éviter les pièges du destin, s'accorde mal avec le statut initial d'une humanité supérieure à la moyenne, à moins de priver cette supériorité de
toute dimension morale ou intellectuelle, ce qui est peu compatible, on l'a vu, avec le sens courant de l'adjectif *beltiôn* ;
ainsi encore, lorsque Aristote exige [3] que l'action soit
capable de susciter crainte et pitié en l'absence de toute
représentation scénique et au simple énoncé des faits, il
semble bien admettre par là même que le sujet tragique peut
être dissocié du mode dramatique et confié à la simple narration sans pour autant devenir sujet épique.

---

spectacle », y compris « péripétie, reconnaissance et coups de malheur ». Mais le motif fondamental du tragique – terreur et pitié – lui
reste étranger.
    1. 1452 *a*, 53 *a*, 53 *b*, 54 *a*.
    2. En fait, parce que, comme déjà Laios, *trop averti* (par l'oracle).
Et donc, de toute manière, *trop prévoyant* et *trop prudent* : c'est le
thème capital, ici tragique, parce qu'il y va de la mort, ailleurs
*(L'École des femmes, Le Barbier de Séville)* comique, parce qu'il n'y
va que de la déconvenue d'un barbon, de la précaution « inutile » – et
même nuisible, ou, pour mieux dire en contexte tragique, *funeste*, ou
*fatale*.
    3. 1453 *b*.

Il y aurait donc du tragique hors tragédie, comme il y a sans doute des tragédies sans tragique, ou en tout cas moins tragiques que d'autres. Robortello, dans son *Commentaire* de 1548, estime que les conditions posées dans la *Poétique* ne se trouvent réalisées que dans le seul *Œdipe roi*, et résout cette difficulté doctrinale en soutenant que certaines de ces conditions ne sont pas nécessaires à la qualité d'une tragédie, mais seulement à sa perfection[1]. Cette distinction jésuitique aurait peut-être satisfait Aristote, car elle maintient l'unité apparente du concept de tragédie à travers la géométrie variable de ses définitions. En fait, bien sûr, il y a ici deux réalités distinctes : l'une à la fois modale et thématique, que posent les premières pages de la *Poétique*, et qui est le drame noble, ou sérieux, en opposition au récit noble (l'épopée) et au drame bas, ou gai (la comédie) ; cette réalité générique, qui englobe aussi bien *Les Perses* qu'*Œdipe roi*, est alors traditionnellement baptisée *tragédie*, et Aristote ne songe évidemment pas à contester cette dénomination. L'autre est purement thématique, et d'ordre plutôt anthropologique que poétique : c'est le *tragique*, c'est-à-dire le sentiment de l'ironie du destin, ou de la cruauté des dieux ; c'est elle que visent pour l'essentiel les chapitres VI

1. Rapporté dans son *Discours de la tragédie* (1660, éd. cit., p. 59) par Corneille, qui applique plus loin (p. 66) cette distinction à deux exigences aristotéliciennes : la semi-innocence du héros et l'existence de liens intimes entre les antagonistes. « Quand je dis, ajoute-t-il, que ces deux conditions ne sont que pour les tragédies parfaites, je n'entends pas dire que celles où elles ne se rencontrent point soient imparfaites : ce serait les rendre d'une nécessité absolue, et me contredire moi-même. Mais par ce mot de tragédies parfaites j'entends celles du genre le plus sublime et le plus touchant, en sorte que celles qui manquent de l'une ou de l'autre de ces deux conditions, ou de toutes les deux, pourvu qu'elles soient régulières à cela près, ne laissent pas d'être parfaites dans leur genre, bien qu'elles demeurent dans un rang moins élevé et n'approchent pas de la beauté et de l'éclat des autres… » Bel exemple de ces arguties par lesquelles on « s'accommodait » (le mot est de Corneille lui-même, p. 60) transitoirement avec une orthodoxie que l'on osait déjà bousculer en fait, mais non encore en paroles.

à XIX. Ces deux réalités sont en relation d'intersection, et
le terrain où elles se recouvrent est celui de la tragédie au
sens (aristotélicien) strict, ou tragédie par excellence, satis-
faisant à toutes les conditions (coïncidence, revirement,
reconnaissance, etc.) de production de la terreur et de la
pitié, ou plutôt de ce mélange spécifique de terreur et de
pitié que provoque au théâtre la manifestation cruelle du
destin.

   En termes de système des genres, la tragédie est donc une
spécification thématique du drame noble, tout comme pour
nous le vaudeville est une spécification thématique de la
comédie, ou le roman policier une spécification thématique
du roman. Distinction évidente pour tous après Diderot,
Lessing ou Schlegel, mais qu'a masquée pendant des
siècles une équivoque terminologique entre le sens large et
le sens étroit du mot *tragédie*. De toute évidence, Aristote
adopte successivement l'un et l'autre sans trop se soucier
de leur différence, et sans se douter, j'espère, de l'imbro-
glio théorique où son insouciance allait jeter, bien des
siècles plus tard, quelques poéticiens piégés à cette confusion, et naïvement acharnés à appliquer et faire appliquer à
l'ensemble d'un genre les normes qu'il avait dégagées pour
une de ses espèces.

# III

Mais revenons au système initial, que cette mémorable digression sur le tragique déborde apparemment sans le répudier : on a vu qu'il ne faisait et ne pouvait par définition faire aucune place au poème lyrique. Mais on a vu aussi qu'il oubliait ou semblait oublier au passage la distinction platonicienne entre le mode narratif pur, illustré par le dithyrambe, et le mode mixte illustré par l'épopée. Ou plus exactement, je le rappelle une dernière fois, Aristote reconnaît parfaitement – et *valorise* – le caractère mixte du mode épique : ce qui disparaît chez lui, c'est le statut du dithyrambe, et du même coup le besoin de distinguer entre narratif pur et narratif impur. Dès lors, et si peu qu'elle le soit et doive l'être, on rangera l'épopée parmi les genres narratifs : après tout, il y suffit à la limite d'un mot introductif assumé par le poète, quand bien même toute la suite ne serait que dialogue – de même qu'il suffira quelque vingt-cinq siècles plus tard de l'absence d'une telle introduction pour constituer le « monologue intérieur », procédé presque aussi vieux que le récit, en « forme » romanesque à part entière. En somme, si pour Platon l'épopée relevait du mode mixte, pour Aristote elle relève du mode narratif, *quoique essentiellement mixte ou impure*, ce qui signifie évidemment que le critère de pureté n'a plus de pertinence.

Il se passe là – entre Platon et Aristote – quelque chose que nous avons du mal à apprécier, entre autres parce que le corpus dithyrambique nous fait cruellement défaut. Mais le ravage des siècles n'en est sans doute pas seul responsable : Aristote parle déjà de ce genre comme au passé, et il a sans doute quelques raisons de le négliger *quoique narratif*, et pas seulement, par parti pris mimétiste, *parce que purement narratif*. Et nous savons bien d'expérience que le narratif pur (*telling* sans *showing*, dans les termes de la critique américaine) est un pur possible, presque dénué d'investisse-

ment au niveau d'une œuvre entière, et *a fortiori* d'un
genre : on citerait difficilement une nouvelle sans dialogue
et, pour l'épopée ou le roman, la chose est hors de question.
Si le dithyrambe est un genre fantôme, le narratif pur est un
mode fictif, ou du moins purement « théorique », et son
abandon est *aussi* chez Aristote une manifestation caracté-
risée d'empirisme.

Reste pourtant, si l'on compare le système des modes
selon Platon et Aristote, qu'une case du tableau s'est vidée
(et du coup perdue) en route. À la triade platonicienne

| narratif | mixte | dramatique |

s'est substitué le couple aristotélicien

| | narratif | dramatique |

et ce, non par éviction du mixte : c'est le narratif pur qui
disparaît parce que inexistant, et le mixte qui s'intronise
narratif, comme seul narratif existant.

Il y a là, dira le lecteur perspicace, une place à prendre, et
la suite se devine aisément, surtout quand on connaît déjà la
fin. Mais ne brûlons pas trop d'étapes.


IV


Pendant plusieurs siècles[1], la réduction platonico-
aristotélicienne du poétique au représentatif va peser sur la
théorie des genres et y entretenir le malaise ou la confusion.
La notion de poésie lyrique n'est évidemment pas ignorée

---

1. Les indications historiques qui suivent sont en grande partie
empruntées à : E. Faral, *Les Arts poétiques du Moyen Âge*, Champion,
1924 ; I. Behrens, *op. cit.* ; A. Warren, *op. cit.* ; M. H. Abrams, *The
Mirror and the Lamp*, Oxford, 1953 ; M. Fubini, « Genesi e storia dei

des critiques alexandrins, mais elle n'est pas mise en paradigme avec celles de poésie épique et dramatique, et sa
définition est encore purement technique (poèmes accom-
pagnés à la lyre), et restrictive : Aristarque, au III<sup>e</sup>-II<sup>e</sup> siècle
avant J.-C., dresse une table de neuf poètes lyriques (dont
Alcée, Sapho, Anacréon et Pindare), qui restera longtemps
canonique, et qui exclut par exemple l'iambe et le distique
élégiaque. Chez Horace, pourtant lui-même lyrique et sati-
riste, *L'Art poétique* se réduit, en fait de genres, à un éloge
d'Homère et à un exposé des règles du poème dramatique.
La liste de lectures grecques et latines conseillées par Quintilien au futur orateur mentionne, outre l'histoire, la philosophie et naturellement l'éloquence, sept genres poétiques :
l'épopée (qui englobe ici toutes les sortes de poèmes narratifs, descriptifs ou didactiques, dont ceux d'Hésiode, de
Théocrite, de Lucrèce), la tragédie, la comédie, l'élégie
(Callimaque, les élégiaques latins), l'iambe (Archiloque,
Horace), la satire (« *tota nostra* » : Lucilius et Horace), et le
poème lyrique, illustré entre autres par Pindare, Alcée et
Horace ; autrement dit, le lyrique n'est ici qu'un genre non
narratif et non dramatique parmi d'autres, et il se réduit en
fait à une forme, qui est l'ode.

  Mais la liste de Quintilien n'est évidemment pas un *art
poétique*, puisqu'elle comporte des œuvres en prose. Les
tentatives ultérieures de systématisation, à la fin de l'Anti-
quité et au Moyen Âge, s'efforcent d'intégrer la poésie
lyrique aux systèmes de Platon ou d'Aristote sans modifier
leurs catégories. Ainsi, Diomède (fin du IV<sup>e</sup> siècle) rebap-
tise « genres » *(genera)* les trois modes platoniciens, et y

_____

generi litterari » (1951), *Critica e poesia*, Bari, 1966 ; R. Wellek,
« Genre Theory, the Lyric, and *Erlebnis* » (1967), *Discriminations*,
Yale, 1970 ; P. Szondi, « La théorie des genres poétiques chez F.
Schlegel » (1968), *Poésie et Poétique de l'idéalisme allemand*, Éd. de
Minuit, 1975 ; W. V. Ruttkovski, *Die Literarischen Gattungen*,
Francke, Berne, 1968 ; C. Guillen, « Literature as System » (1970),
*Literature as System*, Princeton, 1971.

répartit tant bien que mal les « espèces » *(species)* que nous appellerions genres : le *genus imitativum* (dramatique), où seuls parlent les personnages, comprend les espèces tragique, comique, satyrique (c'est le drame satyrique des anciennes tétralogies grecques, que Platon et Aristote ne mentionnaient pas) ; le *genus ennarativum* (narratif), où seul parle le poète, comprend les espèces narrative proprement dite, sentencieuse (gnomique ?) et didactique ; le *genus commune* (mixte), où parlent alternativement l'un et les autres, les espèces héroïque (épopée) et… lyrique (Archiloque et Horace). Proclus (v$^e$ siècle) supprime, comme Aristote, la catégorie mixte, et range avec l'épopée dans le genre narratif l'iambe, l'élégie et le *« mélos »* (lyrisme). Jean de Garlande (fin xi$^e$-début xii$^e$) revient au système de Diomède.

Les arts poétiques du xvi$^e$ siècle renoncent généralement à tout système et se contentent de juxtaposer les espèces. Ainsi Peletier du Mans (1555) : épigramme, sonnet, ode, épître, élégie, satire, comédie, tragédie, « œuvre héroïque » ; ou Vauquelin de La Fresnaye (1605) : épopée, élégie, sonnet, iambe, chanson, ode, comédie, tragédie, satire, idylle, pastorale ; ou Philip Sidney (*An Apologie for Poetrie*, 1580) : héroïque, lyrique, tragique, comique, satirique, iambique, élégiaque, pastoral, etc. Les grandes Poétiques du classicisme, de Vida à Rapin, sont essentiellement, comme on le sait, des commentaires d'Aristote, où se perpétue l'infatigable débat sur les mérites comparés de la tragédie et de l'épopée, sans que l'émergence, au xvi$^e$ siècle, de genres nouveaux comme le poème héroïco-romanesque, le roman pastoral, la pastorale dramatique ou la tragi-comédie, trop facilement réductibles aux modes narratif ou dramatique, réussissent à vraiment modifier le tableau. La reconnaissance *de facto* des diverses formes non représentatives et le maintien de l'orthodoxie aristotélicienne se concilieront tant bien que mal dans la vulgate classique en une distinction commode entre les « grands genres » et… les autres, dont témoigne parfaitement (quoique implicitement) la disposition de *L'Art poétique* de Boileau (1674) : le chant III traite de la tragédie, de l'épopée et de la comédie ; le chant II aligne, sans aucune catégorisation d'ensemble, comme chez les prédécesseurs du XVIe siècle, idylle, élégie, ode, sonnet, épigramme, rondeau, madrigal, ballade, satire, vaudeville et chanson[1]. La même année, Rapin thématise et accentue cette division :

> La Poétique générale peut être distinguée en trois diverses espèces de Poème parfait, en l'Épopée, la Tragédie et la Comédie, et ces trois espèces peuvent se réduire à deux seulement dont l'une consiste dans l'action et l'autre dans la narration. Toutes les autres espèces dont Aristote fait mention ( ?) peuvent se réduire à ces deux-là : la Comédie au Poème dramatique, la Satire à la Comédie, l'Ode et l'Églogue au Poème héroïque. Car le Sonnet, le Madrigal, l'Épigramme, le Rondeau, la Ballade ne sont que des espèces du Poème imparfait[2].

En somme, les genres non représentatifs n'ont le choix qu'entre l'annexion valorisante (la satire à la comédie et donc au poème dramatique, l'ode et l'églogue à l'épopée) et le rejet dans les ténèbres extérieures, ou si l'on préfère dans les limbes de l'« imperfection ». Rien sans doute ne commente mieux cette évaluation ségrégative que l'aveu découragé de René Bray, lorsque, après avoir étudié les

---

1. Rappelons que les chants I et IV sont consacrés à des considérations transgénériques. Et, au passage, que certains malentendus, pour ne pas dire contresens, sur la « doctrine classique » tiennent à une généralisation abusive de « précepes » spécifiques passés en proverbes hors contexte et donc hors pertinence : ainsi, chacun sait qu'« un beau désordre est un effet de l'art » ; mais voilà un alexandrin de dix pieds, que l'on complète volontiers par un « Souvent » aussi apocryphe qu'évasif. Le vrai début est : « Chez elle ». Chez qui ? Réponse chant II, v. 68-72.

2. *Réflexions sur la Poétique*, 1674, 2e partie, chap. I.

théories classiques des « grands genres », puis tenté de rassembler quelques indications sur la poésie bucolique, l'élégie, l'ode, l'épigramme et la satire, il s'interrompt brusquement :

> Mais cessons de glaner une si pauvre doctrine. Les théoriciens ont eu trop de mépris pour tout ce qui n'est pas les grands genres. La tragédie, le poème héroïque, voilà ce qui a retenu leur attention[1].

À côté, ou plutôt donc au-dessous des grands genres narratifs et dramatiques, c'est une poussière de petites formes, dont l'infériorité ou l'absence de statut poétique tient un peu à l'exiguïté réelle de leurs dimensions et supposée de leur objet, et beaucoup à l'exclusive séculaire jetée sur tout ce qui n'est pas « imitation d'hommes agissants ». L'ode, l'élégie, le sonnet, etc. n'« imitent » aucune action puisqu'en principe ils ne font qu'énoncer, comme un discours ou une prière, les idées ou les sentiments, réels ou fictifs, de leur auteur. Il n'y a donc que deux façons concevables de les promouvoir à la dignité poétique : la première maintient, en l'élargissant quelque peu, le dogme classique de la *mimèsis* et s'efforce de montrer que ce type d'énoncés est encore à sa manière une « imitation » ; la seconde consiste, plus radicalement, à rompre avec le dogme et à proclamer l'égale dignité poétique d'une expression non représentative. Ces deux gestes nous semblent aujourd'hui antithétiques et logiquement incompatibles. En fait, ils vont se succéder et s'enchaîner presque sans heurt, le premier préparant et couvrant le second, comme il arrive que les réformes fassent le « lit » des révolutions.

---

1. *Formation de la doctrine classique* (1927), Nizet, 1966, p. 354.

# V

L'idée de fédérer toutes les sortes de poème non mimétique pour les constituer en tiers parti sous le nom commun de « poésie lyrique » n'est pas tout à fait inconnue de l'âge classique : elle y est seulement marginale et pour ainsi dire hétérodoxe. La première occurrence relevée par Irene Behrens se trouve chez l'Italien Minturno, pour qui « la poésie se divise en trois parties, dont l'une s'appelle scénique, l'autre lyrique, la troisième épique[1] ». Cervantès, au chapitre 47 du *Quichotte*, prête au curé une quadripartition où la poésie scénique s'est scindée en deux : « l'écriture décousue [des romans de chevalerie] donne lieu à un auteur de se pouvoir montrer épique, lyrique, tragique, comique ». Milton croit trouver chez Aristote, chez Horace et dans les « commentaires italiens de Castelvetro, Tasso, Mazzoni et autres » les règles « d'un vrai poème épique, dramatique ou lyrique » : premier exemple, à ma connaissance, de notre attribution abusive[2]. Dryden distingue trois « manières » *(ways)* : dramatique, épique, lyrique[3]. Gravina consacre un chapitre de sa *Ragion poetica* (1708) à l'épique et au dramatique, le suivant au lyrique. Houdar de La Motte, qui est un « moderne » au sens de la Querelle, met en parallèle les trois catégories et se qualifie lui-même de « poète épique, dramatique et lyrique à la fois[4] ». Enfin Baumgarten, dans un texte de 1735 qui ébauche ou préfigure son *Esthétique*, évoque « le lyrique, l'épique, le dramatique et leurs subdivisions génériques[5] ». Et cette énumération ne se prétend pas exhaustive.

1. *De Poeta*, 1559 ; même division dans son *Arte poetica* en italien de 1563.
2. *Treatise of Education*, 1644.
3. Préface à l'*Essay of Dramatic Poetry*, 1668.
4. *Réflexions sur la critique*, 1716, p. 166.
5. *Lyricum, epicum, dramaticum cum subdivis generibus* (*Meditationes philosophicae de nonnullis ad poema pertinentibus*, 1735, § 106).

Mais aucune de ces propositions n'est véritablement motivée et théorisée. Le plus ancien effort en ce sens semble avoir été le fait de l'Espagnol Francisco Cascales, dans ses *Tablas poeticas* (1617) et *Cartas philologicas* (1634) : le lyrique, dit Cascales à propos du sonnet, a pour « fable » non une action, comme l'épique et le dramatique, mais une pensée *(concepto)*. La distorsion imposée ici à l'orthodoxie est significative : le terme de *fable (fabula)* est aristotélicien, celui de *pensée* pourrait correspondre au terme, également aristotélicien, de *dianoia*. Mais l'idée qu'une pensée puisse servir de fable à quoi que ce soit est totalement étrangère à l'esprit de la *Poétique*, qui définit expressément la fable *(muthos)* comme l'« assemblage des actions[1] », et où la *dianoia* (« ce que les personnages disent pour démontrer quelque chose ou déclarer ce qu'ils décident ») ne recouvre guère que l'appareil d'argumentation desdits personnages ; Aristote rejette donc fort logiquement son étude « dans les traités consacrés à la rhétorique[2] ». Quand bien même on en étendrait, comme Northrop Frye[3], la définition à la pensée du poète lui-même, il est évident que tout cela ne saurait constituer une fable au sens aristotélicien. Cascales couvre encore d'un vocabulaire orthodoxe une idée qui l'est déjà aussi peu que possible, à savoir qu'un poème, comme un discours ou une lettre, peut avoir pour sujet une pensée ou un sentiment que, simplement, il expose ou exprime. Cette idée, qui nous est aujourd'hui plus que banale, est restée pendant des siècles non pas sans doute impensée (aucun poéticien ne pouvait ignorer l'immense corpus qu'elle recouvre), mais presque systématiquement refoulée, parce qu'impossible à intégrer au système d'une poétique fondée sur le dogme de l'« imitation ».

---

1. 1450 *a* ; cf. 51 *b* : « Le poète doit être artisan de fables plutôt qu'artisan de vers, vu qu'il est poète à raison de l'imitation et qu'il imite les actions. »
2. 1456 *a*.
3. *Anatomie*, p. 70-71.

L'effort de Batteux – dernier effort de la poétique classique pour survivre en s'ouvrant à ce qu'elle n'avait pu ni ignorer ni accueillir – consistera donc à tenter cet impossible, en maintenant l'imitation comme principe unique de toute poésie, comme de tous les arts, mais en étendant ce principe à la poésie lyrique elle-même. C'est l'objet de son chapitre 13, « Sur la poésie lyrique ». Batteux reconnaît d'abord qu'à l'examiner superficiellement « elle paraît se prêter moins que les autres espèces au principe général qui ramène tout à l'imitation ». Ainsi, dit-on, les psaumes de David, les odes de Pindare et d'Horace ne sont que « feu, sentiment, ivresse… chant qu'inspire la joie, l'admiration, la reconnaissance… cri du cœur, élan où la nature fait tout et l'art rien ». Le poète, donc, y exprime ses sentiments et n'y imite rien.

> Ainsi deux choses sont vraies : la première, que les poésies lyriques sont de vrais poèmes ; la seconde, que ces poésies n'ont point le caractère de l'imitation.

En fait, répond Batteux, cette pure expression, cette vraie poésie sans imitation, ne se trouve que dans les cantiques sacrés. C'est Dieu lui-même qui les dictait, et Dieu « n'a pas besoin d'imiter, il crée ». Les poètes au contraire, qui ne sont que des hommes,

> n'ont d'autre secours que celui de leur génie naturel, qu'une imagination échauffée par l'art, qu'un enthousiasme de commande. Qu'ils aient eu un sentiment réel de joie, c'est de quoi chanter, mais un couplet ou deux seulement. Si on veut plus d'étendue, c'est à l'art à coudre à la pièce de nouveaux sentiments qui ressemblent aux premiers. Que la nature allume le feu ; il faut au moins que l'art le nourrisse et l'entretienne. Ainsi l'exemple des prophètes, qui chantaient sans imiter, ne peut tirer à conséquence contre les poètes imitateurs.

Les sentiments exprimés par les poètes sont donc, au moins en partie, des sentiments feints par art, et cette partie emporte le tout, puisqu'elle montre qu'il est *possible* d'exprimer des sentiments fictifs, comme le prouvait d'ailleurs depuis toujours la pratique du drame et de l'épopée :

> Tant que l'action [y] marche, la poésie est épique ou dramatique ; dès qu'elle s'arrête, et qu'elle ne peint que la seule situation de l'âme, le pur sentiment qu'elle éprouve, elle est de soi lyrique : il ne s'agit que de lui donner la forme qui lui convient pour être mise en chant. Les monologues de Polyeucte, de Camille, de Chimène sont des morceaux lyriques ; et si cela est, pourquoi le sentiment, qui est sujet à l'imitation dans un drame, n'y serait-il pas dans une ode ? Pourquoi imiterait-on la passion dans une scène, et qu'on ne pourrait pas l'imiter dans un chant ? Il n'y a donc point d'exception. Tous les poètes ont le même objet, qui est d'imiter la nature, et ils ont tous la même méthode à suivre pour l'imiter.

La poésie lyrique est donc elle aussi imitation : elle imite des sentiments. Elle

> pourrait être regardée comme une espèce à part, sans faire tort au principe où les autres se réduisent. Mais il n'est pas besoin de les séparer : elle entre naturellement et même nécessairement dans l'imitation, avec une seule différence qui la caractérise et la distingue : c'est son objet particulier. Les autres espèces de poésie ont pour objet principal les actions ; la poésie lyrique est toute consacrée aux sentiments : c'est sa matière, son objet essentiel.

Voilà donc la poésie lyrique intégrée à la poétique classique. Mais, comme on a pu le voir, cette intégration n'est pas allée sans deux distorsions fort sensibles, de part et d'autre : d'un côté, il a fallu passer sans le dire d'une

simple *possibilité* d'expression fictive à une fictivité *essen-* ✓
*tielle* des sentiments exprimés, ramener tout poème lyrique
au modèle rassurant du monologue tragique, pour introduire au cœur de toute création lyrique cet écran de fiction
sans quoi l'idée d'imitation ne pourrait s'y appliquer ; de
l'autre, il a fallu, comme le faisait déjà Cascales, passer du
terme orthodoxe « imitation d'actions » à un terme plus ✓
large : imitation tout court. Comme le dit encore Batteux
lui-même :

> dans la poésie épique et dramatique, on imite les
> actions et les mœurs ; dans le lyrique, on chante les
> sentiments ou les passions imitées[1].

La dissymétrie reste évidente, et avec elle la trahison
subreptice d'Aristote. Une (pré)caution supplémentaire
sera donc de ce côté-là bien nécessaire, et c'est à quoi tend
l'addition du chapitre « Que cette doctrine est conforme à
celle d'Aristote ».

Le principe de l'opération est simple, et nous le connais-
sons déjà : il consiste à tirer d'une remarque stylistique
assez marginale une tripartition des genres poétiques en
dithyrambe, épopée, drame, qui ramène Aristote au point de
départ platonicien, puis à interpréter le dithyrambe comme
un exemple de genre lyrique, ce qui permet d'attribuer à
la *Poétique* une triade à laquelle ni Platon ni Aristote
n'avaient jamais songé. Mais il faut aussitôt ajouter que ce
détournement générique n'est pas sans arguments sur le
plan modal : la définition initiale du mode narratif pur, rappelons-le, était que le poète y constitue le seul sujet d'énonciation, gardant le monopole du discours sans jamais le
céder à aucun de ses personnages. C'est bien aussi ce qui se
passe en principe dans le poème lyrique, à cette seule diffé-

---

1. Chapitre « Sur la poésie lyrique », *in fine*. Accessoirement, le
passage (par-dessus le silence classique) du *concepto* de Cascales aux
*sentiments* de Batteux mesure bien la distance entre l'intellectualisme
baroque et le sentimentalisme préromantique.

rence près que le discours en question n'y est pas essentiellement narratif. Si l'on néglige cette clause pour définir les
trois modes platoniciens en termes de pure énonciation, on
obtient cette tripartition :

| énonciation réservée au poète | énonciation alternée | énonciation réservée aux personnages |
|---|---|---|

La première situation ainsi définie peut être aussi bien purement narrative, ou purement « expressive », ou mêler, en
quelque proportion que ce soit, les deux fonctions. En l'absence, déjà reconnue, d'un véritable genre purement narratif, elle est donc toute désignée pour accueillir toute espèce
de genre voué de manière dominante à l'expression, sincère
ou non, d'idées ou de sentiments : fourre-tout négatif (tout
ce qui n'est ni narratif ni dramatique)[1], que la qualification
de lyrique couvrira de son hégémonie, et de son prestige.
D'où le tableau attendu :

| lyrique | épique | dramatique |
|---|---|---|

On objectera justement à une telle « accommodation »
que cette définition modale du lyrique ne peut s'appliquer
aux monologues dits « lyriques » du théâtre, style Stances
de Rodrigue, auxquels Batteux tient tant pour la raison que
l'on a vue, et où le sujet d'énonciation n'est pas le poète.
Aussi faut-il rappeler qu'elle n'est pas le fait de Batteux,

1. Mario Fubini *(op. cit.)* cite cette phrase révélatrice d'une adapta-
tion italienne des *Leçons de rhétorique et des Belles Lettres* de Blair
(1783 ; « Compendiate dal P. Soave, Parma, 1835 », p. 211) : « On distingue communément trois genres de poésie : l'épique, la dramatique
et la lyrique, en comprenant sous cette dernière tout ce qui n'appartient pas aux deux premières. » Sauf erreur, cette réduction n'est nulle
part chez Blair lui-même, qui, plus proche de l'orthodoxie classique,
distinguait poésie dramatique, épique, lyrique, pastorale, didactique,
descriptive et… hébraïque.

qui ne se soucie nullement de modes, non plus d'ailleurs que ses successeurs romantiques. Ce compromis (trans)historique, jusqu'alors « rampant », ne s'est déclaré qu'au XXe siècle, quand la situation d'énonciation est revenue sur le devant de la scène pour les raisons plus générales que l'on sait. Entre-temps, le cas délicat du « monologue lyrique » était passé au second plan. Bien entendu, il reste entier, et démontre pour le moins que les définitions modale et générique ne coïncident pas toujours : modalement, c'est toujours Rodrigue qui parle, que ce soit pour chanter son amour ou pour provoquer don Gormas ; génériquement, ceci est « dramatique » et cela (avec ou sans marques formelles de mètres et/ou de strophes) est « lyrique », et la distinction, une fois de plus, est d'ordre (partiellement) thématique : tout monologue n'est pas reçu comme lyrique (on ne considérera pas comme tel celui d'Auguste au Ve acte de *Cinna*, bien que son intégration dramatique ne soit pas supérieure à celle des Stances de Rodrigue, l'un comme l'autre conduisant bien à une décision), et inversement un dialogue d'amour (« Ô miracle d'amour ! /Ô comble de misères… ») le sera volontiers.

# VI

Le nouveau système s'est donc substitué à l'ancien par un subtil jeu de glissements, de substitutions et de réinterprétations inconscientes ou inavouées, qui permet de le présenter, non sans abus mais sans scandale, comme « conforme » à la doctrine classique : exemple typique d'une démarche de transition, ou, comme on dit ailleurs, de « révision », ou de « changement dans la continuité ». De l'étape suivante, qui marquera le véritable (et apparemment définitif) abandon de l'orthodoxie classique, nous trouvons un témoignage sur les traces mêmes de Batteux, dans les objections faites à son système par son propre traducteur allemand, Johann Adolf Schlegel[1], qui est aussi – heureuse rencontre – le propre père des deux grands théoriciens du romantisme. Voici en quels termes Batteux lui-même résume, puis réfute ces objections :

> M. Schlegel prétend que le principe de l'imitation n'est pas universel dans la poésie […]. Voici en peu de mots le raisonnement de M. Schlegel. L'imitation de la nature n'est pas le principe unique en fait de poésie, si la nature même peut être sans imitation l'objet de la poésie. Or la nature, etc. Donc…

Et plus loin :

> M. Schlegel ne peut comprendre comment l'ode ou la poésie lyrique peut se rappeler [*sic*] au principe universel de l'imitation : c'est sa grande objection. Il veut qu'en une infinité de cas le poète chante ses sentiments réels, plutôt que des sentiments imités. Cela se peut, j'en conviens même dans ce chapitre qu'il attaque. Je n'avais à y prouver que deux choses : la première, que les sentiments peuvent être feints comme les actions ; qu'étant partie de la nature, ils peuvent être imités comme le reste. Je crois que M. Schlegel conviendra que cela est vrai. La seconde, que tous les sentiments exprimés dans le lyrique, feints ou vrais, doivent être soumis aux règles de l'imitation poétique, c'est-à-dire qu'ils doivent être vraisemblables, choisis, soutenus, aussi parfaits qu'ils peuvent l'être en leur genre, et enfin rendus avec toutes les grâces et toute la force de l'expression poétique. C'est le sens du principe de l'imitation, c'en est l'esprit.

---

1. *Einschränkung der schönen Künste auf einen einzigen Grundsatz*, 1751. La réponse de Batteux est dans la réédition de 1764, en notes au chapitre « Sur la poésie lyrique ».

Comme on le voit, la rupture essentielle s'exerce ici dans un infime déplacement d'équilibre : Batteux et Schlegel s'accordent manifestement (et de toute nécessité) pour reconnaître que les « sentiments » exprimés dans un poème lyrique peuvent être ou feints ou authentiques ; pour Batteux, il suffit que ces sentiments *puissent être feints* pour que l'ensemble du genre lyrique reste soumis au principe d'imitation (car pour lui comme pour toute la tradition classique, rappelons-le au passage, imitation n'est pas reproduction, mais bien fiction : imiter, c'est *faire semblant*) ; pour Schlegel, il suffit qu'ils *puissent être authentiques* pour que l'ensemble du genre lyrique échappe à ce principe, qui perd donc aussitôt son rôle de « principe unique ». Ainsi bascule toute une poétique, et toute une esthétique.

La glorieuse triade va dominer toute la théorie littéraire du romantisme allemand – et donc bien au-delà –, mais non sans subir à son tour quelques nouvelles réinterprétations et mutations internes. Friedrich von Schlegel, qui ouvre apparemment le feu, conserve ou retrouve la répartition platonicienne, mais en lui donnant une nouvelle signification : la « forme » lyrique écrit-il à peu près (je reviens à l'instant sur la teneur précise de cette note) en 1797, est *subjective*, la dramatique est *objective*, l'épique est s*ubjective-objective*. Ce sont bien les termes de la division platonicienne (énonciation par le poète, par ses personnages, par l'un et les autres), mais le choix des adjectifs déplace évidemment le critère du plan en principe purement technique de la situation énonciative vers un plan plutôt psychologique ou existentiel. D'autre part, la division antique ne comportait aucune dimension diachronique : aucun des modes, ni pour Platon ni pour Aristote, n'apparaissait, en droit ou en fait, comme historiquement antérieur aux autres ; elle ne comportait pas davantage, par elle-même, d'indication valorisante : aucun des modes n'était en principe supérieur aux autres, et de fait, comme on le sait déjà, les partis pris de

Platon et d'Aristote étaient, sur le même système, diamé-
tralement opposés. Il n'en va plus de même chez Schlegel,
pour qui d'abord la « forme » mixte, en tout cas, est manifestement postérieure aux deux autres :

> La poésie de nature est ou bien subjective ou bien
> objective, le même mélange n'est pas encore possible
> pour l'homme à l'état de nature.

Il ne peut donc s'agir d'un état syncrétique originel[1] d'où
se seraient dégagées ultérieurement des formes plus simples
ou plus pures ; au contraire, l'état mixte est explicitement
valorisé comme tel :

> Il existe une *forme* épique, une *forme* lyrique, une
> *forme* dramatique, sans l'esprit des anciens genres
> poétiques qui ont porté ces noms, mais séparées entre
> elles par une différence déterminée et éternelle. – En
> tant que *forme*, l'épique l'emporte manifestement.
> Elle est subjective-objective. La forme *lyrique* est
> seulement *subjective*, la forme *dramatique* seulement
> *objective*[2].

Une autre note, de 1800, confirmera :

1. Comme le supposait par exemple Blair (*op. cit.*, trad. fr., 1845,
t. II, p. 110), pour qui « dans l'enfance de l'art, les différents genres de
poésie étaient confondus et, suivant le caprice ou l'enthousiasme du
poète, se trouvaient mélangés dans la même composition. Ce n'est
qu'avec les progrès de la société et des sciences qu'ils prirent successivement des formes plus régulières et qu'on leur donna les noms par
lesquels nous les désignons aujourd'hui » (ce qui ne l'empêche pas
d'avancer aussitôt que les « premières compositions eurent sans doute
la forme (lyrique) des odes et des hymnes »). On sait que Goethe trouvera dans la ballade l'*Ur-Ei* générique, matrice indifférenciée de tous
les genres ultérieurs, et que selon lui, encore « dans l'ancienne tragédie grecque, nous trouvons aussi les trois genres réunis, c'est au bout
d'un certain laps de temps seulement qu'ils se séparent » (Note au
*Westöstlicher Diwan*, 1819, trad. Lichtenberger, Aubier-Montaigne ;
voir plus loin, p. 63).
2. *Kritische F. S. Ausgabe*, E. Behler (éd.), Paderborn-Munich-
Vienne, 1958, frag. 322 ; la datation est selon R. Wellek.

> Épopée = subjectif-objectif, drame = objectif, lyrisme
> = subjectif[1].

Mais Schlegel semble avoir quelque peu hésité sur cette répartition, car une troisième note, de 1799, attribuait l'état mixte au drame :

> Épopée = poésie objective, lyrisme = poésie subjective,
> drame = poésie objective-subjective[2].

Selon Peter Szondi, l'hésitation tient à ce que Schlegel envisage ici une diachronie restreinte, celle de l'évolution de la poésie grecque, qui culmine dans la tragédie attique, et là une diachronie beaucoup plus vaste, celle de l'évolution de la poésie occidentale, qui culmine dans un « épique » entendu comme roman (romantique)[3].

La valorisation dominante semble bien de ce côté-là chez Schlegel, et l'on ne s'en étonnera pas. Mais elle n'est pas partagée par Hölderlin dans les fragments qu'il consacre, à peu près au même moment[4], à la question des genres :

> Le poème lyrique, note-t-il, idéal selon l'apparence, est naïf par sa signification. C'est une métaphore continue d'un sentiment unique. Le poème épique, naïf selon l'apparence, est héroïque par sa signification. C'est la métaphore de grandes volontés. Le poème tragique, héroïque selon l'apparence, est idéal

---

1. *Literary Notebooks 1797-1801*, H. Eichner (éd.), Toronto-Londres, 1957, n° 2065.
2. *Ibid.*, n° 1750.
3. P. Szondi, *op. cit.*, p. 131-133. Encore Schlegel réintroduit-il au moins une fois, à l'intérieur même du genre romanesque et selon une structure en abyme que nous retrouverons chez d'autres, la tripartition fondamentale, distinguant « dans les romans un genre lyrique, un genre épique et un genre dramatique » (*Lit. Not.*, n° 1063, cité par Szondi, p. 261), sans qu'on puisse à coup sûr inférer de cet ordre un nouveau schéma diachronique, qui anticiperait en ce cas (voir ci-dessous) celui que proposera Schelling et que retiendra la vulgate.
4. Pendant son séjour à Hombourg, entre septembre 1798 et juin 1800.

par sa signification. C'est la métaphore d'une intuition intellectuelle[1].

Ici encore, l'ordre adopté semblerait indiquer une gradation, en l'occurrence favorable au dramatique (« poème tragique »), mais le contexte hölderlinien suggère plutôt, bien sûr, celle du lyrique, explicitement désigné dès 1790, sous l'espèce de l'ode pindarique, comme union de l'*exposition* épique et de la *passion* tragique[2], et un autre fragment de l'époque de Hombourg récuse toute hiérarchie, et même toute succession, en établissant entre les trois genres une chaîne sans fin, en boucle ou en spirale, de dépassements réciproques :

> Le poète tragique gagne à étudier le poète lyrique, le poète lyrique le poète épique, le poète épique le poète tragique. Car dans le tragique réside l'achèvement de l'épique, dans le lyrique l'achèvement du tragique, dans l'épique l'achèvement du lyrique[3].

En fait, les successeurs de Schlegel et de Hölderlin s'accorderont tous à trouver dans le drame la forme mixte, ou plutôt – le mot commence à s'imposer – *synthétique*, et donc inévitablement supérieure. À commencer par August Wilhelm von Schlegel, qui écrit dans une note approximativement datée de 1801 :

> La division platonicienne des genres n'est pas valide. Aucun vrai principe poétique dans cette division. Épique, lyrique, dramatique : thèse, antithèse, synthèse. Densité légère, singularité énergique, totalité harmonique… L'épique, l'objectivité pure dans l'esprit humain. Le lyrisme, la subjectivité pure. Le dramatique, l'interpénétration des deux[4].

---

1. *Sämtliche Werke*, Beissner (éd.), Stuttgart, 1943, IV, 266, cité par Szondi, *op. cit.*, p. 248.
2. *SW*, IV, 202 ; Szondi, *op. cit.*, p. 269.
3. *SW*, IV, 273 ; Szondi, *op. cit.*, p. 266.
4. *Kritische Schriften und Briefe*, E. Lohner (éd.), Stuttgart, 1963,

Le schéma « dialectique » est maintenant en place, et il joue au profit du drame – ce qui ressuscite incidemment, et par une voie inattendue, la valorisation aristotélicienne ; la succession, qui restait partiellement indécise chez Friedrich Schlegel, est maintenant explicite : épique-lyrique-dramatique. Mais Schelling va renverser l'ordre des deux premiers termes : l'art commence par la subjectivité lyrique, puis s'élève à l'objectivité épique, et atteint enfin à la synthèse, ou « identification », dramatique[1]. Hegel revient au schéma d'August Wilhelm : d'abord la poésie épique, expression première de la « conscience naïve d'un peuple », puis, « à l'opposé », « lorsque le moi individuel s'est séparé du tout substantiel de la nation », la poésie lyrique, enfin la poésie dramatique, qui « réunit les deux précédentes pour former une nouvelle totalité qui comporte un déroulement objectif et nous fait assister en même temps au jaillissement des événements de l'intériorité individuelle[2] ».

C'est pourtant la succession proposée par Schelling qui finira par s'imposer aux XIXe et XXe siècles : ainsi pour Hugo, délibérément installé dans une large diachronie plus

---

II, p. 305-306 (on aimerait évidemment en savoir plus sur le grief adressé à la « division platonicienne. »). C'est aussi cette disposition qu'adopte le plus souvent Novalis, avec une interprétation manifestement synthétisante du terme dramatique : frag. 186 : épique, lyrique, dramatique = sculpture, musique, poésie (c'est déjà l'*Esthétique* de Hegel *in nuce*) ; frag. 204 = flegmatique, incitatif, sain mélange ; frag. 277 = corps, âme, esprit ; même ordre au frag. 261 ; seul le 148 donne l'ordre (schellingien, puis hugolien, puis canonique) lyrique-épique-dramatique (*Œuvres complètes*, trad. A. Guerne, Gallimard, 1975, t. II, 3e partie).

1. *Philosophie de l'art*, 1802-1805, publ. posthume 1859. Ainsi : « Lyrisme = formation de l'infini en fini = particulier. Épos = présentation (subsomption) du fini dans l'infini = universel. Drame = synthèse de l'universel et du particulier » (trad. Philippe Lacoue-Labarthe et Jean-Luc Nancy, *L'Absolu littéraire, théorie de la littérature du romantisme allemand*, Éd. du Seuil, 1978, p. 405).

2. *Esthétique*, VIII *(La Poésie)*, trad. fr., Aubier, p. 129 ; cf. *ibid.*, p. 151 et déjà VI, p. 27-28, 40. La triade romantique commande toute l'architecture apparente de la « Poétique » de Hegel — mais non son

anthropologique que poétique, le lyrisme est l'expression des temps primitifs, où « l'homme s'éveille dans un monde qui vient de naître », l'épique (qui englobe d'ailleurs la tragédie grecque) celle des temps antiques, où « tout s'arrête et se fixe », et le drame aux temps modernes, marqués par le christianisme et la déchirure entre l'âme et le corps[1]. Pour Joyce, déjà rencontré,

> la forme lyrique est le plus simple vêtement verbal d'un instant d'émotion, un cri rythmique pareil à ceux qui jadis excitaient l'homme tirant sur l'aviron ou roulant des pierres vers le haut d'une pente [...]. La forme épique la plus simple émerge de la littérature lyrique lorsque l'artiste s'attarde sur lui-même comme sur le centre d'un événement épique... On atteint la forme dramatique lorsque la vitalité, qui avait flué et tourbillonné autour des personnages, remplit chacun de ces personnages avec une force telle que cet homme ou cette femme en reçoit une vie esthétique propre et intangible. La personnalité de l'artiste, traduite d'abord par un cri, une cadence, une impression, puis par un récit fluide et superficiel, se subtilise enfin jusqu'à perdre son existence et, pour ainsi dire, s'impersonnalise. [...] L'artiste, comme le Dieu de la création, reste à l'intérieur, ou derrière, ou au-delà, ou au-dessus de son œuvre, invisible, subtilisé, hors de l'existence, indifférent, en train de se curer les ongles[2].

---

véritable contenu, qui se cristallise en phénoménologie de quelques genres spécifiques : épopée homérique, roman, ode, lied, tragédie grecque, comédie ancienne, tragédie moderne, eux-mêmes extrapolés de quelques œuvres ou auteurs paradigmes : *Iliade, Wilhelm Meister*, Pindare, Goethe, *Antigone*, Aristophane, Shakespeare.

1. *Préface de Cromwell*, 1827.
2. *Dedalus, op. cit.*, p. 213-214.

Observons au passage que le schéma évolutif a perdu ici toute allure « dialectique » : du cri lyrique à la divine impersonnalité dramatique, il n'y a plus qu'une progression linéaire et univoque vers l'objectivité, sans aucune trace d'un « renversement du pour au contre ». De même chez Staiger, pour qui le passage du « saisissement » *(Ergriffenheit)* lyrique au « panorama » *(Überschau)* épique, puis à la « tension » *(Spannung)* dramatique marque un processus continu d'objectivation, ou de dissociation progressive entre « sujet » ou « objet »[1].

Il serait facile, et un peu vain, d'ironiser sur ce kaléidoscope taxinomique où le schéma trop séduisant de la triade[2] ne cesse de se métamorphoser pour survivre, forme accueillante à tout sens, au gré des supputations hasardeuses (nul ne sait au juste quel genre a historiquement précédé les autres, si tant est qu'une telle question se pose) et des attributions interchangeables : posé, sans grande surprise, que le lyrique est le mode le plus « subjectif », il faut bien affecter l'« objectivité » à l'un des deux autres, et par force le moyen terme au tiers restant ; mais comme ici aucune évidence ne s'impose, ce dernier choix reste essentiellement déterminé par une valorisation implicite – ou explicite – en « progrès » linéaire ou dialectique. L'histoire de la théorie des genres est toute marquée de ces schémas fascinants qui informent et déforment la réalité souvent hétéroclite du champ littéraire et prétendent découvrir un « système » naturel là où ils construisent une symétrie factice à grand renfort de fausses fenêtres.

Ces configurations forcées ne sont pas toujours sans utilité, bien au contraire : comme toutes les classifications provisoires, et à condition d'être bien reçues pour telles, elles

---

1. E. Staiger, *Grundbegriffe der Poetik*, Zurich, 1946.
2. Sur cette séduction, cf. C. Guillen, *op. cit.*

ont souvent une incontestable fonction heuristique. La
fausse fenêtre peut en l'occurrence ouvrir sur une vraie
lumière, et révéler l'importance d'un terme méconnu ; la
case vide ou laborieusement garnie peut se trouver beaucoup plus tard un occupant légitime : lorsque Aristote,
observant l'existence d'un récit noble, d'un drame noble et
d'un drame bas, en déduit, par horreur du vide et goût de
l'équilibre, celle d'un récit bas qu'il identifie provisoirement à l'épopée parodique, il ne se doute pas qu'il réserve
sa place au roman réaliste. Quand Frye, autre grand artisan
de *fearful symmetries*, observant l'existence de trois types
de « fiction » : personnelle-introvertie (le roman romanesque), personnelle-extravertie (le roman réaliste) et intel-
lectuelle-introvertie (l'autobiographie), en déduit celle d'un
genre de fiction intellectuelle-extravertie, qu'il baptise *anatomie*, et qui rassemble et promeut quelques laissés-pour-
compte de la narration fantaisiste-allégorique tels que
Lucien, Varron, Pétrone, Apulée, Rabelais, Burton, Swift et
Sterne, on peut sans doute contester la procédure, mais non
l'intérêt du résultat [1]. Lorsque Robert Scholes, remaniant la
théorie fryenne des cinq « modes » (mythe, *romance*, haute
mimésis, basse mimésis, ironie) pour y mettre un peu plus
d'ordre et d'alignement, nous propose son époustouflant
tableau des sous-genres de la fiction et de leur évolution
nécessaire [2], il est sans doute difficile de le prendre tout à
fait à la lettre, mais encore plus difficile de n'y trouver
aucune inspiration. Il en va de même de l'encombrante,
mais inusable triade, dont je n'ai évoqué ici que quelques
performances parmi bien d'autres. L'une des plus curieuses,
peut-être, consiste dans les diverses tentatives faites pour
l'accoupler à un autre vénérable trio, celui des instances
temporelles : passé, présent, futur. Elles ont été fort nombreuses, et je me contenterai de rapprocher une dizaine

1. *Anatomie*, 4ᵉ essai (Théorie des genres), trad. fr., p. 368-382.
2. *Op. cit.*, p. 129-138 ; trad. fr., *Poétique*, 32, p. 507-513.

d'exemples cités par Austin Warren et René Wellek[1]. Pour une lecture plus synthétique, je présente ci-dessous cette confrontation sous la forme de deux tableaux à double entrée. Le premier fait apparaître le temps attribué à chaque « genre » par chaque auteur.

Le second (qui n'est évidemment qu'une autre présentation du premier) fait apparaître le nom, et donc le nombre des auteurs qui illustrent chacune de ces attributions.

Comme pour la fameuse « couleur des voyelles », il serait d'une pertinence un peu courte d'observer simplement que l'on a attribué successivement tous les temps à chacun des trois genres[2]. Il y a en fait deux dominantes manifestes : l'affinité éprouvée entre l'épique et le passé, et celle du lyrique avec le présent ; le dramatique, évidemment « présent » par sa forme (la représentation) et (traditionnellement) « passé » par son objet, restait plus difficile à apparier. La sagesse eût été peut-être de lui affecter le terme mixte ou synthétique, et/ou d'en rester là. Le malheur voulut qu'il existât un troisième temps, et avec lui la tentation irrésistible de l'attribuer à un genre, d'où l'équivalence quelque peu sophistique entre drame et futur, et deux ou trois autres fantaisies laborieuses. On ne peut pas gagner à tous les coups[3],

---

1. *Op. cit.* et art. cité. Les textes de référence sont : Humboldt, *Über Goethes Hermann und Dorothea*, 1799 ; Schelling, *Philosophie de l'art*, 1802-1805 ; Jean Paul, *Vorschule der Ästhetik*, 1813 ; Hegel, *Esthétique* (VIII, p. 288), vers 1820 ; E. S. Dallas, *Poetics*, 1852 ; F. T. Vischer, *Ästhetik*, 5e vol., 1857 ; J. Erskine, *The Kinds of Poetry*, 1920 ; R. Jakobson, *Remarques sur la prose de Pasternak*, 1935 ; E. Staiger, *Grundbegriffe der Poetik*, 1946.

2. On observe que certaines listes sont défectives, ce qui, étant donné la tentation du système, est plutôt méritoire. Humboldt oppose plus précisément l'épique (passé) au tragique (présent) à l'intérieur d'une catégorie plus vaste qu'il nomme *plastique*, et qu'il oppose globalement au lyrique ; il serait un peu cavalier d'en déduire en son nom l'équivalence lyrique = futur, et de compléter semblablement les répartitions de Hegel et de Jakobson.

3. Une autre équivalence, entre genres et personnes grammaticales, a été proposée au moins par Dallas et Jakobson, d'accord (bien

| GENRES AUTEURS | LYRIQUE | ÉPIQUE | DRAMATIQUE |
|---|---|---|---|
| HUMBOLDT | | passé | présent |
| SCHELLING | présent | passé | |
| JEAN PAUL | présent | passé | futur |
| HEGEL | présent | passé | |
| DALLAS | futur | passé | présent |
| VISCHER | présent | passé | futur |
| ERSKINE | présent | futur | passé |
| JAKOBSON | présent | passé | |
| STAIGER | passé | présent | futur |

| TEMPS GENRES | PASSÉ | PRÉSENT | FUTUR |
|---|---|---|---|
| LYRIQUE | Staiger | Schelling Jean Paul Hegel Vischer Erskine Jakobson | Dallas |
| ÉPIQUE | Humboldt Schelling Jean Paul Hegel Dallas Vischer Jakobson | Staiger | Erskine |
| DRAMATIQUE | Erskine | Humboldt Dallas | Jean Paul Vischer Staiger |

et s'il faut une excuse pour ces tentatives hasardeuses, je la trouverai, à l'inverse, dans l'insatisfaction où nous laisse une énumération ingénue comme celle des neuf *formes simples*

---

qu'ils divergent sur les temps) pour attribuer la première du singulier au lyrique et la troisième à l'épique. Dallas y ajoute, en toute logique, dramatique = deuxième du singulier. Cette répartition est assez séduisante ; mais que faire du pluriel ?

de Jolles – dont ce n'est certes ni le seul défaut ni le seul mérite. Neuf formes simples ? Tiens donc[1] ! Comme les neuf muses ? Parce que trois fois trois ? Parce qu'il en a oublié une ? Etc. Comme il nous est difficile d'admettre que Jolles, simplement, en a trouvé neuf, ni plus ni moins, et a dédaigné le plaisir facile, je veux dire peu coûteux, de justifier ce nombre ! Le véritable empirisme choque toujours comme une incongruité.

# VII

Toutes les théories évoquées jusqu'ici constituaient – de Batteux à Staiger – autant de systèmes inclusifs et hiérarchisés, comme celui d'Aristote, en ce sens que les divers genres poétiques s'y répartissaient sans reste entre les trois catégories fondamentales, comme autant de sous-classes : sous l'épique, épopée, roman, nouvelle, etc. ; sous le dramatique, tragédie, comédie, drame bourgeois, etc. ; sous le lyrique, ode, hymne, épigramme, etc. Mais une telle classification reste encore fort élémentaire, puisque à l'intérieur de chacun des termes de la tripartition motivée les genres particuliers se retrouvent en désordre, ou pour le moins s'organisent – de nouveau comme chez Aristote – selon un autre principe de différenciation, hétérogène à celui qui motive la tripartition elle-même : épopée héroïque *vs* roman sentimental ou « prosaïque », roman long *vs* nouvelle courte, tragédie noble *vs* comédie familière, etc. On éprouve donc parfois le besoin d'une taxinomie plus serrée, qui ordonne selon le même principe jusqu'à la répartition de chaque espèce.

1. Pour les exercices de redressement infligés à la liste de Jolles, voir la « Note de l'éditeur » à la traduction française de *Formes simples*, Éd. du Seuil, 1972, p. 8-9, et Todorov, *Dictionnaire, op. cit.*, p. 201.

Le moyen le plus fréquemment utilisé consiste tout simplement à réintroduire la triade à l'intérieur de chacun de
ses termes. Ainsi Hartman[1] propose-t-il de distinguer un
lyrique pur, un lyrique-épique, un lyrique-dramatique ; un
dramatique pur, un dramatique-lyrique, un dramatique-
épique ; un épique pur, un épique-lyrique, un épique-dramatique – chacune des neuf classes ainsi déterminées étant
apparemment définie par un trait dominant et un trait
secondaire, faute de quoi les termes mixtes inverses
(comme épique-lyrique et lyrique-épique) s'équivaudraient
et le système se réduirait à six termes : trois purs et trois
mixtes. Albert Guérard[2] applique ce principe en illustrant
chaque terme d'un ou plusieurs exemples : pour le lyrique
pur, les *Wanderers Nachtlieder* de Goethe ; pour le lyrique-
dramatique, Robert Browning ; pour le lyrique-épique, la
ballade (au sens germanique) ; pour l'épique pur, Homère ;
pour l'épique-lyrique, *The Faerie Queene* ; pour l'épique-
dramatique, l'*Enfer* ou *Notre-Dame de Paris* ; pour le dramatique pur, Molière ; pour le dramatique-lyrique, le *Songe
d'une nuit d'été* ; pour le dramatique-épique, Eschyle ou
*Tête d'or*[3].

Mais ces emboîtements de triades ne redoublent pas seulement, comme en abyme, la division fondamentale : ils
manifestent sans le vouloir l'existence d'états *intermédiaires* entre les types purs, l'ensemble se bouclant sur lui-
même en triangle ou en cercle. Cette idée d'une sorte de

1. *Philosophie des Schönen, Grundriss der Ästhetik*, 1924, p. 235-
259 ; cf. Ruttkovski, *op. cit.*, p. 37-38.
2. *Préface To World Literature*, New York, 1940, chap. II, « The
Theory of Literary Genres » ; cf. Ruttkovski, *op. cit.*, p. 38.
3. On retrouve l'indication, moins systématique, de ce principe dans
le manuel de W. Kayser, *Das Sprachliche Kunstwerk* (Berne, 1948),
où les trois « attitudes fondamentales » *(Grundhaltungen)* peuvent se
subdiviser à leur tour en lyrique pur, lyrique-épique, etc., soit (pour le
lyrique) selon la forme d'énonciation ou de « présentation » *(äussere
Darbeitungsform)*, soit (pour l'épique et le dramatique) selon le
contenu anthropologique. Où l'on retrouve à la fois la triade-dans-la-
triade, et l'ambiguïté de son principe, modal et/ou thématique.

spectre des genres, continu et cyclique, avait été proposée
par Goethe :

> On peut combiner ces trois éléments (lyrique, épique,
> dramatique) et faire varier à l'infini les genres poé-
> tiques ; et c'est pourquoi aussi il est si difficile de trou-
> ver un ordre selon lequel on puisse les classer côte à
> côte ou l'un à la suite de l'autre. On pourra d'ailleurs se
> tirer d'affaire en disposant dans un cercle, l'un en face
> de l'autre, les trois éléments principaux et en cherchant
> des œuvres modèles où chaque élément prédomine iso-
> lément. On rassemblera ensuite des exemples qui incli-
> neront dans un sens ou dans l'autre, jusqu'à ce qu'enfin
> la réunion des trois se manifeste et que le cercle se
> trouve entièrement refermé[1].

Elle a été reprise au XXe siècle par l'esthéticien allemand
Julius Petersen[2], dont le système générique s'appuie sur un
groupe de définitions apparemment très homogène : l'épos
est la narration *(Bericht)* monologuée d'une action *(Hand-
lung)* ; le drame, la représentation *(Darstellung)* dialoguée
d'une action ; le lyrisme, la représentation monologuée
d'une situation *(Zustand)*. Ces relations se figurent d'abord
en un triangle dont chaque genre fondamental, affecté de
son trait spécifique, occupe une pointe, chacun des côtés
figurant le trait commun aux deux types qu'il réunit : entre
lyrisme et drame, la représentation, c'est-à-dire l'expression directe des pensées ou sentiments, soit par le poète,
soit par les personnages ; entre lyrisme et épos, le monologue ; entre épos et drame, l'action :

---

1. Note au *Westöstlicher Diwan, op. cit.*, p. 378. Voir plus loin,
p. 63.
2. « Zur Lehre von der Dichtungsgattungen », *Festschrift A. Sauer*,
Stuttgart, 1925, p. 72-116 ; système et schémas repris et perfectionnés
dans *Die Wissenschaft von der Dichtung*, Berlin, 1939, Erster Band,
p. 119-126 ; cf. Fubini, *op. cit.*, p. 261-269.

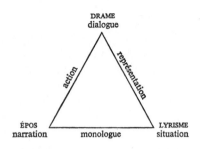

Ce schéma met en évidence une dissymétrie troublante, et peut-être inévitable (elle était déjà chez Goethe, où nous la retrouverons encore) : c'est que, contrairement à l'épos et au drame, dont le trait spécifique est formel (narration, dialogue), le lyrisme se définit ici par un trait thématique : il est le seul à traiter non une action mais une situation ; et, de ce fait, le trait commun au drame et à l'épos est le trait thématique (action), alors que le lyrisme partage avec ses deux voisins deux traits formels (monologue et représentation). Mais ce triangle boiteux n'est que le point de départ d'un système plus complexe, qui veut d'une part indiquer sur chaque côté la place de quelques genres mixtes ou intermédiaires tels que le drame lyrique, l'idylle ou le roman dialogué, et d'autre part prendre en compte l'évolution des formes littéraires depuis une *Ur-Dichtung* primitive elle aussi héritée de Goethe jusqu'aux « formes savantes » les plus évoluées. Du coup, le triangle devient, selon la suggestion de Goethe, une roue dont l'*Ur-Dichtung* occupe le moyeu, les trois genres fondamentaux les trois rayons, et les formes intermédiaires les trois quartiers restants, eux-mêmes divisés en segments de couronnes concentriques où l'évolution des formes s'étage du centre vers la périphérie :

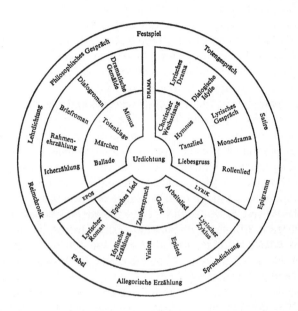

Je laisse sur le schéma les termes génériques allemands utilisés par Petersen, souvent sans exemples, et dont les référents et équivalents français ne sont pas toujours évidents. On s'en voudrait de traduire *Ur-Dichtung*. Pour les autres, à partir de l'épos, hasardons, sur la première couronne : ballade, conte, lamentation funèbre, mime, chant choral alterné, hymne, chant à danser, madrigal, chant de travail, prière, incantation magique, chant épique ; sur la deuxième : récit à la première personne, récit à enchâssement, roman par lettres, roman dialogué, tableau dramatique, drame lyrique, idylle dialoguée, dialogue lyrique, monodrame (ex. Rousseau, *Pygmalion*) ; le *Rollenlied* est un poème lyrique attribué à un personnage historique ou mythologique (Béranger, *Les Adieux de Marie Stuart*, ou Goethe, *Ode de Prométhée*) ; cycle lyrique (Goethe, *Élégies*

*romaines*), épître, vision *(Divine Comédie)*, idylle narrative,
roman lyrique (première partie de *Werther*, la seconde relevant selon Petersen de l'*Icherzählung*) ; sur la dernière :
chronique en vers, poème didactique, dialogue philosophique, festival, dialogue des morts, satire, épigramme,
poème gnomique, récit allégorique, fable.

Comme on le voit, le premier cercle à partir du centre est
occupé par des genres en principe plus spontanés et populaires, proches des « formes simples » de Jolles, que Petersen invoque d'ailleurs explicitement ; le deuxième est celui
des formes canoniques ; le dernier revient à des formes
« appliquées », où le discours poétique se met au service
d'un message moral, philosophique ou autre. Dans chacun
de ces cercles, les genres s'étagent évidemment selon leur
degré d'affinité ou de parenté avec les trois types fondamentaux. Visiblement satisfait de son schéma, Petersen
assure qu'il peut servir « comme une boussole pour s'orien-
ter dans les diverses directions du système des genres » ;
plus réservé, Fubini préfère comparer cette construction à
« ces voiliers en liège enfermés dans une bouteille qui
décorent certaines maisons de Ligurie », et dont on admire
l'ingéniosité sans en percevoir la fonction. Vraie boussole
ou faux navire, la rose des genres de Petersen n'est peut-
être ni si précieuse ni si inutile. Au reste, et malgré les pré-
tentions affichées, elle ne recouvre nullement la totalité des
genres existants : le système de représentation adopté ne
laisse aucune place bien déterminée aux genres « purs » les
plus canoniques, comme l'ode, l'épopée ou la tragédie ; et
ses critères de définition essentiellement formels ne lui permettent aucune distinction thématique, comme celles qui
opposent la tragédie à la comédie ou le *romance* (roman
héroïque ou sentimental) au *novel* (roman de mœurs réaliste). Peut-être y faudrait-il un autre compas, voire une
troisième dimension, et sans doute serait-il aussi difficile de
les rapporter l'un à l'autre que les diverses grilles concurrentes, et non toujours compatibles, dont se compose le

« système » de Northrop Frye. Ici encore, la force de suggestion dépasse de loin la capacité explicative, voire simplement descriptive. On (ne) peut (que) rêver sur tout
cela… C'est sans doute à quoi servent les navires en bouteille – et parfois aussi les boussoles anciennes.

Mais nous ne quitterons pas le rayon des curiosités sans
accorder un coup d'œil à un dernier système, purement
« historique » celui-là, fondé sur la tripartition romantique :
c'est celui d'Ernest Bovet, personnage aujourd'hui bien
oublié, mais dont nous avons déjà vu qu'il n'avait pas
échappé à l'attention d'Irene Behrens. Son ouvrage, paru en
1911, s'intitule exactement *Lyrisme, épopée, drame : une
loi de l'évolution littéraire expliquée par l'évolution générale*. Son point de départ est la *Préface de Cromwell*, où
Hugo suggère lui-même que la loi de succession lyrique-
épique-dramatique peut s'appliquer, ici encore comme en
abyme, à chaque phase de l'évolution de chaque littérature
nationale : ainsi, pour la Bible, Genèse-Rois-Job ; pour la
poésie grecque, Orphée-Homère-Eschyle ; pour la naissance du classicisme français, Malherbe-Chapelain-Cor-
neille. Pour Bovet comme pour Hugo et comme pour les
Romantiques allemands, les trois « grands genres » ne sont
pas de simples formes (le plus formaliste aura été Petersen)
mais « trois modes essentiels de concevoir la vie et l'univers », qui répondent à trois âges de l'évolution, aussi bien
ontogénétique que phylogénétique, et qui fonctionnent
donc à n'importe quel niveau d'unité. L'exemple choisi est
celui de la littérature française[1], ici découpée en trois
grandes ères, dont chacune se subdivise en trois périodes :

---

1. L'évolution de la littérature italienne, avortée par manque
d'unité nationale, sert de contre-exemple. Rien sur les autres littéra-
tures.

l'obsession trinitaire est à son zénith. Mais, par une première entorse à son système, Bovet n'a pas tenté de projeter le principe évolutif sur les ères, mais seulement sur les périodes. La première ère, féodale et catholique (des origines à 1520 environ), connaît une première période essentiellement lyrique, des origines au début du XIIe siècle : il s'agit évidemment d'un lyrisme oral et populaire dont toute trace est aujourd'hui à peu près perdue ; puis une période essentiellement épique, de 1100 à 1328 environ : chansons de geste, romans de chevalerie ; le lyrisme entre en décadence, le drame est encore embryonnaire ; il s'épanouit dans la troisième période (1328-1520), avec les Mistères et *Pathelin*, tandis que l'épopée dégénère en prose et le lyrisme, Villon excepté confirmant la règle, en Grande Rhétorique. La deuxième ère, de 1520 à la Révolution, est celle de la royauté absolue ; période lyrique (1520-1610), illustrée par Rabelais, la Pléiade, les tragédies en fait lyriques de Jodelle et de Montchrestien ; les épopées de Ronsard et de Du Bartas sont avortées ou manquées, d'Aubigné est lyrique ; période épique (1610-1715), non par l'épopée officielle (Chapelain), qui ne vaut rien, mais par le *roman*, qui domine toute cette époque et s'illustre chez… Corneille ; Racine, dont le génie n'est pas romanesque, fait encore exception, et d'ailleurs son œuvre fut alors mal reçue ; Molière annonce l'épanouissement du drame, caractéristique de la troisième période (1715-1780), dramatique par *Turcaret, Figaro, Le Neveu de Rameau* ; Rousseau annonce la période suivante, période lyrique de la troisième ère, de 1789 à nos jours, dominée jusqu'en 1840 par le lyrisme romantique ; Stendhal annonce la période épique (1840-1885), dominée par le roman réaliste et naturaliste, où la poésie (parnassienne) a perdu sa veine lyrique, et où Dumas fils et Henry Becque amorcent la merveilleuse floraison dramatique de la troisième période (depuis 1885), à tout jamais marquée par le théâtre de Daudet, et naturellement de Lavedan, Bernstein et autres géants de la scène ; la

poésie lyrique, cependant, sombre dans la décadence symboliste : voyez Mallarmé[1].


# VIII


La réinterprétation romantique du système des modes en
système de genres n'est ni en fait ni en droit l'épilogue de
cette longue histoire. Ainsi Käte Hamburger, prenant en
quelque sorte acte de l'impossibilité de répartir entre les
trois genres le couple antithétique subjectivité/objectivité,
décidait voici quelques années de réduire la triade à deux
termes, le *lyrique* (l'ancien « genre lyrique », augmenté
d'autres formes d'expression personnelle comme l'autobiographie et même le « roman à la première personne »),
caractérisé par l'*Ich-Origo* de son énonciation, et la *fiction*
(qui réunit les anciens genres épique et dramatique, plus
certaines formes de poésie narrative, comme la ballade),
définie par une énonciation sans trace de son origine[2].


1. Ernest Bovet enseignait à l'université de Zurich. Son livre est
dédié à ses maîtres Henri Morf et Joseph Bédier. Il se déclare en
pleine communion intellectuelle antipositiviste avec Bergson, Vossler
et (malgré la controverse sur la pertinence de la notion de genre)
Croce. Il se défend d'avoir lu une ligne de Hegel, et *a fortiori*, on peut
le supposer, de Schelling ; comme quoi la caricature peut ignorer son
modèle.
2. *Die Logik der Dichtung*, Stuttgart, 1957. C'est une bipartition
comparable que proposait Henri Bonnet : « Il y a deux genres. Et il
n'y en a que deux, car tout ce qui est réel peut être envisagé soit du
point de vue subjectif, soit du point de vue objectif... Ces deux genres
sont fondés dans la nature des choses. Nous leur donnons le nom de
poésie et de roman » (*Roman et Poésie, Essai sur l'esthétique des
genres*, Nizet, 1951, p. 139-140). Et pour Gilbert Durand, les deux
genres fondamentaux, fondés sur les deux « régimes », diurne et
nocturne, de l'imaginaire, sont l'épique et le lyrique, ou mystique, le
romanesque n'étant qu'un « moment », celui qui marque le passage du
premier au second (*Le Décor mythique de la Chartreuse de Parme*,
Corti, 1961).

Comme on le voit, le grand exclu de la *Poétique* occupe maintenant, belle revanche, la moitié du champ : il est vrai que ce champ n'est plus le même, puisqu'il englobe désormais toute la littérature, prose comprise. Mais, au fait, qu'entendons-nous aujourd'hui – c'est-à-dire, une fois de plus, depuis le romantisme – par poésie ? Le plus souvent, je pense, ce que les préromantiques entendaient par lyrisme. La formule de Wordsworth[1], qui définit la poésie tout entière à peu près comme le traducteur de Batteux définissait la seule poésie lyrique, semble un peu compromettante par le crédit qu'elle fait à l'affectivité et à la spontanéité ; mais non sans doute celle de Stuart Mill, pour qui la poésie lyrique est « *more eminently and peculiarly poetry than any other* », excluant toute narration, toute description, tout énoncé didactique comme antipoétique et décrétant au passage que tout poème épique, « *in so far as it is epic… is no poetry at all* ». Cette idée, reprise ou partagée par Edgar Poe, pour qui « un long poème n'existe pas », sera comme on le sait orchestrée par Baudelaire dans ses *Notices sur Poe*[2], avec pour conséquence explicite la condamnation absolue du poème épique ou didactique, et passera ainsi dans notre vulgate symboliste et « moderne » sous le slogan, aujourd'hui un peu honteux mais toujours actif, de « poésie pure ». Dans la mesure où toute distinction entre genres, voire entre poésie et prose, n'en est pas encore effacée, notre concept implicite de la poésie se confond bel et bien (ce point sera sans doute contesté ou mal reçu à cause des connotations vieillottes ou gênantes attachées au terme, mais à mon avis la pratique même de l'écriture et plus encore de la lecture poétique contemporaine l'établit à l'évidence) avec l'ancien concept de poésie lyrique. Autre-

---

1. « Poetry is the spontaneous overflow of powerful feelings » (Préface aux *Lyrical Ballads*, 1800).
2. Stuart Mill, *What is Poetry ?* et *The Two Kinds of Poetry*, 1833 ; Edgar Poe, *The Poetic Principle*, éd. posth., 1850 ; Baudelaire, *Notices sur Edgar Poe*, 1856 et 1857.

ment dit : depuis plus d'un siècle, nous considérons comme ✓ « *more eminently and peculiarly poetry* » très précisément le type de poésie qu'Aristote excluait de sa *Poétique*[1].

Un renversement si absolu n'est peut-être pas l'indice d'une véritable émancipation.

# IX

J'ai tenté de montrer pourquoi et comment l'on en était venu d'abord à concevoir, puis, et accessoirement, à prêter à Platon et Aristote une division des « genres littéraires » que refuse toute leur « poétique insciente ». Il faudrait sans doute préciser, pour serrer de plus près la réalité historique, que l'attribution a connu deux périodes et deux motifs très distincts : en fin de classicisme, elle procédait à la fois d'un respect encore vif et d'un besoin de caution du côté de l'orthodoxie ; au XXe siècle, elle s'explique davantage par l'illusion rétrospective (la vulgate est si bien établie qu'on imagine mal qu'elle n'ait pas toujours existé), et aussi (c'est manifeste chez Frye, par exemple) par un regain légitime d'intérêt pour une interprétation modale – c'est-à-dire par la situation d'énonciation – des faits de genre ; entre les deux, la période romantique et post-romantique s'est fort peu souciée de mêler Platon et Aristote à tout cela. Mais l'actuel télescopage de ces diverses positions – le fait, par exemple, de se réclamer à la fois d'Aristote, de Batteux, de Schlegel (ou, nous allons le voir, de Goethe), de Jakobson, de Benveniste et de la philosophie analytique anglo-américaine – aggrave les inconvénients théoriques de cette attribution erronée, ou – pour la définir elle-même en termes théoriques – de cette confusion entre modes et genres.

---

1. Voir encore le tout récent Jean Cohen, *Le Haut Langage*, Flammarion, 1979.

Chez Platon, et encore chez Aristote, nous l'avons vu, la division fondamentale avait un statut bien déterminé, puisqu'elle portait explicitement sur le *mode d'énonciation* des textes. Dans la mesure où ils étaient pris en considération (fort peu chez Platon, davantage chez Aristote), les genres proprement dits venaient se répartir entre les modes en tant qu'ils relevaient de telle ou telle attitude d'énonciation : le dithyrambe, de la narration pure ; l'épopée, de la narration mixte ; la tragédie et la comédie, de l'imitation dramatique. Mais cette relation d'inclusion n'empêchait pas le critère générique et le critère modal d'être absolument hétérogènes, et de statut radicalement différent : chaque genre se définissait essentiellement par une spécification de contenu que rien ne prescrivait dans la définition du mode dont il relevait. La division romantique et postromantique, en revanche, envisage le lyrique, l'épique et le dramatique non plus comme de simples modes d'énonciation, mais comme de véritables genres, dont la définition comporte déjà inévitablement un élément thématique, si vague soit-il. On le voit bien entre autres chez Hegel, pour qui il existe un *monde* épique, défini par un type déterminé d'agrégation sociale et de rapports humains, un *contenu* lyrique (le « sujet individuel »), un *milieu* dramatique « fait de conflits et de collisions », ou chez Hugo, pour qui par exemple le véritable drame est inséparable du message chrétien (séparation de l'âme et du corps) ; on le voit encore chez Viëtor, pour qui les trois grands genres expriment trois « attitudes fondamentales[1] » : au lyrique le sentiment, à l'épique la connaissance, au dramatique la volonté et l'action, ce qui

_____

1. « Die Geschichte literarischer Gattungen » (1931), trad. fr., *Poétique*, 32, p. 490-506. Même terme *(Grundhaltung)*, on l'a vu, chez Kayser, et même notion déjà chez Bovet, qui parlait de « modes essentiels de concevoir la vie et l'univers ».

ranime, mais en l'affectant d'une permutation entre épique et dramatique, la répartition hasardée par Hölderlin à la fin du XVIIIᵉ siècle.

Le passage d'un statut à l'autre est clairement, sinon volontairement, illustré par un célèbre texte de Goethe[1], déjà plusieurs fois rencontré de biais et qu'il faut maintenant considérer pour lui-même. Goethe y oppose aux simples « espèces poétiques » *(Dichtarten)* que sont les genres particuliers comme le roman, la satire ou la ballade, ces « trois authentiques formes naturelles » *(drei echte Naturformen)* de la poésie que sont l'épos, défini comme narration pure *(klar erzählende)*, le lyrique, comme transport enthousiaste *(enthusiastisch aufgeregte)*, et le drame, comme représentation vivante *(persönlich handelnde)*. « Ces trois modes poétiques *(Dichtweisen)*, ajoute-t-il, peuvent agir soit ensemble soit séparément. » L'opposition entre *Dichtarten* et *Dichtweisen* recouvre avec précision la distinction entre genres et modes, et elle est confirmée par la définition purement modale de l'épos et du drame. En revanche, celle du lyrique est plutôt thématique, ce qui enlève de sa pertinence au terme *Dichtweisen*, et nous renvoie à la notion plus indécise de *Naturform*, qui couvre

---

1. Il s'agit de deux notes conjointes (*Dichtarten* et *Naturformen der Dichtung*) au *Diwan* de 1819. La liste des *Dichtarten*, volontairement donnée dans l'ordre alphabétique, est : allégorie, ballade, cantate, drame, élégie, épigramme, épître, épopée, récit *(Erzählung)*, fable, héroïde, idylle, poème didactique, ode, parodie, roman, romance, satire. La traduction de *klar erzählende* et de *persönlich handelnde* est plus prudente ou plus évasive (« qui raconte clairement » et « qui agit personnellement ») dans l'édition bilingue du *Diwan* donnée (sans le texte allemand des Notes) par Lichtenberger, p. 377-378 : mais il me semble que l'interprétation modale est confirmée dans la même note par deux autres indications : « Dans la tragédie française, l'exposition est épique, la partie moyenne dramatique », et, de critère rigoureusement aristotélicien : « L'épopée *(Heldengedicht)* homérique est purement épique : le rhapsode est toujours au premier plan pour raconter les événements ; nul ne peut ouvrir la bouche qu'il ne lui ait préalablement donné la parole » ; dans les deux cas, « épique » signifie manifestement *narratif*.

toutes les interprétations, et qui – pour cette raison même, sans doute – est la plus fréquemment retenue par les commentateurs.

Mais toute la question, précisément, est de savoir si la qualification de « formes naturelles » peut encore être légitimement appliquée à la triade *lyrique/épique/dramatique* redéfinie en termes génériques. Les modes d'énonciation peuvent à la rigueur être qualifiés de « formes naturelles », au moins au sens où l'on parle de « langues naturelles » : toute intention littéraire mise à part, l'usager de la langue doit constamment, même ou surtout si inconsciemment, choisir entre des attitudes de locution telles que discours et histoire (au sens benvenistien), citation littérale et style indirect, etc. La différence de statut entre genres et modes est essentiellement là : les genres sont des catégories proprement littéraires[1], les modes sont des catégories qui relèvent de la linguistique, ou plus exactement de ce que l'on appelle aujourd'hui la *pragmatique*. « Formes naturelles », donc, en ce sens tout relatif, et dans la mesure où la langue et son usage apparaissent comme un donné de nature face à l'élaboration consciente et délibérée des formes esthétiques. Mais la triade romantique et ses dérivés ultérieurs ne se situent plus sur ce terrain : lyrique, épique, dramatique s'y opposent aux *Dichtarten* non plus comme des modes d'énonciation verbale antérieurs et extérieurs à toute définition littéraire, mais plutôt comme des sortes d'*archigenres*. *Archi-*, parce que chacun d'eux est censé surplomber et contenir, hiérarchiquement, un certain nombre de genres empiriques, lesquels sont de toute évidence, et quelle que soit leur amplitude, longévité ou capacité de récurrence, des

---

1. Pour être plus précis, il faudrait sans doute écrire : proprement esthétiques, puisque, comme on le sait, le fait de genre est commun à tous les arts ; « proprement littéraires » signifie donc ici : propres au niveau esthétique de la littérature, qu'elle partage avec les autres arts, comme opposé à son niveau linguistique, qu'elle partage avec les autres types de discours.

faits de culture et d'histoire ; mais encore (ou déjà) -*genres*, parce que leurs critères de définition comportent toujours, nous l'avons vu, un élément thématique qui échappe à une description purement formelle ou linguistique. Ce double statut ne leur est pas propre, car un « genre » comme le roman ou la comédie peut lui aussi se subdiviser en « espèces » plus déterminées – roman de chevalerie, roman picaresque, etc. ; comédie de caractères, farce, vaudeville, etc. – sans qu'aucune limite soit *a priori* fixée à cette série d'inclusions : chacun sait par exemple que l'espèce *roman policier* peut à son tour être subdivisée en diverses variétés (énigme policière, thriller, policier « réaliste » à la Simenon, etc.), qu'un peu d'ingéniosité peut toujours multiplier les instances entre l'espèce et l'individu, et que nul ne peut assigner ici de terme à la prolifération des espèces : le roman d'espionnage aurait été, je suppose, parfaitement imprévisible pour un poéticien du XVIIIe siècle, et bien d'autres espèces à venir nous sont aujourd'hui encore inimaginables. Bref, tout genre peut toujours contenir plusieurs genres, et les archigenres de la triade romantique ne se distinguent en cela par aucun privilège de nature. Tout au plus peut-on les décrire comme les dernières – les plus vastes – instances de la classification alors en usage : mais l'exemple de Käte Hamburger montre qu'une nouvelle réduction n'est pas *a priori* exclue (et il n'y aurait rien de déraisonnable, au contraire, à envisager une fusion, inverse de la sienne, entre lyrique et épique, laissant à part le seul dramatique, en tant que seule forme à énonciation rigoureusement « objective ») ; et celui de W. V. Ruttkowski[1] que l'on peut toujours, et tout aussi raisonnablement, proposer une autre instance suprême, en l'occurrence le *didactique*. Et ainsi de suite. Dans la classification des espèces littéraires comme dans l'autre, aucune instance n'est par

---

1. *Op. cit.*, chap. VI, « Schlussforgerungen : eine modifizierte Gattungspoetik ».

essence plus « naturelle » ou plus « idéale » – sauf à sortir
des critères littéraires eux-mêmes, comme le faisaient
implicitement les Anciens avec l'instance modale. Il n'y a
pas de niveau générique qui puisse être décrété plus « théorique », ou qui puisse être atteint par une méthode plus
« déductive » que les autres : toutes les espèces, tous les
sous-genres, genres ou super-genres sont des classes empiriques, établies par observation du donné historique, ou à la
limite par extrapolation à partir de ce donné, c'est-à-dire
par un mouvement déductif superposé à un premier mouvement toujours inductif et analytique, comme on le voit
bien sur les tableaux (explicites ou virtuels) d'Aristote et de
Frye, où l'existence d'une case vide (récit comique, intel-
lectuel-extraverti) aide à découvrir un genre (« parodie »,
« anatomie ») autrement voué à l'imperceptibilité. Les
grands « types » idéaux que l'on oppose si souvent[1], depuis
Goethe, aux petites formes et moyens genres ne sont rien
d'autre que des classes plus vastes et moins spécifiées, dont
l'extension culturelle a quelque chances d'être, de ce fait,
plus grande, mais dont le principe n'est ni plus ni moins

1. Sous ce terme (Lämmert, Todorov in *Dictionnaire…*), ou selon
tel autre couple terminologique : *kind/genre* (Warren), *mode/genre*
(Scholes), *genre théorique/genre historique* (Todorov in *Introduction
à la littérature fantastique*, Éd. du Seuil, 1970), *attitude fondamen-
tale/genre* (Viëtor), *genre fondamental*, ou *type fondamental/genre*
(Petersen) ; ou encore, avec quelques nuances, *forme simple/forme
actuelle* chez Jolles. La position actuelle de Todorov est plus proche
de celle que je défends ici : « Par le passé, on a pu chercher à distinguer, voire à opposer, les formes "naturelles" de la poésie (par
exemple, le lyrique, l'épique, le dramatique) et ses formes conventionnelles, tels le sonnet, la ballade ou l'ode. Il faut essayer de voir sur
quel plan une telle affirmation garde un sens. Ou bien le lyrique,
l'épique, etc. sont des catégories universelles, *donc du discours* […].
Ou bien c'est à des phénomènes historiques qu'on pense en
employant de tels termes ; ainsi l'épopée est ce qu'incarne l'*Iliade*
d'Homère. Dans ce cas, il s'agit bien de genres ; mais sur le plan discursif ceux-ci ne sont pas qualitativement différents d'un genre
comme le sonnet – reposant, lui aussi, sur des contraintes thématiques,
verbales, etc. » (« L'origine des genres » (1976), *Les Genres du discours*, Éd. du Seuil, 1978, p. 50).

anhistorique : le « type épique » n'est ni plus idéal ni plus naturel que les genres « roman » et « épopée » qu'il est censé englober – à moins qu'on ne le définisse comme l'ensemble des genres essentiellement *narratifs*, ce qui nous ramène aussitôt à la division des modes : car le récit, lui, comme le dialogue dramatique, est une attitude fondamentale d'énonciation, ce qu'on ne peut dire ni de l'épique, ni du dramatique, ni bien sûr du lyrique au sens romantique de ces termes.

En rappelant ces évidences souvent méconnues, je ne prétends nullement dénier aux genres littéraires toute espèce de fondement « naturel » et transhistorique : je considère au contraire comme une autre évidence (vague) la présence d'une attitude existentielle, d'une « structure anthropologique » (Durand), d'une « disposition mentale » (Jolles), d'un « schème imaginatif » (Mauron), ou, comme on dit un peu plus couramment, d'un « sentiment » proprement épique, lyrique, dramatique – mais aussi bien tragique, comique, élégiaque, fantastique, romanesque, etc., dont la nature, l'origine, la permanence et la relation à l'histoire restent (entre autres) à étudier[1] car, en tant que concepts génériques, les trois termes de la triade traditionnelle ne méritent aucun rang hiérarchique particulier : *épique*, par exemple, ne surplombe *épopée, roman, nouvelle, contes*, etc., que si on l'entend comme mode (= narratif) ; si on l'entend comme genre (= épopée) et qu'on lui donne, comme fait Hegel, un contenu thématique spécifique, alors il ne *contient* plus le romanesque, le fantastique, etc., il se retrouve au même niveau ; de même pour le dramatique à

---

1. Le problème de la relation entre les archétypes intemporels et la thématique historique se pose (je ne dis pas : se résout) de lui-même à la lecture d'ouvrages comme *Le Décor mythique* de G. Durand, analyse anthropologique d'un romanesque apparemment né avec l'Arioste, ou la *Psychocritique du genre comique* de Ch. Mauron, lecture psychanalytique d'un genre né avec Ménandre et la comédie nouvelle – Aristophane et la comédie ancienne, par exemple, ne relevant pas exactement du même « schème imaginatif ».

l'égard du tragique, du comique, etc., et pour le lyrique à l'égard de l'élégiaque, du satirique, etc.[1]. Je nie seulement qu'une ultime instance générique, et elle seule, se laisse définir en termes exclusifs de toute historicité : à quelque niveau de généralité que l'on se place, le fait générique mêle inextricablement, entre autres, le fait de nature et le fait de culture. Que les proportions et le type de relation même puissent varier, c'est encore une évidence, mais aucune instance n'est totalement donnée par la nature ou par l'esprit – comme aucune n'est totalement déterminée par l'histoire.

On propose parfois (ainsi Lämmert dans ses *Bauformen des Erzählens*) une définition plus empirique, et toute relative, des « types » idéaux : il s'agirait seulement des formes génériques *les plus constantes*. De telles différences de degré – par exemple entre la comédie et le vaudeville, ou entre le roman en général et le roman gothique – ne sont pas contestables, et il va de soi que la plus grande extension historique a partie liée avec la plus grande extension conceptuelle. Mais il faut cependant manier avec prudence l'argument de la durée : la longévité des formes classiques (épopée, tragédie) n'est pas un sûr indice de transhistoricité, car il faut ici tenir compte du conservatisme de la tradition classique, capable de maintenir debout pendant plusieurs siècles des formes momifiées. En face de telles permanences, les formes post-classiques (ou para-classiques) pâtissent d'une usure historique qui est moins leur fait que celui

---

1. La terminologie, en l'occurrence, reflète et aggrave la confusion théorique : à *drame* et *épopée* (entendus comme genres spécifiques), nous ne pouvons opposer en français qu'un flasque *poème lyrique* ; *épique* au sens modal n'est pas vraiment idiomatique, et nul ne s'en plaindra : c'est un germanisme qu'il n'y a aucun avantage à accréditer ; quant à *dramatique*, il désigne vraiment, et malheureusement, les deux concepts, le générique (= propre au drame) et le modal (= propre au théâtre) ; si bien qu'on ne peut rien aligner, au niveau modal, en paradigme avec *narratif* (le seul univoque) : *dramatique* reste ambigu, et le troisième terme manque absolument.

d'un autre rythme historique. Un critère plus significatif serait la capacité de dispersion (dans des cultures diverses) et de récurrence spontanée (sans l'adjuvant d'une tradition, d'un *revival* ou d'une mode « rétro ») : ainsi, peut-être, pourrait-on considérer, à l'inverse de la résurrection laborieuse de l'épopée classique au XVIIᵉ siècle, le retour apparemment spontané de l'épique dans les premières chansons de geste. Mais on mesure vite, devant de tels sujets, l'insuffisance non seulement de nos connaissances historiques, mais encore et plus fondamentalement de nos ressources théoriques : dans quelle mesure, de quelle manière et en quel sens, par exemple, l'espèce « chanson de geste » appartient-elle au genre épique ? Ou encore : comment définir l'épique en dehors de toute référence au modèle et à la tradition homériques[1] ?

On voit donc ici en quoi consiste l'inconvénient théorique d'une attribution fallacieuse qui pouvait d'abord apparaître comme un simple lapsus historique sans importance, sinon sans signification : c'est qu'elle projette le privilège de naturalité qui était *légitimement* (« il n'y a et il ne peut y avoir que trois façons de représenter par le langage des actions, etc. ») celui des trois modes *narration pure/narration mixte/imitation dramatique* sur la triade de genres, ou d'archigenres, *lyrisme/épopée/drame* : « il n'y a et il ne peut y avoir que trois attitudes poétiques fondamentales, etc. ». En jouant subrepticement (et inconsciemment) sur les deux tableaux de la définition modale et de la définition générique[2], elle constitue ces archigenres en types idéaux ou

1. Cf. D. Poirion, « Chanson de geste ou épopée ? Remarques sur la définition d'un genre », *Travaux de linguistique et de littérature*, Strasbourg, 1972.
2. Le seul, ou presque, poéticien moderne qui maintienne (à sa manière) la distinction entre modes et genres est à ma connaissance N. Frye. Encore baptise-t-il (en anglais) *modes* ce que l'on appelle

naturels, qu'ils ne sont pas et ne peuvent être : il n'y a pas
d'archigenres qui échapperaient totalement à l'historicité
*tout en conservant une définition générique*[1]. Il y a des
modes, exemple : le récit ; il y a des genres, exemple : le
roman ; la relation des genres aux modes est complexe, et
sans doute n'est-elle pas, comme le suggère Aristote, de
simple inclusion. Les genres peuvent traverser les modes
(Œdipe raconté reste tragique), peut-être comme les œuvres
traversent les genres – peut-être différemment : mais nous
savons bien qu'un roman n'est pas seulement un récit, et
donc qu'il n'est pas une espèce du récit, ni même une
espèce de récit. Nous ne savons même que cela, dans ce
domaine, et sans doute est-ce encore trop. La poétique est

---

ordinairement genres (mythe, romance, mimésis, ironie), et *genres* ce
que je voudrais appeler modes (dramatique, narratif oral ou *épos*, narratif écrit ou *fiction*, chanté pour soi ou *lyrique*). C'est cette dernière
division, et elle seule, qui s'appuie chez lui – explicitement – sur Aristote et Platon, et qui se donne pour critère la « forme de présentation »,
c'est-à-dire de communication avec le public (voir trad. fr., p. 299-
305, et particulièrement p. 300). C. Guillen (*op. cit.*, p. 386-388) distingue quant à lui trois sortes de classes : les genres proprement dits,
les formes métriques, et (se référant à Frye avec une heureuse substitution de termes) les « *modes* de présentation, comme le *narratif* et le
*dramatique* ». Il ajoute toutefois, non sans raison, que, contrairement à
Frye, il ne croit pas « que ces modes constituent le principe fondamental de toute différenciation générique, et que les genres spécifiques soient des formes ou des exemples de ces modes ».
   1. Cette clause soulignée est sans doute le seul point sur lequel
je me sépare de la critique adressée par Ph. Lejeune à la notion de
« type » (*Le Pacte autobiographique*, Éd. du Seuil, 1975, p. 326-334).
Je pense, comme Lejeune, que le type est « une projection idéalisée »
(je dirais plus volontiers : « naturalisée ») du genre. Je crois pourtant,
comme Todorov, qu'il existe disons des formes *a priori* de l'expression littéraire. Mais ces formes *a priori*, je ne les trouve que dans les
modes, qui sont des catégories linguistiques et prélittéraires. Sans parler, bien entendu, des contenus investis, eux aussi largement extralitté-
raires et transhistoriques. Je dis « largement », et non « totalement » :
j'accorde sans réserve à Lejeune que l'autobiographie est, comme tous
les genres, un fait historique, mais je maintiens que ses investisse-
ments ne le sont pas intégralement, et que la « conscience bour-
geoise » n'y explique pas tout.

une très vieille et très jeune « science » : le peu qu'elle « sait », peut-être aurait-elle parfois intérêt à l'oublier. En un sens, c'est tout ce que je voulais dire – et cela aussi, bien sûr, est encore trop.

X

Ce qui précède est, à quelques retouches et additions près, le texte d'un article publié dans *Poétique*, en novembre 1977, sous le titre « Genres, "types", modes ». Comme me le fit aussitôt observer Philippe Lejeune, la conclusion en était excessivement désinvolte, ou figurée : s'il faut (mais faut-il ?) parler littéralement, la poétique n'a pas à « oublier » ses erreurs passées (ou présentes) mais, bien sûr, à les mieux connaître pour éviter d'y retomber. Dans la mesure où l'attribution à Platon et Aristote de la théorie des « trois genres fondamentaux » est une erreur historique qui cautionne et valorise une confusion théorique, je pense évidemment qu'il lui faut à la fois s'en débarrasser et garder à l'esprit, pour leçon, ce (trop) significatif accident de parcours.

Mais, d'autre part, cette conclusion évasive masquait, mal et sans trop le savoir, un embarras théorique que je tenterai maintenant de ressaisir par ce détail : « sans doute, disais-je, [la relation des genres aux modes] n'est-elle pas, comme le suggère Aristote, de simple inclusion, etc. ». « Comme le suggère Aristote » est, je m'en avise, équivoque : Aristote suggère-t-il qu'elle l'est ou qu'elle ne l'est pas ? Il me semblait alors qu'il disait qu'elle l'est, mais je n'en étais sans doute pas trop sûr, d'où le prudent « suggère » et la construction ambiguë. Qu'en est-il donc en fait, ou que m'en semblet-il aujourd'hui ?

Que chez Aristote, et contrairement à ce qui se passe chez la plupart des poéticiens ultérieurs, classiques ou modernes, la relation entre la catégorie du genre et celle de ce que j'appelle en son nom le « mode » (le terme de « genre » lui-même, après tout, n'est pas dans la *Poétique*) n'est pas de *simple inclusion*, ou plus précisément n'est pas de *simple* inclusion. Il y a et il n'y a pas inclusion, ou plutôt il y a (au moins) *double* inclusion, c'est-à-dire intersection. Comme le manifeste bien – de cela aussi je m'avise après coup – le tableau ici présent[1] et construit d'après le texte de la *Poétique*, la catégorie du genre (soit la tragédie) est incluse à la fois dans celle du mode (dramatique) et dans celle de l'objet (supérieur), dont elle relève à un autre titre, mais au même degré. La différence structurale entre le système d'Aristote et celui des théories romantiques et modernes, c'est que ces dernières se ramènent généralement à un schéma d'inclusions univoques et hiérarchisées (les œuvres dans les espèces, les espèces dans les genres, les genres dans les « types »), tandis que le système aristotélicien – si rudimentaire soit-il par ailleurs – est implicitement tabulaire, suppose implicitement un tableau à (au moins) double entrée, où chaque genre relève à la fois (au moins) d'une catégorie modale et d'une catégorie thématique : la tragédie, par exemple, est (à ce niveau) définie à la fois comme cette-sorte-d'œuvres-à-sujet-noble-que-l'on-représente-à-la-scène, et comme cette-sorte-d'œuvres-représentées-à-la-scène-dont-le-sujet-est-noble, l'épopée à la fois comme une action-héroïque-racontée et comme le-récit-d'une-action-héroïque, etc. Les catégories modales et thématiques n'ont entre elles aucune relation de dépendance, le mode n'inclut ni n'implique le thème, le thème n'inclut ni n'implique le mode, et il doit aller de soi que la présentation spatiale du tableau pourrait être inversée, avec les objets en abscisse et les modes en ordonnée ; mais les modes et les thèmes, en se croisant, co-incluent et déterminent les genres.

1. P. 20.

Or, il me semble aujourd'hui qu'*à tout prendre* et *s'il faut* (faut-il ?) *un système*, et malgré son exclusion, aujourd'hui injustifiable, des genres non représentatifs, celui d'Aristote (une fois encore, *torniamo all'antico…*) est *dans sa structure* plutôt supérieur (c'est-à-dire, évidemment, plus efficace) à la plupart de ceux qui l'ont suivi, et que vicie fondamentalement leur taxinomie inclusive et hiérarchique, laquelle à chaque fois bloque d'emblée tout le jeu et le conduit à une impasse.

J'en trouve un nouvel exemple dans l'ouvrage récent de Klaus Hempfer, *Gattungstheorie*[1], qui se veut une mise au point synthétique des principales théories existantes. Sous le titre à la fois modeste et ambitieux de « terminologie systématique », Hempfer propose un système implicitement hiérarchisé dont les classes inclusives seraient, de la plus vaste à la plus restreinte, les « modes d'écriture » *(Schreibweisen)*, fondés sur des situations d'énonciation (ce sont nos *modes*, exemple : narratif *vs* dramatique) ; les « types » *(Typen)*, qui sont des spécifications des modes : par exemple, au sein du mode narratif, narration « à la première personne » (homodiégétique) *vs* narration « auctoriale » (hétérodiégétique) ; les « genres » *(Gattungen)*, qui sont les réalisations concrètes historiques (roman, nouvelle, épopée, etc.) ; et les « sous-genres » *(Untergattungen)*, qui sont des spécifications plus étroites à l'intérieur des genres, comme le roman picaresque au sein du genre roman.

Ce système est à première vue séduisant (pour qui se laisse séduire à ce genre de choses), d'abord parce qu'il pose au sommet de la pyramide la catégorie du mode, à mes yeux la plus indéniablement universelle en tant qu'elle est fondée sur le fait, transhistorique et translinguistique, des situations pragmatiques. Ensuite, parce que la catégorie du *type* fait ici légitimement droit à des spécifications submo-

---

1. Munich, W. Fink, 1973, p. 26-27.

dales telles que l'étude des formes narratives en a dégagé depuis un siècle : si le mode narratif est une catégorie trans-générique légitime, il paraît évident qu'une théorie d'ensemble des genres doit intégrer les spécifications submodales de la narratologie, et il en va naturellement de même des éventuelles spécifications du mode dramatique. De même, on ne peut contester (et je l'ai déjà reconnu) qu'une catégorie générique comme le roman se laisse subdiviser en spécifications moins extensives et plus compréhensives telles que roman picaresque, sentimental, policier, etc. Autrement dit, la catégorie du mode et celle du genre appellent inévitablement, chacune pour son compte, leurs subdivisions, et rien évidemment n'interdit de les baptiser respectivement « types » et « sous-genres » (encore que le terme de *type* ne se recommande guère ni par sa transparence ni par sa congruence paradigmatique : *sous-mode* serait à la fois plus clair et plus « systématique », c'est-à-dire en l'occurrence symétrique).

Mais où le bât blesse, on le voit bien, c'est lorsqu'il s'agit d'articuler en inclusion la catégorie du genre à celle du « type ». Car si le mode narratif inclut d'une certaine manière, par exemple le genre roman, il est impossible de subordonner le roman à une spécification particulière du mode narratif : si l'on subdivise le narratif en narration homodiégétique et hétérodiégétique, il est clair que le genre roman ne peut entrer entier dans aucun de ces deux types, puisqu'il existe des romans « à la première personne » et des romans « à la troisième personne »[1]. Bref, si le « type » est un sous-mode, le genre n'est pas un sous-type, et la chaîne d'inclusions se brise là.

---

1. Observons au passage que ces spécifications « formelles », c'est-à-dire (sub)modales, n'ont pas communément le statut de sous-genres, ou d'espèces, comme les romans picaresque, sentimental, etc. évoqués plus haut. Les catégories proprement (sub)génériques sont apparemment toujours liées à des spécifications thématiques. Mais il faudrait aller y voir de plus près.

Mais cette *systematische Terminologie* fait encore difficulté sur un autre point, que j'ai évité jusqu'ici de mentionner : la catégorie suprême des *Schreibweisen* n'est pas aussi
homogène (purement modale) que je l'ai laissé entendre, car
elle comporte d'autres « constantes anhistoriques » que les
modes narratif et dramatique ; Hempfer en mentionne à vrai
dire une seule, mais dont la présence suffit à déséquilibrer
toute la classe : le mode « satirique », dont la détermination
est évidemment d'ordre thématique – plus proche de la catégorie aristotélicienne des objets que de celle des modes.

Cette critique, je m'empresse de le préciser, ne vise que
l'incohérence taxinomique d'une classe baptisée « modes
d'écriture », et où l'on semble, en fait, disposé à embarquer
indistinctement toutes les « constantes », de quelque ordre
qu'elles soient. Comme je l'ai déjà indiqué, j'admets en effet
l'existence, au moins relative, de constantes « anhistoriques »,  ✓
ou plutôt transhistoriques, non seulement du côté des modes
d'énonciation, mais aussi de quelques grandes catégories thématiques telles que l'héroïque, le sentimental, le comique, etc.,
dont le recensement éventuel ne ferait peut-être que diversifier
et nuancer, à la manière des « modes » selon Frye, ou autrement, l'opposition rudimentaire posée par Aristote entre
« objets » supérieurs, égaux et inférieurs, sans nécessairement
compromettre pour l'instant le principe d'un tableau des
genres fondé sur l'intersection de catégories modales et
thématiques, simplement plus nombreuses de part et d'autre
que ne les voyait Aristote : les thématiques, à l'évidence – et
je rappelle que l'essentiel de la *Poétique* se consacre à une
description plus spécifiée du sujet tragique, qui laisse impli-
tement subsister hors de sa définition des formes moins « éminemment tragiques » du drame sérieux –; les modales, au
moins parce qu'il faudrait faire sa place au mode non représentatif (ni narratif ni dramatique) de l'expression directe[1], et

1. Il y a bien toujours une difficulté, ou gaucherie à introduire dans
un paradigme des modes de représentation un mode non représenta-

aussi sans doute pour diversifier les modes en ces sous-
modes reconnus par Hempfer : il y a plusieurs « types » de
récit, plusieurs « types » de représentation dramatique, etc.

   On pourrait donc envisager une grille de type aristotélicien, mais beaucoup plus complexe que celle d'Aristote, où
$n$ classes thématiques recoupées par $p$ classes modales et
submodales détermineraient un nombre considérable (c'est-
à-dire $np$, ni plus ni moins) de genres existants ou possibles.
Mais rien ne permet *a priori* de limiter à deux le nombre de
ces listes de paramètres, et donc de sauvegarder le principe
du tableau à deux dimensions : lorsque Fielding, dans un
esprit encore très aristotélicien, définit *Joseph Andrews* (et,
d'avance, *Tom Jones* et quelques autres) comme une « épopée comique en prose », même si l'on peut ramener sans
trop de peine le terme *épopée comique* à la quatrième case
aristotélicienne, la spécification « en prose » introduit inévitablement un troisième axe de paramètres qui déborde et
invalide le modèle de la grille tabulaire, car l'opposition *en
prose/en vers* n'est pas propre au mode narratif (comme
l'opposition *homo-/hétérodiégétique*), mais traverse aussi le
mode dramatique : il existe, au moins depuis Molière, des
comédies, et, au moins depuis l'*Axiane* de Scudéry, des tragédies en prose. Il y faudrait donc un volume à trois dimensions – dont la troisième, je le rappelle, avait été implicitement prévue par Aristote sous la forme de la question « en
quoi ? » qui détermine le choix des « moyens » formels (en
quelle langue, en quels vers, etc.) de l'imitation. Je suis
assez enclin à penser que peut-être, par une heureuse infir-
mité de l'esprit humain, les grands paramètres concevables
du système générique se ramènent à ces trois sortes de
« constantes » : thématiques, modales et formelles, et qu'une
espèce de cube translucide, sans doute moins maniable – et

tif. C'est un peu l'histoire de cet embarras que j'ai esquissée dans ce
qui précède, et dont je risque fort d'ouvrir ici un nouveau chapitre. À
moins que le mode non représentatif ne puisse entrer dans le système
en tant que degré zéro ?

moins gracieux – que la rosace de Petersen, donnerait au moins pendant quelque temps l'illusion d'y faire face et d'en rendre compte. Mais je n'en suis pas assez certain, et j'ai trop longtemps manié, fût-ce avec des pincettes, les divers schémas et projections de mes ingénieux prédécesseurs pour entrer à mon tour dans ce jeu dangereux. Il nous suffira donc pour l'instant de poser qu'un certain nombre de déterminations thématiques, modales et formelles relativement *constantes et transhistoriques* (c'est-à-dire d'un rythme de variance sensiblement plus lent que ceux dont l'Histoire – « littéraire » et « générale » – a ordinairement à connaître) dessinent en quelque sorte le paysage où s'inscrit l'évolution du champ littéraire, et, dans une large mesure, déterminent quelque chose comme la réserve de virtualités génériques dans laquelle cette évolution fait son choix – non parfois sans surprises, bien sûr, répétitions, caprices, mutations brusques ou créations imprévisibles.

Je sais bien qu'une telle vision de l'Histoire peut sembler une mauvaise caricature de cauchemar structuraliste, faisant bon marché de ce qui précisément rend l'Histoire irréductible à ce genre de tableaux, à savoir le cumulatif et l'irréversible – le seul fait, par exemple, de la *mémoire générique* (la *Jérusalem délivrée* se souvient de l'*Énéide*, qui se souvient de l'*Odyssée*, qui se souvient de l'*Iliade*), qui n'incite pas seulement à l'imitation, et donc à l'immobilisme, mais aussi à la différenciation – on ne peut évidemment pas *répéter* ce que l'on imite –, et donc à un minimum d'évolution. Mais d'un autre côté je persiste à penser que le relativisme absolu est un sous-marin à voiles, que l'historicisme tue l'Histoire, et que l'étude des transformations implique l'examen, et donc la prise en considération, des permanences. Le parcours historique n'est évidemment pas déterminé, mais il est en grande partie balisé par le tableau combinatoire : avant l'âge bourgeois, pas de drame bourgeois possible ; mais, nous l'avons vu, le drame bourgeois se laisse suffisamment définir comme le symétrique inverse

de la comédie héroïque. Et j'observe encore que Philippe
Lejeune, qui voit, sans doute à juste titre, dans l'autobiographie un genre relativement récent, la définit en des
termes (« récit rétrospectif en prose qu'une personne fait de
sa propre existence, lorsqu'elle met l'accent sur sa vie individuelle, en particulier sur l'histoire de sa personnalité »)
où n'intervient aucune détermination historique : l'autobiographie n'est sans doute possible qu'à l'époque moderne,
mais sa définition, combinatoire de traits thématiques
(devenir d'une individualité réelle), modaux (narration
autodiégétique rétrospective) et formels (en prose), est typiquement aristotélicienne, et rigoureusement intemporelle[1].

# XI

   — Reste, me dira-t-on, que ce rapprochement cavalier est
lui aussi tout rétrospectif, et que si Lejeune peut rappeler
Aristote, Aristote n'annonce pas Lejeune, et n'a jamais
défini l'autobiographie.
   — J'en conviens, mais nous avons déjà observé qu'il avait,
quelques siècles avant Fielding, sans le savoir et à un détail
près (la prose), défini le roman moderne, de Sorel à Joyce :
« récit bas » — a-t-on trouvé beaucoup mieux depuis ?
   — Bref, progrès en poétique assez lents. Peut-être vau-
drait-il mieux renoncer à une entreprise aussi marginale (au
sens économique), et laisser aux historiens de la littérature,
à qui elle revient de toute évidence, l'étude empirique des

---

1. L'historicité, bien sûr, s'y introduit dès que l'on pose que les
notions de devenir et d'individualité sont inconcevables avant le XVIIᵉ
siècle ; mais cette (hypo)thèse reste extérieure à la définition proprement dite. – À vrai dire, je ne suis pas certain d'avoir choisi avec
l'autobiographie l'exemple le plus difficile : on aurait sans doute plus
de peine à imaginer Aristote définissant le western, le *space opera*, ou
même, comme le notait déjà Cervantès, le roman de chevalerie. Certaines spécifications thématiques portent inévitablement la marque de
leur *terminus a quo*.

genres, ou peut-être des sous-genres, comme institutions socio-historiques : l'élégie romaine, la chanson de geste, le roman picaresque, la comédie larmoyante, etc.

– Ce serait une assez bonne défaite, et apparemment une bonne affaire pour tout le monde, encore que tous les articles cités ne soient pas précisément de première main. Mais je doute que l'on puisse très facilement, ou très pertinemment, ✓ écrire l'histoire d'une institution que l'on n'aurait pas préalablement définie : dans *roman picaresque* il y a *roman*, et supposé que le *picaro* soit une donnée sociale d'époque dont la littérature ne serait nullement responsable (c'est une supposition un peu grosse), reste à définir cette espèce par le genre proche, le genre lui-même par autre chose, et nous (re)voici en pleine poétique : qu'est-ce que le roman ?

– Question oiseuse. Ce qui compte, c'est *ce* roman, et n'oubliez pas que le démonstratif dispense de définition. Occupons-nous de ce qui existe, c'est-à-dire des œuvres singulières. Faisons de la critique, la critique se passe fort bien des universaux.

– Elle s'en passe fort mal, puisqu'elle y recourt sans le savoir et sans les connaître, et au moment même où elle prétend s'en passer : vous avez dit « ce *roman* ».

– Disons « ce *texte* », et n'en parlons plus.

– Je ne suis pas sûr que vous ayez gagné au change. Dans le meilleur des cas, vous tombez de poétique en phénoménologie : qu'est-ce qu'*un* texte ?

– Je ne m'en soucie guère : je puis toujours, *whatever it is*, m'y enfermer et le commenter à ma guise.

– Vous vous enfermez donc dans un genre.

– Quel genre ?

– Le commentaire de texte, parbleu, et même, plus précisément, le commentaire-de-texte-qui-ne-se-soucie-pas-de-genres : c'est un sous-genre. Franchement, votre discours m'intéresse.

– Le vôtre m'intéresse aussi. J'aimerais savoir d'où vient cette rage de *sortir* : du texte par le genre, du genre par le mode, du mode…

– Par le texte, à l'occasion et pour changer, ou, second degré, sortir de la sortie. Mais il est de fait que *pour l'instant* le texte (ne) m'intéresse (que) par sa *transcendance textuelle*, savoir tout ce qui le met en relation, manifeste ou secrète, avec d'autres textes. J'appelle cela la *transtextualité*, et j'y englobe l'*intertextualité* au sens strict (et « classique », depuis Julia Kristeva), c'est-à-dire la présence littérale (plus ou moins littérale, intégrale ou non) d'un texte dans un autre : la citation, c'est-à-dire la convocation explicite d'un texte à la fois présenté et distancié par des guillemets, est l'exemple le plus évident de ce type de fonctions, qui en comporte bien d'autres. J'y mets aussi, sous le terme, qui s'impose (sur le modèle *langage/métalangage*), de *métatextualité*, la relation transtextuelle qui unit un commentaire au texte qu'il commente : tous les critiques littéraires, depuis des siècles, produisent du métatexte sans le savoir.

– Ils le sauront dès demain : révélation bouleversante, inestimable promotion. Je vous remercie en leur nom.

– Ce n'est rien, simple retombée, et vous savez combien j'aime obliger à peu de frais. Mais laissez-moi terminer : j'y mets encore d'autres sortes de relations – pour l'essentiel, je pense, d'imitation et de transformation, dont le pastiche et la parodie peuvent donner une idée, ou plutôt deux idées, fort différentes quoique trop souvent confondues, ou inexactement distinguées – que je baptiserai faute de mieux *paratextualité* (mais c'est aussi pour moi la transtextualité par excellence), et dont nous nous occuperons peut-être un jour, si le hasard fait que la Providence y consente. J'y mets enfin (sauf omission) cette relation d'inclusion qui unit chaque texte aux divers types de discours auxquels il ressortit. Ici viennent les genres, et leurs déterminations déjà entrevues : thématiques, modales, formelles, et autres (?). Appelons cela, comme il va de soi, l'*architexte*, et *architextualité*, ou simplement *architexture*…

– Vous avez la simplicité un peu lourde. Les plaisanteries sur le mot *texte* forment un genre qui me paraît bien fatigué.

– Je vous l'accorde. Aussi proposerais-je volontiers que celle-ci fût la dernière.

– J'eusse préféré…

– Moi aussi, mais, que voulez-vous, on ne se refait pas, et tout bien réfléchi je ne promets rien. <u>Appelons donc *archi-textualité* la relation du texte à son architexte</u>[1]. Cette transcendance-là est omniprésente, quoi qu'aient pu dire Croce et autres sur l'invalidité du point de vue générique en littérature, et ailleurs : de cette objection, on peut se défaire en rappelant qu'un certain nombre d'œuvres, depuis l'*Iliade*, se sont soumises d'elles-mêmes à ce point de vue, qu'un certain nombre d'autres, comme la *Divine Comédie*, s'y sont d'abord soustraites, que la seule opposition de ces deux groupes esquisse un système des genres – on pourrait dire plus simplement que le mélange ou le mépris des genres est un genre parmi d'autres –, et que cette esquisse fort rustique, nul ne peut y échapper, et nul ne peut s'en satisfaire : c'est donc le doigt dans l'engrenage.

– Je vous laisse l'y mettre.

– Vous avez tort : c'est *mon* engrenage, et c'est *votre* doigt. L'architexte est donc omniprésent, au-dessus, au-dessous, autour du texte, qui ne tisse sa toile qu'en l'accrochant, ici et là, à ce réseau d'architexture. Ce qu'on appelle théorie des genres, ou *génologie* (Van Tieghem), théorie des modes (je propose *modistique* ; la *narratique*, ou *narratologie*, théorie du récit, en fait partie), théorie des figures – non, ce n'est pas la rhétorique, ou théorie des discours, qui surplombe de très haut tout cela ; *figuratique* m'est resté naguère sur les bras ; que diriez-vous de *figurologie* ?

– …

– Je ne vous le fais pas dire – théorie des styles, ou *stylistique transcendante*…

---

1. Le terme *architexture* et l'adjectif *architextuel* ont été utilisés par Mary-Ann Caws, « Le passage du poème », *CAIEF*, mai 1978, dans une tout autre acception, qui m'échappe.

– Pourquoi transcendante ?

– Pour faire chic, et pour l'opposer à la critique stylistique à la Spitzer, qui se veut le plus souvent immanente au texte ; théorie des formes, ou *morphologie* (un peu délaissée aujourd'hui, mais cela pourrait changer ; elle comprend, entre autres, la *métrique*, entendue, propose Mazeleyrat, comme l'étude générale des formes poétiques), théorie des thèmes, ou *thématique* (dont la critique ainsi qualifiée ne serait qu'une application aux œuvres singulières), toutes ces disciplines...

– Je n'aime pas trop cette notion.

– Nous voilà donc un point commun. Mais une « discipline » (mettons-y des guillemets contestataires) n'est pas, ou du moins ne doit pas être, une institution, mais seulement un instrument, un moyen transitoire, vite aboli dans sa fin, laquelle peut fort bien n'être qu'un autre moyen (une autre « discipline »), qui à son tour... et ainsi de suite : le tout est d'avancer. Nous en avons déjà usé quelques-unes, dont je vous épargne la nécrologie.

– Un service en vaut un autre : vous n'aviez pas fini votre phrase.

– Je comptais m'en dispenser, mais rien ne vous échappe. Toutes ces « disciplines », donc, et quelques autres qui restent à inventer et à casser à leur tour – le tout formant et réformant sans cesse la poétique, dont l'objet, posons-le fermement, *n'est pas le texte, mais l'architexte* –, peuvent servir, faute de mieux, à explorer cette transcendance architextuelle, ou architexturale. Ou plus modestement à y naviguer. Ou, plus modestement encore, à y flotter, quelque part au-delà du texte.

– Vous avez maintenant la modestie aventureuse : flotter sur une transcendance à bord d'une « discipline » vouée à la casse (ou à la réforme)... Monsieur le poéticien, je vous vois mal parti.

– Mon cher Frédéric, ai-je dit que je partais ?

Fiction et diction

# Argument

À des titres divers, les quatre études qui suivent portent sur la question des *régimes*, des *critères* et des *modes* de la littérarité, définie depuis Roman Jakobson comme l'aspect esthétique de la littérature – qui, cela va sans dire, en comporte bien d'autres. Il s'agit donc de préciser dans quelles conditions un texte, oral ou écrit, peut être perçu comme une « œuvre littéraire », ou plus largement comme un *objet* (verbal) *à fonction esthétique* – genre dont les *œuvres* constituent une espèce particulière, définie entre autres par le caractère intentionnel (et perçu comme tel) de la fonction.

À cette différence d'extension correspond à peu près l'opposition entre les deux *régimes* de littérarité : le *constitutif*, garanti par un complexe d'intentions, de conventions génériques, de traditions culturelles de toutes sortes, et le *conditionnel*, qui relève d'une appréciation esthétique subjective et toujours révocable.

La catégorie très théorique (et souvent inaperçue) du régime en rencontre une autre, de perception plus évidente, qui lui est en quelque sorte perpendiculaire : celle du *critère* empirique sur lequel se fonde, fût-ce après coup, un diagnostic de littérarité. Ce critère peut être soit *thématique*, c'est-à-dire relatif au contenu du texte (de quoi s'agit-il ?), soit formel ou, plus largement, *rhématique*, c'est-à-dire relatif au caractère du texte lui-même et au type de discours qu'il exemplifie.

La croisée de ces deux catégories détermine un tableau des *modes* de littérarité. Mais ces modes ne s'y répartissent pas de manière égale et symétrique. Le critère thématique le plus fréquemment et légitimement invoqué depuis Aristote, la *fictionalité,* fonctionne toujours en régime constitutif : une œuvre (verbale) de fiction est presque inévitablement reçue comme littéraire, indépendamment de tout jugement de valeur, peut-être parce que l'attitude de lecture qu'elle postule (la fameuse « suspension volontaire de l'incrédulité ») est une attitude esthétique, au sens kantien, de « désintéressement » relatif à l'égard du monde réel. Le critère rhématique, lui, peut déterminer deux modes de littérarité par *diction*. L'un (la poésie) est de régime constitutif : de quelque manière qu'on définisse la forme poétique, un poème est toujours une œuvre littéraire, parce que les traits formels (variables) qui le marquent comme poème sont, de manière non moins évidente, d'ordre esthétique. L'autre mode de diction (la prose non fictionnelle) ne peut être perçu comme littéraire que de manière conditionnelle, c'est-à-dire en vertu d'une attitude individuelle, comme celle de Stendhal devant le style du Code civil.

Tel est le postulat d'ensemble de ce petit livre, et l'objet de son premier chapitre. Les deux suivants portent plus spécifiquement sur le discours de la fiction. Le premier cherche à définir, dans la voie ouverte par John Searle, le statut des énoncés de fiction narrative comme actes de langage. Ces énoncés, qui instaurent l'univers qu'ils prétendent décrire, consistent selon Searle en des assertions « feintes », c'est-à-dire qui se présentent comme des assertions sans en remplir les conditions pragmatiques de validité. Cette définition est pour moi incontestable, mais incomplète : si les énoncés de fiction ne sont pas des assertions véritables, reste à préciser à quelle autre sorte d'actes de langage ils ressortissent.

Le troisième chapitre part d'un constat historique : la narratologie s'est presque exclusivement attachée aux formes

du récit de fiction, comme si ces observations étaient automatiquement applicables ou transposables aux récits non
fictionnels comme celui de l'Histoire, de l'autobiographie,
du reportage ou du journal intime. Sans engager sur ce
terrain une enquête empirique qui reste fort nécessaire, j'es-
saie ici, d'une manière plus déductive et schématique, d'indiquer quelles conséquences prévisibles le caractère fictionnel ou « factuel » d'un récit peut entraîner sur ses allures
temporelles, ses choix de distance et de point de vue, ou de
« voix » narrative, ou encore – trait peut-être le plus pertinent – sur la relation qu'y entretiennent les deux instances
du narrateur et de l'auteur.

La dernière étude revient sur le terrain de la diction,
considérée sous son aspect le plus conditionnel, celui du
*style*. La définition léguée par les linguistes (« le style est
la fonction expressive du langage ») appelle elle-même
une interprétation en termes sémiotiques, sous peine de
favoriser une conception étroitement affectiviste des « faits
de style ». La notion douteuse d'*expression* nous engage
dans une longue quête qui mène en zigzag de Bally à Frege
(*sens* et *dénotation*), de Frege à Sartre (*sens* et *signification*)
et de Sartre à Nelson Goodman – lequel fournit, avec la distinction entre *dénotation* et *exemplification*, le moyen
d'analyser d'une manière plus claire, plus large et plus
sobre la relation entre langue et style, c'est-à-dire entre la
fonction sémantique du discours et son versant de « perceptibilité ».

On peut juger obscure ou problématique la convergence
sur une même fonction de ces deux modes apparemment
hétérogènes que sont, d'un côté, le caractère fictionnel
d'une histoire et, de l'autre, la manière dont un texte, outre
ce qu'il *dit*, laisse percevoir et apprécier ce qu'il *est*. Le trait
commun, je le soupçonne, tient à un trouble de la transparence du discours : dans un cas (fiction), *parce que* son
objet est plus ou moins explicitement posé comme inexistant ; dans l'autre (diction), *pour peu que* cet objet soit tenu

pour moins important que les propriétés intrinsèques de ce discours lui-même.

Maintenant, en quoi cette opacité relative, quels qu'en soient le mode ou la cause, constitue un trait proprement esthétique, cette question requiert d'évidence une plus vaste enquête, qui déborderait le champ, décidément trop étroit, de la poétique.

# Fiction et diction

Si je craignais moins le ridicule, j'aurais pu gratifier cette étude d'un titre qui a déjà lourdement servi : « Qu'est-ce que la littérature ? » – question à laquelle, on le sait, le texte illustre qu'elle intitule ne répond pas vraiment, ce qui est en somme fort sage : à sotte question, point de réponse ; du coup, la vraie sagesse serait peut-être de ne pas la poser. La littérature est sans doute *plusieurs* choses à la fois, liées (par exemple) par le lien plutôt lâche de ce que Wittgenstein appelait une « ressemblance de famille » et qu'il est difficile, ou peut-être, selon une relation d'incertitude comparable à celles que connaît la physique, impossible de considérer ensemble. Je m'en tiendrai donc à un seul de ces aspects, en l'occurrence celui qui m'importe le plus, et qui est l'aspect esthétique. Il est en effet de consensus à peu près universel, quoique souvent oublié, que la littérature, entre autres choses, est un art, et d'évidence non moins universelle que le matériau spécifique de cet art est le « langage » – c'est-à-dire, bien sûr, *les* langues (puisque, comme l'énonçait sobrement Mallarmé, il y en a « plusieurs »).

La formule la plus courante, que j'adopterai donc comme point de départ, est celle-ci : la littérature est l'art du langage. Une œuvre n'est littéraire que si elle utilise, exclusivement ou essentiellement, le médium linguistique. Mais cette condition nécessaire n'est évidemment pas suffisante : de tous les matériaux que l'humanité peut utiliser entre autres à des fins d'art, le langage est peut-être le moins spécifique, le moins étroitement *réservé* à cette fin, et donc celui dont l'emploi suffit le moins à désigner comme artistique l'activité qui l'utilise. Il n'est pas tout à fait sûr que l'emploi des sons ou des couleurs suffise à définir la musique ou la peinture, mais il est certain que l'emploi des mots et des phrases ne suffit pas à définir la littérature, et encore moins la littérature comme art. Cette particularité négative a été jadis relevée par Hegel, qui voyait dans la littérature – et même, à vrai dire, dans la poésie – une pratique constitutivement indécise et précaire, « où l'art commence à se dissoudre et touche à son point de transition vers la représentation religieuse et la prose de la pensée scientifique[1] » – je traduirai librement et en élargissant : vers la prose du langage ordinaire, non seulement religieux ou scientifique, mais aussi bien utilitaire et pragmatique. Et c'est évidemment en songeant à cette propriété qu'a le langage de déborder de toutes parts son investissement esthétique que Roman Jakobson assignait pour objet à la poétique non pas la littérature comme fait brut ou empirique, mais la *littérarité*, définie comme « ce qui fait d'un message verbal une œuvre d'art[2] ».

Acceptons par convention cette définition de la littérarité comme aspect esthétique de la pratique littéraire, et par choix de méthode la restriction de la poétique à l'étude de cet aspect, en laissant de côté la question de savoir si ses autres aspects – par exemple, psychologique ou idéologique – échappent, en fait ou en droit, aux prises de cette discipline. Je rappelle toutefois que, pour Jakobson, la question qui fait l'objet de la poétique (« ce qui fait d'un message verbal une œuvre d'art ») touche à la fois à deux « différences spécifiques » : celle qui « sépare l'art du langage des autres arts » et celle qui le sépare « des autres sortes de pratiques verbales[3] ». Et je laisserai de nouveau de côté la pre-

1. *Esthétique*, « La poésie », Introduction, p. 22.
2. *Essais de linguistique générale*, Paris, Éd. de Minuit, 1963, p. 210.
3. *Ibid.*

mière de ces « différences spécifiques », qui concerne ce qu'Étienne Souriau appelait l'« esthétique comparée », et plus précisément l'ontologie comparée des différents arts. La différence qui nous occupera ici, et qui a bien de fait occupé la plupart des poéticiens depuis Aristote, est donc celle qui, faisant d'« un message verbal une œuvre d'art », le distingue non pas des autres œuvres d'art, mais des « autres sortes de pratiques verbales », ou linguistiques.

Écartons tout d'abord une première réponse qui se présente à la conscience naïve, et dont je dois d'ailleurs préciser qu'elle n'a, à ma connaissance, jamais été retenue par la poétique : la spécificité du littéraire comme art serait celle de l'écrit par rapport à l'oral, la littérature étant, conformément à l'étymologie, liée à l'état scriptural de la langue. L'existence d'innombrables usages non artistiques de l'écriture et, inversement, celle de non moins innombrables performances artistiques, improvisées ou non, en régime d'oralité primaire ou secondaire, suffisent à débouter une telle réponse, dont la naïveté tient sans doute à ce qu'elle oublie un caractère fondamental de la langue comme système et de tout énoncé verbal comme message – à savoir son idéalité, qui lui permet de transcender pour l'essentiel les particularités de ses diverses matérialisations : phoniques, graphiques ou autres. Je dis « pour l'essentiel », parce que cette transcendance ne lui interdit nullement de jouer, à la marge, de certaines de ces ressources, que le passage d'un registre à l'autre n'oblitère d'ailleurs pas entièrement : aussi ne manquons-nous pas d'apprécier à l'œil et à la lecture muette les sonorités d'un poème, tout comme un musicien exercé peut apprécier celles d'une symphonie à la seule étude de sa partition. Comme la peinture pour Léonard, et davantage encore par l'idéalité de ses produits, la littérature est *cosa mentale*.

Nous pouvons donc reprendre la question de Jakobson

sous cette forme élargie, ou plutôt protégée contre toute restriction abusive : « Qu'est-ce qui fait d'un texte, oral ou
écrit, une œuvre d'art ? » À cette question, la réponse de
Jakobson est bien connue – et j'y viendrai plus loin –, mais,
comme ce n'est qu'une des réponses possibles et même
existantes, je voudrais d'abord m'attarder sur la question
elle-même. On peut l'entendre, me semble-t-il, de deux
manières assez distinctes.

La première consiste à tenir en quelque sorte pour
acquise, définitive et universellement perceptible, la littérarité de certains textes, et à s'interroger sur ses raisons objec-
tives, immanentes ou inhérentes au texte lui-même, et qui
l'accompagnent en toutes circonstances. La question de
Jakobson se lit alors comme suit : « Quels sont les textes
qui *sont* des œuvres ? » J'appellerai les théories qui sous-
tendent implicitement une telle interprétation théories
*constitutivistes*, ou *essentialistes*, de la littérarité.

L'autre interprétation entend la question comme signifiant
à peu près ceci : « À quelles conditions, ou dans quelles circonstances, un texte peut-il, sans modification interne,
*devenir* une œuvre ? » – et donc sans doute, inversement
(mais je reviendrai sur les modalités de cette réciproque) :
« À quelles conditions, ou dans quelles circonstances, un
texte peut-il, sans modification interne, *cesser d'être* une
œuvre ? » J'appellerai la théorie qui sous-tend cette seconde
interprétation théorie *conditionaliste* de la littérarité. On
pourrait encore l'illustrer par une application de la célèbre
formule de Nelson Goodman[1] : remplacer la question *What
is art ?* par *When is art ?* – remplacer, donc, la question
« Qu'est-ce que la littérature ? » par la question « Quand
est-ce de la littérature ? ». Puisque nous avons admis avec
Jakobson qu'une théorie de la littérarité est une poétique –
en donnant cette fois à ce terme non plus le sens faible, ou

---

1. « Quand y a-t-il art ? » (1977), *in* D. Lories, *Philosophie analytique et Esthétique*, Paris, Méridiens-Klincksieck, 1988.

neutre, de *discipline*, mais le sens fort et engagé de *doc-trine*, ou pour le moins d'*hypothèse* –, je qualifierai la pre-mière version de *poétique essentialiste*, et la seconde de *poétique conditionaliste*. Et j'ajouterai que la première ver-sion est caractéristique des poétiques *fermées*, la seconde des poétiques *ouvertes*.

Le premier type est celui des poétiques « classiques », dans un sens très large, qui s'étend parfois bien au-delà du classicisme officiel. Son principe est donc que certains textes sont littéraires par essence, ou par nature, et pour l'éternité, et d'autres non. Mais l'attitude que je décris ainsi ne définit encore, je le rappelle, qu'une interprétation de la question, ou, si l'on préfère, une façon de *poser* la question. Elle est donc elle-même susceptible de variantes selon la manière dont elle *répond* à sa propre question, c'est-à-dire selon le critère qu'elle propose pour distinguer les textes littéraires de ceux qui ne le sont pas – autrement dit, selon le choix du critère de littérarité constitutive. L'histoire de la poétique, explicite ou implicite, montre qu'elle s'est partagée entre deux critères possibles, que je qualifierai très grossièrement, l'un, de *thématique*, l'autre de *formel*. J'ajoute dès maintenant, bien que mon propos ne soit pas ici d'ordre historique, que l'histoire de la poétique essentia-liste peut être décrite comme un long et laborieux effort pour passer du critère thématique au critère formel, ou du moins pour faire sa place au second, à côté du premier.

La plus vigoureuse illustration de la poétique essentialiste dans sa version thématique est évidemment celle d'Aris-tote, dont chacun sait que, moyennant divers aména-gements, elle a dominé pendant plus de vingt siècles la conscience littéraire de l'Occident. Comme je ne suis pas le premier à l'observer[1], tout se passe à certains égards

1. Voir plus loin l'opinion de Käte Hamburger.

comme si Aristote avait perçu pour son compte la difficulté
décrite bien plus tard par Hegel, c'est-à-dire le manque de
spécificité de la pratique littéraire, et décidé de la résoudre,
ou pour le moins de la conjurer, de la manière la plus
radicale possible. Cette solution tient en deux mots, dont l'un
n'est en somme que la glose de l'autre : *poièsis* et *mimèsis*.

*Poièsis*. Ce terme, je le rappelle, signifie en grec non pas
seulement « poésie », mais plus largement « création », et le
titre même de *Poétique* indique que l'objet de ce traité sera
la manière dont le langage peut être ou devenir un moyen
de création, c'est-à-dire de production d'une œuvre. Tout se
passe donc comme si Aristote avait établi un partage entre
deux fonctions du langage : sa fonction ordinaire, qui est
de parler (*légein*) pour informer, interroger, persuader,
ordonner, promettre, etc., et sa fonction artistique, qui est
de produire des œuvres (*poiein*). La première relève de la
rhétorique – on dirait plutôt aujourd'hui de la pragmatique
–, la seconde de la poétique. Mais comment le langage,
ordinairement instrument de communication et d'action,
peut-il devenir moyen de création ? La réponse d'Aristote
est claire : il ne peut y avoir de création par le langage que
si celui-ci se fait véhicule de *mimèsis*, c'est-à-dire de représentation, ou plutôt de *simulation* d'actions et d'événements imaginaires ; que s'il sert à inventer des histoires, ou
pour le moins à transmettre des histoires déjà inventées. Le
langage est créateur lorsqu'il se met au service de la fiction,
et je ne suis pas non plus le premier à proposer de traduire
*mimèsis* par *fiction* [1]. Pour Aristote, la créativité du poète ne
se manifeste pas au niveau de la forme verbale, mais au
niveau de la fiction, c'est-à-dire de l'invention et de l'agen-
cement d'une histoire. « Le poète, dit-il, doit plutôt être
artisan d'histoires que de vers, puisque c'est par la fiction
qu'il est poète, et que ce qu'il feint, ce sont des actions [2]. »

1. *Idem.*
2. *Poétique*, 1451 *b*.

Autrement dit : ce qui fait le poète, ce n'est pas la diction,
c'est la fiction. Cette prise de position catégorique explique
l'expulsion, ou plutôt l'absence dans le champ de la poétique, de toute poésie non fictionnelle, de type lyrique, satirique, didactique ou autre : Empédocle, dit Aristote, n'est
pas un poète, c'est un naturaliste ; et si Hérodote avait écrit
en vers, cela ne modifierait en rien son statut d'historien et
ne le qualifierait en rien comme poète. Inversement, sans
doute, on peut en inférer que, si la pratique de la fiction en
prose avait existé de son temps, Aristote n'aurait pas eu
d'objection de principe à l'admettre dans sa *Poétique*. C'est
ce que proposera Huet vingt siècles plus tard : « Suivant
cette maxime d'Aristote, que le Poète est plus Poète par les
fictions qu'il invente que par les vers qu'il compose, on
peut mettre les faiseurs de Romans au nombre des Poètes[1] »
– et chacun sait l'usage que Fielding fera de cette autorisa-
tion au bénéfice de ce qu'il qualifiera d'« épopée comique
en prose ». Même remarque, bien sûr, pour le théâtre en
prose, qui ne présente pas plus de difficulté pour une poétique de type fictionaliste.

Je n'irai pas plus loin dans la description du système de
cette poétique : je rappelle seulement que le champ de la
fiction, coextensif donc à celui de la poésie comme création,
s'y subdivise en deux modes de représentation : le narratif et
le dramatique, et en deux niveaux de dignité des sujets représentés : le noble et le vulgaire – d'où ces quatre grands
genres que sont la tragédie (sujet noble en mode dramatique), l'épopée (sujet noble en mode narratif), la comédie
(sujet vulgaire en mode dramatique) et la parodie (sujet
vulgaire en mode narratif), à quoi s'est tout naturellement
substitué le roman moderne. Ce n'est pas le système des
genres qui nous intéresse ici, mais le critère de littérarité qui
y préside, et que l'on peut formuler en ces termes qui
marient la problématique hégélienne et la réponse aristotéli-

---

1. *De l'origine des romans*, 1670, p. 5.

cienne : la plus sûre façon pour la poésie d'échapper au risque de dissolution dans l'emploi ordinaire du langage et de se faire œuvre d'art, c'est la fiction narrative ou dramatique. C'est exactement ce qu'écrit le plus brillant représentant, de nos jours, de la poétique néo-aristotélicienne, Käte Hamburger :

> Pour autant qu'on puisse se satisfaire de voir les idées des « pères fondateurs » se confirmer dans les faits (même s'il est peu fécond de les prendre dogmatiquement comme point de départ), nous pouvons considérer comme un résultat satisfaisant, comme une confirmation, le fait que la phrase de Hegel est pleinement valide justement là où Aristote a placé la frontière entre l'art mimétique et l'art élégiaque, là où il a séparé le *poiein* du *légein*. La phrase de Hegel n'a pas, ou pas encore, de validité pour tout le domaine de la littérature (pour cet ensemble que la langue allemande nomme *Dichtung*), là où elle relève du *poiein*, de la *mimèsis*. Dans ce cas la frontière infranchissable qui sépare la narration fictionnelle de l'énoncé de réalité quel qu'il soit, c'est-à-dire du système énonciatif, empêche la littérature de verser dans la « prose de la pensée scientifique », autrement dit précisément dans le système de l'énonciation. Il y a ici du « faire », au sens de mise en forme, de production et de reproduction : ici, c'est le chantier du *poiètès* ou du *mimètès* qui use du langage comme d'un matériau et d'un instrument, tels le peintre avec les couleurs et le sculpteur avec la pierre [1].

C'est évidemment à cette thèse (sinon à ses considérants) que se rallient, explicitement ou non, consciemment ou non, tous ceux – poéticiens, critiques ou simples lecteurs – pour qui la fiction, et plus précisément la fiction narrative, et donc aujourd'hui par excellence le roman, représente la littérature même. La poétique fictionaliste se révèle ainsi très largement majoritaire dans l'opinion et le public, éventuellement le moins cultivé.

---

1. *Logique des genres littéraires* (1957), Paris, Éd. du Seuil, 1986, p. 207-208.

Je ne suis pas sûr que cette faveur tienne à son mérite
théorique, qui seul nous importe ici. Ce mérite tient, lui, à la
solidité d'une position en quelque sorte inexpugnable, ou,
comme le suggère Käte Hamburger, d'une frontière sûre et
bien étanche : en vers ou en prose, en mode narratif ou dramatique, la fiction a pour trait typique et manifeste de proposer à son public ce plaisir désintéressé qui porte, comme
on le sait mieux depuis Kant, la marque du jugement esthétique. Entrer dans la fiction, c'est sortir du champ ordinaire
d'exercice du langage, marqué par les soucis de vérité ou
de persuasion qui commandent les règles de la communication et la déontologie du discours. Comme tant de philosophes l'ont répété depuis Frege, l'énoncé de fiction n'est
ni vrai ni faux (mais seulement, aurait dit Aristote, « possible »), ou est à la fois vrai et faux : il est au-delà ou en
deçà du vrai et du faux, et le contrat paradoxal d'irrespon-
sabilité réciproque qu'il noue avec son récepteur est un parfait emblème du fameux désintéressement esthétique. Si
donc il existe un et un seul moyen pour le langage de se
faire à coup sûr œuvre d'art, ce moyen est sans doute bien
la fiction.

Le revers de cet avantage d'inexpugnabilité, c'est évidemment l'étroitesse insupportable de la position ; ou, si
l'on préfère, le prix à payer, c'est l'éviction, que j'évoquais
plus haut à propos d'Aristote, d'un trop grand nombre de
textes, et même de genres, dont le caractère artistique,
pour être moins automatiquement assuré, n'en est pas
moins évident. Malgré sa fidélité d'ensemble au principe
fictionaliste, la poétique classique n'a pu résister indéfiniment à la pression de cette évidence, au moins en ce qui
concernait les genres non fictionnels de la poésie, com-
modément fédérés sous le terme archigénérique de *poésie
lyrique*. Je n'entrerai pas dans le détail de cette histoire, que
j'ai racontée plus haut sous un autre angle et qui aboutit dès
la Renaissance italienne et espagnole à la répartition du
champ poétique en trois grands « types » : deux fictionnels

– le narratif, ou « épique », et le dramatique – plus un non
fictionnel – le lyrique. Cette intégration du lyrique se fait
tantôt de manière purement empirique, et un peu subreptice, dans d'innombrables « arts poétiques » qui proposent
autant de listes, plus ou moins bricolées, de genres – les uns
fictionnels, les autres non fictionnels (mais on glisse discrè-
tement sur cette disparate) ; tantôt de manière plus explicite
et plus argumentée, qui tend à couvrir du pavillon aristotélicien une marchandise qui ne l'est aucunement – par
exemple en faisant du lyrique un des trois modes fondamentaux d'énonciation (celui où le poète s'exprime
constamment en son nom sans jamais céder la parole à un
personnage), alors que pour Aristote, comme déjà pour
Platon, il n'y a de modes que de la représentation mimétique, et donc de la fiction. Ou encore, comme on le voit
bien chez l'abbé Batteux – qui fut le dernier grand poéticien classique au sens strict –, en soutenant à grand renfort
de sophismes que la poésie lyrique est elle aussi mimétique
au sens ancien, puisqu'elle peut exprimer des sentiments
« feints » – et donc elle aussi fictionnelle. Le jour où le
propre traducteur allemand de Batteux, Johann Adolf
Schlegel, contestera dans une note en bas de page cette
annexion quelque peu frauduleuse en observant que les sentiments exprimés par le poète lyrique peuvent aussi, comme
l'impliquait Aristote, n'être *pas* feints, c'en sera terminé du
monopole de la fiction sur la littérature – à moins, bien sûr,
d'en revenir à l'exclusion du lyrique ; mais pour ce retour
en arrière il était déjà trop tard.


Le nouveau système, illustré par d'innombrables variations sur la triade épique-dramatique-lyrique, consiste donc
à répudier le monopole fictionnel au profit d'une sorte de
duopole plus ou moins déclaré, où la littérarité va désormais s'attacher à deux grands types : d'un côté la fiction
(dramatique ou narrative), de l'autre la poésie lyrique, de

plus en plus souvent désignée par le terme de *poésie* tout court.

La version la plus élaborée, et la plus originale, de ce partage, malgré le caractère fidèlement aristotélicien (on l'a vu) de sa problématique initiale, est sans doute la *Logique des genres littéraires* de Käte Hamburger, déjà citée, qui ne reconnaît, dans le champ de la *Dichtung*, que deux « genres » fondamentaux : le *fictionnel*, ou *mimétique*, et le *lyrique*, marqués tous deux, mais chacun à sa façon, par une rupture avec le régime ordinaire de la langue – qui consiste en ce que Hamburger appelle des « énoncés de réalité », actes de langage authentiques accomplis à propos de la réalité par un « *je*-origine » réel et déterminé. Dans la fiction, nous avons affaire non à des énoncés de réalité, mais à des énoncés fictionnels dont le véritable « *je*-origine » n'est pas l'auteur ni le narrateur, mais les personnages fictifs – dont le point de vue et la situation spatio-temporelle commandent toute l'énonciation du récit, jusque dans le détail grammatical de ses phrases, et a *fortiori* du texte dramatique. Dans la poésie lyrique, nous avons bien affaire à des énoncés de réalité, et donc à des actes de langage authentiques, mais dont la source reste indéterminée, car le « *je* lyrique », par essence, ne peut être identifié avec certitude ni au poète en personne ni à un quelconque autre sujet déterminé. L'énonciateur putatif d'un texte littéraire n'est donc jamais une personne réelle, mais ou bien (en fiction) un personnage fictif, ou bien (en poésie lyrique) un *je* indéterminé – ce qui constitue en quelque sorte une forme atténuée de fictivité[1] : nous ne sommes peut-être pas si loin des stratagèmes de Batteux pour intégrer le lyrisme à la fiction.

Mais, comme on a pu l'observer au passage, cette bipartition (et quelques autres) n'oppose pas au caractère essen-

---

1. Voir Jean-Marie Schaeffer, « Fiction, feinte et narration », *Critique*, juin 1987.

tiellement thématique du critère fictionnel (représentation
d'événements imaginaires) un caractère symétriquement
*formel* du critère poétique : comme les tenants de la triade
classico-romantique, Käte Hamburger définit le lyrique par
une attitude d'énonciation plus que par un état de langage.
Le critère proprement formel, que j'annonçais tout à l'heure
comme pendant symétrique du critère thématique de la tradition aristotélicienne, c'est dans une autre tradition que
nous allons le rencontrer. Tradition qui remonte au romantisme allemand, et qui s'est surtout illustrée, à partir de
Mallarmé et jusqu'au formalisme russe, dans l'idée d'un
« langage poétique » distinct du langage prosaïque ou
ordinaire par des caractéristiques formelles attachées
superficiellement à l'emploi du vers, mais plus fondamentalement à un changement dans l'usage de la langue – traitée
non plus comme un moyen de communication transparent,
mais comme un matériau sensible, autonome et non inter-
changeable, où quelque mystérieuse alchimie formelle,
refaisant « de plusieurs vocables un mot total, neuf, étranger à la langue et comme incantatoire », « rémunère le
défaut des langues » et opère l'« union indissociable du son
et du sens ». Je viens de rabouter dans la même phrase
quelques lambeaux de formules de Mallarmé et de Valéry,
effectivement très proches sur ce point. Mais c'est sans
doute au second que nous devons, quoique lointainement
empruntée à Malherbe, l'image la plus parlante de cette
théorie du langage poétique : la poésie est à la prose, ou
langage ordinaire, ce que la danse est à la marche, c'est-
à-dire un emploi des mêmes ressources, mais « autrement
coordonnées et autrement excitées », dans un système
d'« actes qui ont [désormais] leur fin en eux-mêmes ».
Moyennant quoi, contrairement au message ordinaire, dont
la fonction est de s'abolir dans sa compréhension et dans
son résultat, le texte poétique ne s'abolit en rien qu'en lui-
même : sa signification n'efface pas, ne fait pas oublier sa
forme, elle en est indissociable, car il n'en résulte aucun

savoir utilisable à aucun acte oublieux de sa cause. Indestructible parce que irremplaçable, « le poème ne meurt pas pour avoir vécu ; il est fait expressément pour renaître de ses cendres et redevenir indéfiniment ce qu'il vient d'être. La poésie se reconnaît à cette propriété qu'elle tend à se faire reproduire dans sa forme : elle nous excite à la reconstituer identiquement »[1].

L'aboutissement théorique de cette tradition, c'est évidemment la notion, chez Jakobson, de *fonction poétique*, définie comme accent mis sur le texte dans sa forme verbale – une forme rendue par là plus perceptible et en quelque sorte *intransitive*. En poésie, écrivait Jakobson dès 1919, « la fonction communicative, propre à la fois au langage commun et au langage émotionnel, est réduite au minimum[2] », au profit d'une fonction qui ne peut plus dès lors être qualifiée que d'esthétique, et par laquelle le message s'immobilise dans l'existence autosuffisante de l'œuvre d'art. À la question que nous avons choisie comme point de départ, « Qu'est-ce qui fait de certains textes des œuvres d'art ? », la réponse de Jakobson, comme déjà, en d'autres termes, celle de Mallarmé ou de Valéry, est, très clairement : la fonction poétique. La formulation la plus dense de ce nouveau critère se trouve elle aussi dans ce texte de 1919 que Jakobson n'a fait depuis, sur ce plan, que préciser et justifier : « La poésie, c'est le langage dans sa fonction esthétique. » Si l'on se rappelle que, dans la tradition classique, la formule était, de manière tout aussi abrupte et exclusive, quelque chose comme : « La fonction esthétique du langage, c'est la fiction », on mesure la distance, et l'on comprend pourquoi Tzvetan Todorov écrivait à peu près, voici quelques années, que la poétique (mais je

1. Valéry, *Œuvres*, Paris, Gallimard, « Bibl. de la Pléiade », I, p. 1324, 1331.
2. « La nouvelle poésie russe », in *Questions de poétique*, Paris, Éd. du Seuil, 1973, p. 15.

préciserai pour ma part : la poétique *essentialiste*) disposait de deux définitions concurrentes de la littérarité : l'une par la fiction, l'autre par la poésie[1].

Chacune d'elles, à sa manière, peut légitimement prétendre répondre à l'inquiétude de Hegel sur la garantie de spécificité de l'art littéraire. En revanche, il est assez évident qu'aucune des deux ne peut légitimement prétendre couvrir la totalité de ce champ. Je ne reviens pas sur le caractère spécieux des arguments de Batteux au service d'une hégémonie de la poétique fictionaliste sur les genres lyriques, et je rappelle que la poétique « poéticiste » n'a jamais sérieusement tenté de s'annexer le champ de la fiction comme telle : tout au plus affecte-t-elle de négliger ou de dédaigner cette forme de littérature en la repoussant dans les limbes amorphes d'une prose vulgaire et sans contraintes formelles (voyez Valéry parlant du roman), comme Aristote repoussait toute poésie non fictionnelle dans ceux d'un discours plus ou moins didactique. Le plus sage est donc apparemment, et provisoirement, d'attribuer à chacune sa part de vérité, c'est-à-dire une portion du champ littéraire : à la définition thématique, l'empire de la fiction en prose ; à la définition formelle, l'empire du poétique au sens fort – les deux s'appliquant évidemment ensemble à ce vaste empire du milieu qu'est la fiction poétique du type épopée, tragédie et comédie classiques, drame romantique ou roman en vers à la *Jocelyn*, ou *Eugène Onéguine*. On note au passage que le domaine d'Aristote passe tout entier sous condominium, mais ce n'est pas ma faute si l'*Iliade* est en vers.

Le plus grave, d'ailleurs, n'est pas dans cette concurrence ou bi-appartenance partielle, et peut-être bienvenue : comme deux précautions valent mieux qu'une, il n'est sans doute pas mauvais pour un texte de satisfaire à la fois à

---

1. « La notion de littérature », in *Les Genres du discours*, Paris, Éd. du Seuil, 1978.

deux critères de littérarité : par le contenu fictionnel et par la forme poétique. Le plus grave, c'est l'incapacité de nos deux poétiques essentialistes, même unies – quoique de force –, à couvrir à elles deux la totalité du champ littéraire, puisque échappe à leur double prise le domaine fort considérable de ce que j'appellerai provisoirement la littérature non fictionnelle en prose : Histoire, éloquence, essai, autobiographie, par exemple, sans préjudice de textes singuliers que leur extrême singularité empêche d'adhérer à quelque genre que ce soit. On voit peut-être mieux pourquoi je disais plus haut que les poétiques essentialistes sont des poétiques fermées : n'appartiennent pour elles à la littérature que des textes *a priori* marqués du sceau générique, ou plutôt archigénérique, de la fictionalité et/ou de la poéticité. Elles se révèlent par là incapables d'accueillir des textes qui, n'appartenant pas à cette liste canonique, pourraient entrer et sortir du champ littéraire au gré des circonstances et, si j'ose dire, selon certaines conditions de chaleur et de pression. C'est apparemment ici qu'il devient nécessaire de recourir à cette autre poétique, que je qualifie de *conditionaliste*.

Contrairement à l'autre, cette poétique-là ne s'est guère exprimée dans des textes doctrinaux ou démonstratifs, pour cette raison simple qu'elle est plus instinctive et essayiste que théoricienne, confiant au jugement de goût, dont chacun sait qu'il est subjectif et immotivé, le critère de toute littérarité. Son principe est à peu près celui-ci : « Je considère comme littéraire tout texte qui provoque chez moi une satisfaction esthétique. » Son seul rapport à l'universalité est, comme l'a montré Kant, de l'ordre du désir ou de la prétention : ce que je trouve beau, je souhaite que chacun en juge de même, et je comprends mal qu'il ne le fasse pas. Mais comme nous avons fait, depuis deux siècles, de grands progrès (que certains déplorent) vers le relativisme

culturel, il arrive souvent, et de plus en plus, que cette prétention à l'universalité soit laissée au vestiaire de l'huma-
nisme « classique », au profit d'une appréciation plus
désinvoltement égocentrique : « Est littérature ce que je
décrète tel, moi dis-je et c'est assez, ou, à la rigueur, moi et
mes amis, moi et ma "modernité" d'élection. » Pour illustration de ce subjectivisme déclaré, je renvoie par exemple
au *Plaisir du texte* de Roland Barthes, mais il est clair que
cette poétique-là anime inconsciemment un grand nombre
de nos attitudes littéraires. Cette nouvelle vulgate, élitiste
dans son principe même, est sans doute le fait d'une
couche culturelle plus étroite et plus éclairée que celle qui
trouve dans la fiction un critère automatique et confortable
de littérarité. Mais il lui arrive de coexister avec elle, fût-ce
dans l'incohérence, et au moins sous une forme où le descriptif cède le pas à l'évaluatif, dans des jugements où le
diagnostic de littérarité équivaut à un label de qualité :
comme lorsqu'un partisan du critère fictionnel refuse néanmoins de l'accorder à un roman de quai de gare, le jugeant
trop « mal écrit » pour « être de la littérature » – ce qui
revient en somme à considérer la fictionalité comme une
condition nécessaire mais non suffisante de la littérarité.
Ma conviction est exactement inverse, et je reviendrai sur
ce point.

Pour l'essentiel, il me semble que cette poétique conditionaliste procède en fait, sinon en principe, d'une interprétation subjectivisante, et élargie à la prose, du critère de
Valéry-Jakobson : un texte est littéraire (et non plus seulement poétique) pour qui s'attache plus à sa forme qu'à son
contenu, pour qui, par exemple, apprécie sa rédaction tout
en refusant ou en négligeant sa signification. Je dois
d'ailleurs rappeler que cette extension à la prose du critère
d'intransitivité avait été admise d'avance par Mallarmé au
nom de l'omniprésence du Vers bien au-delà de ce qu'il
appelait le « vers officiel » : « Le vers est partout dans la
langue où il y a rythme […]. Toutes les fois qu'il y a effort

au style, il y a versification[1]. » Le terme de *style*, avec ou
sans effort, est évidemment pour nous la clé de cette capacité poétique, ou littéraire, de toute sorte de texte, de cette
transcendance de la « fonction poétique » par rapport aux
limites canoniques, d'ailleurs aujourd'hui bien estompées –
ou déplacées –, de la forme métrique.

Ce qui est en cause ici, c'est donc la capacité de tout texte
dont la fonction originelle, ou originellement dominante,
n'était pas d'ordre esthétique, mais par exemple didactique
ou polémique, à survivre à cette fonction, ou à la submerger
du fait d'un jugement de goût individuel ou collectif qui fait
passer au premier plan ses qualités esthétiques. Ainsi une
page d'Histoire ou de Mémoires peut-elle survivre à sa
valeur scientifique ou à son intérêt documentaire ; ainsi une
lettre ou un discours peuvent-ils trouver des admirateurs
au-delà de leur destination d'origine et de leur occasion
pratique ; ainsi un proverbe, une maxime, un aphorisme
peuvent-ils toucher ou séduire des lecteurs qui n'en recon-
naissent nullement la valeur de vérité. C'est d'ailleurs un
proverbe, italien de surcroît, qui nous donne la formule de
ce type d'attitude : *Se non è vero, è bene trovato* ; traduction
libre : « Je ne suis pas d'accord, mais c'est bien envoyé. »
Et il serait tentant d'établir une relation d'incompatibilité
entre l'attitude esthétique et l'adhésion théorique ou pragmatique, la première étant en quelque sorte libérée par
l'affaiblissement ou la disparition de la seconde, comme si
l'esprit ne pouvait être à la fois tout à fait convaincu et tout
à fait séduit. Mais il faut sans doute résister à cette tentation : comme le dit bien Mikel Dufrenne, « une église peut
être belle sans être désaffectée[2] ». Toujours est-il que l'on
voit, au cours des siècles, le champ de la littérarité conditionnelle s'étendre incessamment par l'effet d'une tendance

1. *Œuvres complètes*, Paris, Gallimard, « Bibl. de la Pléiade »,
p. 867.
2. *Esthétique et Philosophie*, Paris, Klincksieck, 1980, I, p. 29.

apparemment constante, ou peut-être croissante, à la récupération esthétique, qui agit ici comme ailleurs et qui porte
au crédit de l'art une grande part de ce que l'action du
temps enlève à celui de la vérité ou de l'utilité : aussi est-il
plus facile à un texte d'entrer dans le champ littéraire que
d'en sortir.

Mais si la poétique conditionaliste a par définition le
pouvoir de rendre compte des littérarités conditionnelles
au nom d'un jugement esthétique, ce pouvoir, quoi qu'en
pensent spontanément ses partisans, ne peut s'étendre au
domaine des littérarités constitutives. Si une épopée, une
tragédie, un sonnet ou un roman sont des œuvres littéraires,
ce n'est pas en vertu d'une évaluation esthétique, fût-elle
universelle, mais bien par un trait de nature, tel que la
fictionalité ou la forme poétique. Si *Britannicus* est une
œuvre littéraire, ce n'est pas parce que cette pièce me plaît,
ni même parce qu'elle plaît à tout le monde (ce dont je
doute), mais parce que c'est une pièce de théâtre, tout
comme, si l'*Opus 106* ou la *Vue de Delft* est une œuvre
musicale ou picturale, ce n'est pas parce que cette sonate et
ce tableau séduisent un, dix ou cent millions d'amateurs,
mais parce qu'ils sont une sonate et un tableau. Le plus
mauvais tableau, la plus mauvaise sonate, le plus mauvais
sonnet restent de la peinture, de la musique ou de la poésie
pour cette simple raison qu'ils ne peuvent être rien d'autre,
sinon par surcroît. Et ce qu'on appelle parfois un « genre
mort » – disons arbitrairement l'épopée ou le sonnet – est
simplement une forme devenue, définitivement ou momentanément, stérile et improductive, mais dont les productions
passées gardent leur label de littérarité, fût-elle académique
ou poussiéreuse : quand bien même plus personne n'écrirait
de sonnets, et quand bien même plus personne ne *lirait* de
sonnets, il resterait acquis que le sonnet est un genre littéraire, et donc qu'un sonnet, quel qu'il soit, bon ou mauvais,
est une œuvre littéraire. La littérarité constitutive des
œuvres de fiction ou de poésie – comme l'« artisticité »,

également constitutive, de la plupart des autres arts – est en quelque sorte, dans les limites de l'Histoire culturelle de l'humanité, imprescriptible et indépendante de toute évaluation. Les jugements et attitudes de la poétique conditionaliste sont, à leur propos, soit impertinents, parce que superflus, quand positifs (« Cette tragédie est de la littérature parce qu'elle me plaît »), soit inopérants quand négatifs (« Cette tragédie n'est pas de la littérature parce qu'elle ne me plaît pas »). Toute éventuelle prétention de la poétique conditionaliste à régir la totalité du champ serait donc abusive et littéralement illégitime, exorbitante de son droit. Or, nous avons vu qu'en revanche elle seule pouvait rendre compte des littérarités conditionnelles, celles qui ne relèvent ni du contenu fictionnel ni de la forme poétique. La conséquence s'impose donc : nous devons non pas substituer la poétique conditionaliste aux poétiques essentialistes, mais lui faire une place à leurs côtés, chacune d'elles régissant exclusivement son ressort de légitimité, c'est-à-dire de pertinence. L'erreur de toutes les poétiques depuis Aristote aura sans doute été pour chacune d'hypostasier en « littérature par excellence », voire en seule littérature « digne de ce nom », le secteur de l'art littéraire auquel s'appliquait son critère, et à propos duquel elle avait été conçue. Prise à la lettre dans sa prétention à l'universalité, aucune de ces poétiques n'est valide, mais chacune d'elles l'est dans son champ et conserve en tout état de cause le mérite d'avoir mis en lumière et en valeur l'un des multiples critères de la littérarité. La littérarité, étant un fait pluriel, exige une théorie pluraliste qui prenne en charge les *diverses* façons qu'a le langage d'échapper et de survivre à sa fonction pratique et de produire des textes susceptibles d'être reçus et appréciés comme des objets esthétiques.

De cette nécessité résulte un partage que je schématiserai de la manière suivante. Le langage humain connaît deux régimes de littérarité : le constitutif et le conditionnel. Selon les catégories traditionnelles, le constitutif régit deux grands types, ou ensembles, de pratiques littéraires : la fiction (narrative ou dramatique) et la poésie, sans préjudice de leur éventuelle collusion dans la fiction en forme poétique. Comme nous ne disposons, à ma connaissance dans aucune langue, d'un terme commode et positif (c'est-à-dire, en dehors du très gauche *non-fiction*) pour désigner ce troisième type, et que cette lacune terminologique ne cesse de nous embarrasser, je propose de le baptiser *diction* – ce qui présente au moins l'agrément, si c'en est un, de la symétrie. Est littérature de fiction celle qui s'impose essentiellement par le caractère imaginaire de ses objets, littérature de diction celle qui s'impose essentiellement par ses caractéristiques formelles – encore une fois, sans préjudice d'amalgame et de mixité ; mais il me semble utile de maintenir la distinction au niveau des essences, et la possibilité théorique d'états purs : celui, par exemple, d'une histoire qui vous émeut quel qu'en soit le mode de représentation (cette histoire, on le sait, c'était pour Aristote, et c'est encore pour certains, celle d'Œdipe) ; ou celui, symétrique, d'une formule qui vous fascine hors de toute signification perceptible : c'était, selon Valéry, le cas de bien des beaux vers, qui « agissent sur nous sans nous apprendre grand-chose » et qui « nous apprennent peut-être qu'[ils] n'ont rien à nous apprendre »[1].

On a certainement remarqué que j'avais au passage annexé la poésie à ma nouvelle catégorie de la diction, qui n'est donc plus troisième mais seconde. C'est qu'en effet, et comme le savait bien Mallarmé, la poésie n'est qu'une forme particulièrement marquée et codifiée – et donc, dans ses états traditionnels (j'y reviens), proprement constitutive – de la littérature par diction. Il y a donc des dictions de littérarité constitutive et des dictions de littérarité condition-

---

1. *Op. cit.*, p. 1333.

nelle, alors que la fiction, elle, est toujours constitutivement littéraire[1]. Je figurerai donc cette situation dissymétrique par le schéma suivant :

| Régime<br>Critère | Constitutif | Conditionnel |
|---|---|---|
| *Thématique* | FICTION | |
| *Rhématique* | DICTION<br>POÉSIE | PROSE |

Ce tableau volontairement boiteux appelle plusieurs remarques. La première est d'ordre terminologique : j'ai substitué sans crier gare, à *formel*, que chacun peut (ou croit) comprendre, l'adjectif *rhématique*, qui exige quelque éclaircissement. Comme je l'ai déjà fait ailleurs[2], j'emprunte très librement à la linguistique le terme de *rhème* pour désigner, en opposition au *thème* d'un discours, le discours considéré en lui-même (un titre comme *Petits Poèmes en prose* est rhématique parce qu'il spécifie non l'objet de ce recueil, comme *Le Spleen de Paris*, mais en quelque sorte le recueil lui-même : non ce qu'il *dit*, mais ce qu'il *est*). Or, pour des raisons qui apparaîtront mieux au dernier chapitre, il me semble que la diction, quel qu'en soit le régime, peut se définir par l'être d'un texte, comme distinct, quoique inséparable, de son dire : en termes goodmaniens (nous le verrons), par ses capacités d'*exemplification*, comme opposées à sa fonction *dénotative*. *Rhématique* est, dans mon acception, plus large que *formel*, parce que la « forme » (qu'une voyelle soit claire ou sombre, qu'une

---

1. La fiction verbale, s'entend. Les autres formes (plastiques, cinématographiques ou autres) de fiction relèvent d'autres arts, même si les raisons avancées par Käte Hamburger pour rapprocher le cinéma de la fiction narrative ne sont pas sans poids.
2. Voir *Seuils*, Paris, Éd. du Seuil, 1987, p. 75.

phrase soit brève ou longue, qu'un poème soit en octosyl-
labes ou en alexandrins) n'est qu'un aspect de l'être d'un
texte, ou d'un de ses éléments. Le mot *nuit* dénote (entre
autres) la nuit et exemplifie, ou peut exemplifier, toutes les
propriétés « formelles », c'est-à-dire sans doute matérielles
et sensibles, de son signifiant, mais aussi quelques autres –
et, par exemple, le fait d'être un mot féminin, ce qui n'est
pas une propriété formelle, puisque son homonyme *nuit*, du
verbe *nuire*, n'a pas de genre, et donc pas de connotations
sexuelles. Les capacités d'exemplification d'un mot, d'une
phrase, d'un texte, débordent donc ses propriétés purement
formelles. Et si la diction est la manière dont ces capacités
se manifestent et agissent sur le lecteur, son critère de littérarité sera plus justement, parce que plus complètement,
désigné par *rhématique* que par *formel* ; je compte pour rien
l'avantage, pour le coup formel, et de nouveau si c'en est
un, de la symétrie.

   La deuxième remarque concerne la répartition entre les
deux régimes de la littérarité par diction, que ne sépare
aucune frontière étanche. Il est en effet devenu de plus en
plus évident, depuis un siècle, que la distinction entre prose
et poésie peut reposer sur d'autres critères, moins catégo-
riques, que celui de la versification, et que ces critères,
d'ailleurs hétérogènes et plus ou moins cumulatifs (par
exemple : thèmes privilégiés, teneur en « images », disposition graphique[1]) laissent place, sous le nom de « poème en
prose », « prose poétique » ou quelque autre, à des états
intermédiaires qui donnent à cette opposition un caractère
non tranché, mais graduel et polaire.

   Troisième remarque : dire que la fiction (verbale) est toujours constitutivement *littéraire* ne signifie pas qu'un texte
de fiction soit toujours constitutivement *fictionnel*. De
même qu'une phrase dont le sens vous échappe, vous

---

1. Voir C. L. Stevenson, « Qu'est-ce qu'un poème ? » (1957), *Poétique*, 83, septembre 1990.

répugne ou vous indiffère peut vous séduire par sa forme,
de même, peut-être, une histoire que d'autres tiennent pour
véritable peut vous laisser totalement incrédule, mais vous
séduire comme une espèce de fiction : il y aura bien là une
sorte de fictionalité conditionnelle, histoire vraie pour les
uns et fiction pour les autres. C'est à peu près le cas de ce
qu'on nomme couramment le « mythe » – un type de récit
manifestement situé sur une frontière indécise et mouvante
de la fiction[1]. Mais cela ne doit pas nous inciter à inscrire le
mot *mythe* dans la case restée vide, car cette case est destinée non pas aux textes conditionnellement fictionnels, mais
aux fictions conditionnellement littéraires – notion qui me
paraît passablement contradictoire. Recevoir un récit religieux comme un mythe, c'est à peu près du même coup le
recevoir comme un texte littéraire, ainsi que le montre
abondamment l'usage que notre culture a fait de la « mytho-
logie » grecque[2]. La case restera donc vide, à moins de
concéder qu'un texte conditionnellement fictionnel est *à ce
titre et en ce sens* (dérivé) conditionnellement littéraire.

La quatrième remarque est une question. Même si leurs
critères sont différents (l'un thématique, l'autre rhématique), n'y a-t-il rien de commun entre ces deux modes de
littérarité que sont la fiction et la diction ? Autrement dit,
les façons dont ces deux modes déterminent un jugement
de littérarité sont-elles radicalement hétérogènes dans leur
principe ? S'il en était ainsi, la notion même de littérarité
risquerait fort d'être elle-même hétérogène et de couvrir
deux fonctions esthétiques absolument irréductibles l'une à

1. Voir P. Veyne, *Les Grecs ont-ils cru à leurs mythes ?*, Paris,
Éd. du Seuil, 1983, et T. Pavel, *Univers de la fiction* (1986), Paris,
Éd. du Seuil, 1988.
2. Cette condition suffisante n'est évidemment pas une condition
*nécessaire* : on peut recevoir un récit religieux comme à la fois véridique et littéraire – d'une littérarité qui ne doit alors plus rien à la
fictionalité. On peut aussi sans doute, et pour déborder ces catégories
trop simples, le recevoir à la fois comme mythe et comme vérité :
voyez Northrop Frye et la Bible.

l'autre. Mais je ne pense pas que tel soit le cas. Le trait
commun me semble consister dans ce caractère d'*intransi-*
*tivité* que les poétiques formalistes réservaient au discours
poétique (et éventuellement aux effets de style), intransitif
parce que d'une signification inséparable de sa forme verbale – intraduisible en d'autres termes, et donc destiné à se
faire incessamment « reproduire dans sa forme »[1].

Le texte de fiction est lui aussi intransitif, d'une manière
qui ne tient pas au caractère immodifiable de sa forme, mais
au caractère fictionnel de son objet, qui détermine une fonction paradoxale de pseudo-référence, ou de dénotation sans
dénoté. Cette fonction – que la théorie des actes de langage
décrit en termes d'*assertions feintes*, la narratologie comme
une dissociation entre l'auteur (énonciateur réel) et le narrateur (énonciateur fictif)[2], d'autres encore, comme Käte
Hamburger, par une substitution, au *je*-origine de l'auteur,
du *je*-origine fictif des personnages –, Nelson Goodman[3]
la caractérise, en termes logiques, comme constituée de
prédicats « monadiques », ou « à une seule place » : une
description de Pickwick n'est rien d'autre qu'une descrip-
tion-de-Pickwick, indivisible en ce sens qu'elle ne se rapporte à rien d'extérieur à elle[4]. Si *Napoléon* désigne un

1. Ces formules (rituelles) peuvent sembler plus métaphoriques que
rigoureuses. Elles le sont surtout parce qu'elles décrivent le phénomène par ses effets psychologiques. Pour le définir en termes plus littéralement sémiotiques, il faut sans doute, comme je le ferai au dernier
chapitre à propos du style, recourir à la notion goodmanienne d'exemplification. Un texte est rhématiquement « intransitif » quand (ou plutôt : dans la mesure où) ses propriétés exemplificatives prennent le pas
sur sa fonction dénotative.
2. Je reviens sur ces deux descriptions, relativement interchangeables, dans les deux chapitres qui suivent.
3. *Langages de l'art* (1968), Paris, Jacqueline Chambon, 1990,
chap. I-V, « Les fictions ».
4. Ceci s'applique évidemment à la description de Pickwick produite par Dickens, et qui sert en fait à le *constituer* en feignant de le
« décrire ». Les descriptions (ou dépictions) ultérieures produites par
des commentateurs ou des illustrateurs sont, elles, transitives et
vérifiables en tant que paraphrases de la description de Dickens. Sur

membre effectif de l'espèce humaine, *Sherlock Holmes* ou *Gilberte Swann* ne désigne personne en dehors du texte de Doyle ou de Proust; c'est une désignation qui tourne sur elle-même et ne sort pas de sa propre sphère. Le texte de fiction ne *conduit* à aucune réalité extratextuelle, chaque emprunt qu'il fait (constamment) à la réalité (« Sherlock Holmes habitait 221 B Baker Street », « Gilberte Swann avait les yeux noirs », etc.) se transforme en élément de fiction, comme Napoléon dans *Guerre et Paix* ou Rouen dans *Madame Bovary*. Il est donc intransitif à sa manière, non parce que ses énoncés sont perçus comme intangibles (ils peuvent l'être, mais ce sont des cas de collusion entre fiction et diction), mais parce que les êtres auxquels ils s'appliquent n'ont pas d'existence en dehors d'eux et nous y renvoient dans une circularité infinie. Dans les deux cas, cette intransitivité, par vacance thématique ou opacité rhématique, constitue le texte en objet autonome et sa relation au lecteur en relation esthétique, où le sens est perçu comme inséparable de la forme.

La cinquième remarque est une objection. Rien ne garantit *a priori* que les littérarités conditionnelles, même si l'on en exclut la fiction, soient inévitablement de critère rhématique. Un texte de prose non fictionnelle peut fort bien provoquer une réaction esthétique qui tienne non à sa forme, mais à son contenu : par exemple, une action ou un événement réel rapporté par un historien ou un autobiographe (disons, au hasard, le supplice de la princesse de Lamballe chez Michelet ou l'épisode des cerises dans les *Confessions*, mais ce serait évidemment le cas de l'histoire d'Œdipe si on la tenait pour authentique) peut, comme tout autre élément de la réalité, être reçu et apprécié comme un objet esthétique indépendamment de la manière dont il est raconté.

---

ces questions abondamment débattues par la philosophie moderne, voir Pavel, chap. I, « Les êtres de fiction », et les textes auxquels il renvoie.

Mais, outre qu'un objet esthétique n'est pas la même chose qu'une œuvre (j'y reviens), il me semble que dans ce genre de cas, si l'authenticité du fait est fermement établie et clairement perçue – et même d'ailleurs si elle est illusoire –, l'éventuel jugement esthétique portera non pas sur le texte, mais sur un fait qui lui est extérieur, ou supposé tel, et dont, pour parler naïvement, le mérite esthétique ne revient pas à son auteur – pas plus que la beauté de son modèle ne dépend du talent d'un peintre. Une telle analyse suppose évidemment possible une séparation entre histoire et récit, et entre authentique et fictionnel, qui est purement théorique : tout récit introduit dans son histoire une « mise en intrigue » qui est déjà une mise en fiction et/ou en diction. Mais c'est précisément ce que je veux dire : la valeur esthétique d'un événement, hors de toute narration ou représentation dramatique, n'est assignable à aucun texte, et celle d'un récit, ou d'un drame, relève toujours de fiction, de diction, ou (le plus souvent) de quelque coopération des deux, dont le rôle d'ensemble et la répartition ne sont guère mesurables.

La sixième et dernière remarque est plus fondamentale, et concerne la notion même de littérarité conditionnelle et son rapport avec notre question initiale, héritée de Jakobson (ou de Hegel) : « Qu'est-ce qui fait d'un texte une œuvre ? » Nous avons vu que la réponse de Jakobson était : la fonction poétique, déterminée sinon par les seules formes métriques, du moins par des traits formels nettement définis par le fameux « principe d'équivalence » ; la réponse fictionaliste est tout aussi nette et catégorique, et ces deux réponses, encore une fois, délimitent sans reste le champ des littérarités constitutives. Les textes qui satisfont à l'un ou l'autre de ces deux critères (ou aux deux) peuvent sans hésitation être considérés comme des *œuvres*, c'est-à-dire des productions à caractère esthétique intentionnel : ils relèvent donc non seulement de la catégorie esthétique, mais encore (plus étroitement) de la catégorie artistique.

Mais les textes de littérarité conditionnelle ne relèvent pas indubitablement de cette dernière catégorie, car leur caractère intentionnellement esthétique n'est pas garanti : une page de Michelet ou de Démosthène ne se distingue d'une page de tel autre historien ou orateur du rang que par une « qualité » esthétique (essentiellement : stylistique) qui est affaire de libre jugement de la part du lecteur, et dont rien ne dit qu'elle a été voulue, ni même perçue, par son auteur. Elle est, pour *certains* lecteurs, un incontestable objet esthétique, mais le terme d'*œuvre d'art*, dont la définition implique en outre une intention esthétique, ne s'y applique pas littéralement, mais dans un sens large et quelque peu métaphorique[1] – comme lorsqu'on dit d'un tribulum ou d'une enclume, artefact à fonction originelle non esthétique, qu'il est une « véritable œuvre d'art ». Les littérarités conditionnelles ne répondent donc pas littéralement à la question de Jakobson, puisqu'elles déterminent non des œuvres intentionnelles, mais seulement des objets (verbaux) esthétiques. Mais c'est peut-être que la question était, en un sens, mal posée. En quel sens ? En ce sens que le caractère intentionnel (et donc artistique, *stricto sensu*) d'un texte importe moins que son caractère esthétique.

Cette question-là renvoie à une opposition séculaire entre les tenants, comme Hegel, d'une esthéticité constitutive (celle de l'art), pour qui rien n'est beau qui n'ait été voulu tel et produit par l'esprit[2], et ceux, comme Kant, pour qui l'objet esthétique par excellence est un objet naturel, ou qui semble l'être, quand l'art cache l'art. Ce n'est pas ici le lieu d'en débattre, car le terrain de la littérature est sans doute

---

1. L'expression « devenir (ou cesser d'être) une œuvre d'art », employée plus haut, est donc à prendre dans ce sens élargi. *Stricto sensu*, un texte ne peut devenir ou cesser d'être qu'un objet esthétique.
2. Par exemple, lorsque Monroe Beardsley écrit : « À cause de leur fonction spécialisée, les œuvres d'art sont de plus riches sources de valeur esthétique, et la procurent à un plus haut degré » (*Æsthetics*, 1958, 2ᵉ éd., Indianapolis, Hackett, 1981, p. xx).

trop étroit pour traiter valablement des rapports entre esthétique et artistique. Retenons-en seulement que la question
de Jakobson (qui, je le rappelle, vise à définir l'objet de la
poétique) peut être avantageusement élargie en ces termes :
« Qu'est-ce qui fait d'un texte un objet esthétique ? », et
qu'à cette question, « être une œuvre d'art » n'est peut-être
qu'une réponse parmi d'autres.

# Les actes de fiction

J'entends ici par *actes de fiction* les énoncés de fiction narrative considérés comme actes de langage (*speech acts*). Je
reviens donc sur la question du statut illocutoire de la fiction
narrative, qui me semble un peu vite tranchée – négative-
ment – par John Searle dans un article décisif à bien des
égards[1]. Je précise « de la fiction narrative », et non de la
fiction tout court, et encore moins de la littérature en général.
La question « littérature et actes de langage » a été traitée,
dans une période ou dans un esprit que je qualifierais volontiers de pré-searliens, d'une manière passablement confuse,
où le rapport entre fiction et littérature restait implicite ou
non précisé, comme si l'une était évidemment coextensive à
l'autre, et en sorte que l'on ne savait jamais trop si l'acte de
langage à définir était élu pour sa fictionalité ou pour sa littérarité. Ce rapport, que Searle décrit plus sagement comme
d'intersection (toute littérature n'est pas fiction, toute fiction
n'est pas littérature[2]), je le laisserai de côté pour l'instant,

---

1. « Le statut logique du discours de la fiction » (1975), in *Sens et
Expression*, Paris, Éd. de Minuit, 1982.
2. *Ibid.*, p. 101-103. La seconde proposition est justifiée par deux
arguments d'inégale valeur. P. 102 : « La plupart des bandes dessinées
et des histoires drôles sont des exemples de fiction, mais non de littérature » – la BD est en effet, au moins partiellement, un exemple de
fiction non littéraire parce que non verbale, comme le cinéma muet ou
certaines œuvres plastiques (quant à l'histoire drôle, j'y verrais plutôt
un genre littéraire parmi d'autres) ; p. 103 : « Les histoires de Sherlock
Holmes sont évidemment des œuvres de fiction, mais c'est une affaire
de jugement de savoir s'il convient de les considérer comme appartenant à la littérature anglaise » – ici, l'exclusion est envisagée au nom

traitant de la fiction littéraire sans me demander si la description qu'on peut en faire en termes pragmatiques doit ou non être étendue au champ beaucoup plus vaste de la littérature entière. Je laisserai également le cas de la fiction dramatique, car il me semble que son mode de présentation est, du point de vue qui nous intéresse, d'un tout autre ordre. Pour le situer très vite (à l'écart), je rappellerai seulement que dans son état pur, que préconisait Aristote et qu'illustre à peu près le théâtre classique français, il consiste exhaustivement en discours tenus par (c'est-à-dire attribués à) des personnages fictifs – discours dont la fictionalité est en quelque sorte tacitement posée par le contexte de la représentation scénique, réelle ou imaginée, et dont le statut pragmatique, à l'intérieur de la diégèse ainsi constituée, est celui de tout échange ordinaire de paroles entre personnes quelconques : on y asserte (« Oui, Prince, je languis, je brûle pour Thésée… »), on y promet (« Vous y serez, ma fille… »), on y ordonne (« Sortez ! »), on y interroge (« Qui te l'a dit ? »), etc., comme ailleurs, dans les mêmes conditions et avec les mêmes intentions et conséquences que dans la vie réelle, à cette seule réserve que tout cela se passe dans un univers de fiction parfaitement séparé du monde réel où vivent les spectateurs – sauf métalepse volontaire et paradoxale comme on en pratique surtout au XXᵉ siècle (et à l'époque baroque : pièce dans la pièce), et dont les effets « spéciaux » seraient à étudier pour eux-mêmes. Quant aux indications scéniques, seules parties du texte dramatique directement assumées par l'auteur – et dont la proportion varie du quasi-zéro classique à l'infini beckettien [1] –, Searle les considère comme de statut

_discours dramatique_

---

d'un éventuel jugement de valeur qui me semble sans pertinence. Comme dit à peu près Nelson Goodman, si l'on exclut du champ de l'art les mauvaises œuvres d'art, il risque fort de n'y pas rester grand-chose, car la plupart des œuvres (mais non, pour moi, celles de Conan Doyle) sont mauvaises – ce qui ne les empêche nullement d'être des œuvres.

1. La limite est atteinte, bien sûr, dans les _Actes sans paroles,_ dont le texte est entièrement didascalique.

illocutoire purement « directif » (« instructions concernant la manière de jouer la pièce »). C'est assurément ainsi que les reçoivent les acteurs et le metteur en scène, mais pas nécessairement le lecteur ordinaire (quant au spectateur, il n'en perçoit que l'exécution), qui peut aussi bien y voir une description de ce qui se passe dans l'action (dans la diégèse fictionnelle). Une didascalie comme « Hernani ôte son manteau et le jette sur les épaules du roi » tout à la fois décrit la conduite du personnage et prescrit le jeu de l'acteur. L'intention de l'auteur est donc ici indécidable entre le descriptif et le prescriptif, ou directif, selon qu'il s'adresse plutôt à un lecteur (Musset) ou à une troupe (Brecht).

Soit dit en passant, le statut des « dialogues » de la fiction dramatique est également celui des scènes « dialoguées » de la fiction narrative, qui est presque toujours, comme on le sait au moins depuis Platon, de mode « mixte », c'est-à-dire mêlé, ou plutôt *truffé* de dramatique (« fluctuant », dit Käte Hamburger) : les paroles échangées entre les personnages d'un roman sont évidemment autant d'actes de langage sérieux effectués dans l'univers fictionnel de ce roman : une promesse de Vautrin à Rastignac n'engage pas Balzac, mais elle engage aussi sérieusement Vautrin qu'elle m'engagerait moi-même si j'en étais l'énonciateur. À la fictionalité près de leur contexte, les actes de langage des personnages de fiction, dramatique ou narrative, sont des actes authentiques, entièrement pourvus de leurs caractères locutoires, de leur « point » et de leur force illocutoires, et de leurs éventuels effets perlocutoires, visés ou non. Ce qui fait problème, et dont le statut reste à définir s'il se peut, ce sont les actes de langage constitutifs de ce contexte, c'est-à-dire le discours narratif lui-même : celui de l'auteur[1].

---

1. Certains énoncés de la fiction narrative, en particulier ceux que l'on qualifie généralement de « discours indirect libre », sont de statut indécis, voire indécidable, puisque le lecteur ne sait s'il doit les rapporter à un personnage ou à l'auteur-narrateur. Mais ces occurrences complexes n'invalident pas la définition des états simples.

Je viens, par ces derniers mots, de supposer implicitement
opérée une nouvelle restriction de champ, qu'il vaut certainement mieux expliciter : dans le type de récit dit « personnel [1] », ou « à la première personne » (plus narratologique-
ment : à narrateur *homodiégétique*), l'énonciateur du récit,
lui-même personnage de l'histoire (c'est le seul sens pertinent de l'expression « à la première personne »), est lui-
même fictif, et par conséquent ses actes de langage comme
narrateur sont aussi fictionnellement sérieux que ceux des
autres personnages de son récit et que les siens propres
comme personnage dans son histoire : « Marcel » narrateur
de la *Recherche* s'adresse à son lecteur virtuel aussi sérieusement que Marcel personnage à la duchesse de Guer-
mantes [2]. Celui dont le « sérieux » – c'est-à-dire l'engagement illocutoire – ferait problème, ce n'est pas le narrateur
Marcel, mais l'auteur Proust. Mais je dis *« ferait* problème », au conditionnel, car en fait il n'y a ici (dans le
texte de la *Recherche*) *aucun* acte de langage de Marcel
Proust, pour cette bonne raison que celui-ci n'y prend
jamais la parole – « feignant » toujours, comme disait déjà
Platon, d'être Marcel ou quelque autre –, quelle que soit
la relation entre le contenu de ce récit et la biographie, « la
vie et les opinions » de son auteur. Nous avons donc, du
point de vue qui nous intéresse, autant de raisons de
laisser de côté le discours du récit fictionnel à la première

1. Voir Marie-Laure Ryan, « The Pragmatics of Personal and Imper-
sonal Fiction », *Poetics*, 10, 1981.
2. Searle (p. 112) déclare de manière un peu ambiguë que Conan
Doyle « ne se borne pas à feindre de faire des assertions, mais feint
d'être John Watson... en train de faire des assertions », ce qui pourrait
laisser entendre qu'il y a ici une *double* feinte : chez Doyle, qui feint
d'être Watson, et chez Watson, qui feint de faire des assertions. Il me
semble plus juste de dire qu'il n'y a qu'une feinte : celle de Doyle (ou
de Proust), et que les assertions de Watson (ou de Marcel) sont (fictivement) sérieuses. Je suppose que c'est bien ce que pense Searle, dont
le « ne se borne pas » indique plutôt que cette feinte-là (feindre d'être
un autre) est plus forte que la feinte en troisième personne (feindre
simplement d'asserter).

personne que celui des personnages de fiction : et pour cause.

Reste donc seulement à décrire le statut pragmatique du récit *impersonnel*, ou « à la troisième personne », qu'on appelle en narratologie, et pour diverses bonnes raisons, *hétérodiégétique* (le narrateur n'est pas l'un de ses personnages) – à condition encore qu'il s'agisse d'un récit *extradiégétique*, c'est-à-dire au premier degré, produit par un narrateur-auteur qui ne soit pas lui-même, comme ceux des *Mille et Une Nuits*, pris dans un récit dont il serait un personnage[1] ; bref, d'un récit de fiction produit dans le monde dit « réel » par un auteur de même nature, comme l'Iris Murdoch que cite Searle pour montrer que ses assertions narratives feintes ne sont pas d'authentiques actes de langage.

Une dernière précaution ne sera sans doute pas inutile, avant d'engager cette discussion : il ne s'agit pas exactement de savoir si les énoncés constitutifs du récit de fiction *sont* ou non des actes illocutoires, comme on se demanderait si Titan *est* ou non un satellite de Saturne, mais plutôt de se demander si les décrire comme tels est une description plus efficace, plus économique et plus rentable qu'une autre, voire que toutes les autres, dont elle ne serait peut-être qu'une formulation plus judicieuse. Si (tant est que) les autres disciplines littéraires se posent des questions de fait (« Qui est l'auteur du *Père Goriot* ? »), la poétique, à coup sûr, se pose des questions de *méthode* – par exemple : quelle est la meilleure, ou la moins mauvaise, façon de *dire* ce que *fait* l'auteur du *Père Goriot*[2] ?

---

1. Je ne prétends pas pour autant que le statut pragmatique d'un auteur-narrateur fictionnel (intradiégétique) comme Albert Savarus auteur de *L'Ambitieux par amour* ne reproduise pas en abyme le statut d'un auteur-narrateur extradiégétique comme Balzac auteur d'*Albert Savarus* : mais simplement je laisserai ici de côté ce cas, dont la particularité pourrait bien être négligeable.

2. On pourrait objecter à une telle question l'impertinence qu'il y aurait à attribuer un caractère de *speech act* à une pratique écrite. Une

Comparant donc un fragment de roman d'Iris Murdoch et
un fragment de récit factuel (journalistique), Searle montre
sans peine que les énoncés fictionnels en forme d'assertions
ne répondent à aucune des conditions (de sincérité, d'engagement, de capacité à prouver ses dires) de l'assertion
authentique. Il montre également, et également (à mon avis)
sans contestation possible, que ces énoncés ne peuvent pas
être tenus pour des actes illocutoires *littéraux* d'un autre
type que l'assertion. De cette double observation négative,
il tire deux conclusions selon lui conjointes et que je voudrais disjoindre : la première est que l'énoncé de fiction, qui
est en forme d'assertion mais qui n'en remplit pas les
conditions, est une assertion feinte (*pretended*) ; la seconde,
que produire une fiction (« écrire un roman ») n'est pas un
acte illocutoire spécifique. La première me semble indiscutable : un énoncé qui présente tous les traits formels de l'assertion mais qui n'en remplit pas les conditions pragmatiques ne peut être qu'une assertion feinte. Encore faut-il
préciser le sens de la locution ambiguë « ne peut être
que... » ; je l'entends personnellement comme signifiant :
« ne peut qu'être », ou, plus précisément encore : « ne peut
manquer d'être », mais je ne me hâterai pas d'en inférer
qu'elle ne peut pas être *en même temps* autre chose ; j'y
reviendrai, bien sûr, car en somme tout est là. La seconde
conclusion de Searle (que la fiction n'est pas un acte illocutoire *sui generis*) semble confortée par deux considérations
supplémentaires : l'une (p. 107) est que la description de
la fiction comme assertion feinte est préférable, suffisante,
et apparemment exclusive ; l'autre est que les énoncés de
fiction n'ont pas d'autre sens que leur sens littéral puisque

---

telle objection ne résiste pas à la masse des actes illocutoires accomplis par écrit, de la déclaration d'amour au jugement de divorce.
Comme le dit bien Searle : « Parler *ou écrire* dans une langue consiste
à accomplir des actes de langage... » (p. 101).

(?) les mots (par exemple, *rouge* dans *Chaperon rouge*, p. l0l) n'y ont pas d'autre sens que dans les énoncés ordinaires. Ce sont ces deux considérations, étroitement liées, que je souhaite contester ensemble.

Mon propos est donc celui-ci : dire que les énoncés de fiction sont des assertions feintes n'exclut pas, comme le prétend Searle, qu'ils soient en même temps autre chose – et d'ailleurs Searle lui-même admet sur un autre plan la possibilité de tels accomplissements indirects : d'une part (p. 118-119) lorsqu'il avance que les actes de langage simulés de la fiction peuvent véhiculer des « messages », et même des « actes de langage » sérieux, comme une fable peut transmettre une morale (cet exemple n'est pas dans son texte, mais je ne pense pas qu'il trahisse sa pensée); et d'autre part (p. 115) lorsqu'il affirme qu'« en feignant de se référer à une personne [le romancier] crée un personnage de fiction ». Ces deux propositions me semblent encore indiscutables, encore que le verbe « créer » (*to create*) ait ici quelque accent de métaphore[1]. Je ne crois pas m'éloigner beaucoup de la seconde en disant, de manière plus littérale, qu'en feignant de faire des assertions (sur des êtres fictionnels) le romancier fait autre chose, qui est de créer une *œuvre* de fiction. La possibilité d'un tel cumul ne me semble pas excéder les capacités humaines, et il est après

---

1. *De métaphore*, car la seule chose qu'un artiste puisse littéralement « créer », et ajouter au monde réel, c'est son œuvre. Joseph Margolis objecte pertinemment à Searle qu'on ne peut pas dire à la fois que les êtres de fiction n'existent pas et que l'auteur les crée, car on ne peut créer que de l'existant. « *What is relevantly created are the stories and the like, using which in the appropriate (conventional) way we (both authors and readers) imagine a certain non-existent world to exist* » (« The Logic and Structures of Fictional Narrative », *Philosophy and Literature*, VII-2, octobre 1983, p. 169). C'était déjà en 1933 l'avis de Gilbert Ryle : « *While it is correct to describe Dickens' activity as "creative" when the story is considered as the product of his creation, it is wholly erroneous to speak as if Dickens created a Mr. Pickwick* » (« Imaginary Objects », *Proceedings of the Aristotelian Society*, 1933, p. 32).

tout de la définition de la feintise qu'en feignant de faire
une chose on en fasse en réalité une autre[1]. Produire des
assertions feintes (ou feindre de produire des assertions) ne
peut donc pas exclure *a priori* qu'en les produisant (ou en
feignant de les produire) on accomplisse réellement un
autre acte, qui est de produire une fiction. La seule question, sans doute un brin rhétorique, est de savoir si cet acte-
là n'est pas un « acte de langage » au sens technique ou,
plus précisément, si la relation entre ces deux actes (produire une fiction en feignant de faire des assertions) n'est
pas typiquement de nature illocutoire. Autrement dit
encore, si l'énoncé de fiction ne serait pas à mettre au
nombre des énoncés « non littéraux » – soit *figurés*, comme
lorsque, disant : « Vous êtes un lion », je signifie métaphoriquement : « Vous êtes un héros » (ou peut-être, ironiquement : « Vous êtes un lâche ») ; soit *indirects*, comme
lorsque, vous demandant si vous pouvez me passer le sel, je
vous exprime mon désir que vous me le passiez.

La différence entre figures et actes de langage indirects
n'est pas insignifiante – et j'y reviendrai –, mais, puisque
dans les deux hypothèses l'acte de fiction se présente de
manière plus ou moins déguisée (en assertion), il convient
sans doute d'abord de considérer cet acte dans ce qui serait

---

1. Il me semble que Searle se fait en général de la simulation une
idée trop *soustractive,* comme si l'acte de simulation était toujours
d'« ordre inférieur ou moins complexe » que l'acte simulé (p. 111).
L'art emphatique de l'acteur tend plutôt à prouver le contraire et, dans
la « vie » même, simuler consiste plus souvent à « en faire des
tonnes », comme le loufiat sartrien qui joue au loufiat, ou Charlus à
Balbec faisant « le geste de mécontentement par lequel on croit faire
voir qu'on en a assez d'attendre, mais qu'on ne fait jamais quand on
attend réellement » (*Recherche*, Paris, Gallimard, « Bibl. de la
Pléiade », II, p. 111). Je sais bien que parfois la réalité « dépasse la
fiction », mais il me semble que, si on le remarque, c'est parce que la
norme est inverse : la fiction n'est souvent qu'une réalité exagérée.
Quand, enfant, je me laissais aller à fabuler par hyperboles, mon père,
homme positif et occamien sans le savoir, commentait sobrement :
« On voit bien que ce n'est pas toi qui paies. »

son état *non déguisé*, ou nu, ou, comme dit parfois Searle, « primaire ». J'emploie le conditionnel parce qu'il me semble que cette nudité ne se rencontre jamais, la fiction (narrative) préférant toujours, pour diverses raisons, se couvrir du manteau de l'assertion.

Cet état pourrait prendre la forme d'une invitation à entrer dans l'univers fictionnel, et par conséquent, en termes illocutoires, d'une suggestion, d'une demande, d'une prière, d'une proposition – tous actes « directifs[1] » de même « point » illocutoire, que ne distingue que le degré de « force ». En ce sens, la phrase en forme d'as-sertion : « Il était une fois une petite fille qui vivait avec sa maman au bord d'une forêt » signifierait en réalité quelque chose comme : « Veuillez imaginer avec moi qu'il était une fois une petite fille, etc. ». Cet état primaire ou déclaré de l'acte fictionnel pourrait être sans difficulté décrit dans les termes proposés par Searle dans *Les Actes de langage*[2], au titre de la demande, et schématisé de la manière que préconise le même Searle dans *Sens et Expression*[3], soit ici : ! ↑ V (A imagine p) – c'est-à-dire que l'énonciateur formule une demande destinée à obtenir un ajustement de la réalité au discours et exprimant son désir sincère que son auditeur (ou lecteur) A imagine un état de fait exprimé par la proposition p, savoir : « Il était une fois, etc. ».

C'est une description possible de l'acte de fiction déclaré(e). Mais il me semble qu'on peut en proposer une autre, aussi adéquate, et sans doute plus adéquate aux états de fiction que Strawson qualifie de « sophistiqués[4] », où l'appel à la coopération imaginative du lecteur est plus

1. Voir « Taxinomie des actes illocutoires », *Sens et Expression, op. cit.,* p. 39-70.
2. Voir « Structure des actes illocutoires », *Les Actes de langage*, Paris, Hermann, 1972, p. 95-114.
3. P. 53.
4. *Études de logique et de linguistique*, Paris, Éd. du Seuil, 1977, p. 22-23.

silencieux, cette coopération étant présupposée, ou tenue pour acquise, en sorte que l'auteur peut procéder de manière plus expéditive et comme par décret : l'acte de fiction n'est donc plus ici une demande, mais plutôt ce que Searle appelle une *déclaration*. Les déclarations sont des actes de langage par lesquels l'énonciateur, en vertu du pouvoir dont il est investi, exerce une action sur la réalité. Ce pouvoir est généralement de type institutionnel – comme celui d'un président (« La séance est ouverte »), d'un patron (« Vous êtes congédié »), d'un ministre du Culte (« Je te baptise Pierre »)[1] –, mais Searle admet lui-même d'autres types de pouvoir, comme le surnaturel (« Que la lumière soit[2] ! »), ou celui qui porte sur le langage lui-même, comme lorsqu'un orateur dit : « J'abrège », ou un philosophe : « Je définis… » On voit sans doute où je veux en venir, car j'y suis déjà : le *fiat* de l'auteur de fiction se tient quelque part entre ceux du démiurge et de l'onomaturge ; son pouvoir suppose, comme celui du second, l'accord plus ou moins tacite d'un public qui, selon l'inusable formule de Coleridge, renonce volontairement à l'usage de son droit de

---

1. C'est à cette catégorie que s'applique le plus fréquemment la forme dite, depuis Austin, « performative » ; mais, contrairement à l'opinion courante, cette forme ne me semble pas nécessairement liée à cette catégorie. Elle consiste en la description assertive explicite (j'avoue que la notion de « performatif implicite » me laisse perplexe) de n'importe quel acte illocutoire : déclaratif, bien sûr (« Je déclare la séance ouverte »), mais aussi bien expressif (« Je vous exprime tous mes regrets »), directif (« Je vous ordonne de sortir »), promissif (« Je vous promets de venir »), et même assertif : « Je vous signale… », « Je vous indique… », « J'observe… », etc., sans compter l'envahissant explétif « Je dirai(s) que… », ou : « Disons que… » Les rares impossibilités (on ne dit pas : « Je te menace… ») pourraient être d'ordre rhétorique : la menace n'a pas intérêt à s'expliciter comme telle, mais au contraire à se couvrir, par exemple du manteau du conseil : « Je vous conseille de sortir » (sous-entendu : « sinon… »). Inversement, un acte déclaratif peut prendre une forme non performative, par exemple assertive : « La séance est ouverte. »

2. À vrai dire, cette phrase me semble relever plutôt du directif que du déclaratif, mais la frontière est ici très poreuse.

contestation. Cette convention permet à l'auteur de poser ses objets fictionnels sans solliciter explicitement son destinataire, sous une forme « déclarative » au sens searlien, dont la condition préliminaire, tenue pour acquise, est simplement qu'il est en droit de le faire, et dont l'opérateur pourrait être emprunté au langage des mathématiques (« *Soit* un triangle ABC ») : « *Soit* une petite fille habitant avec sa maman, etc. » La formule pseudo-searlienne en serait : D $\updownarrow$ Ø (p) – qu'il faut ici gloser à peu près en ces termes : « Moi, auteur, je décide fictionnellement par la présente, en adaptant à la fois les mots au monde et le monde aux mots, et sans remplir aucune condition de sincérité (= sans y croire et sans vous demander d'y croire), que p (= qu'une petite fille, etc.) » La différence entre une telle déclaration et les déclarations ordinaires est évidemment le caractère imaginaire de l'événement « déclaré », c'est-à-dire du contenu de p, qu'il n'est pas au pouvoir de l'auteur de provoquer réellement, comme un démiurge peut provoquer un événement physique, et un simple mortel (habilité) un événement institutionnel. Du moins est-il en son pouvoir d'en provoquer, dans l'esprit de son destinataire et fût-ce d'une manière fugitive et précaire, la considération – et ceci, après tout, est un événement à part entière.

La différence entre la formulation directive (« Imaginez que… ») et la déclaration (« Soit… ») est que la seconde présume (consiste à présumer) de son effet perlocutoire : « Par la présente, je vous amène à imaginer… » Or, cet effet est bien toujours garanti, car le seul fait d'entendre ou de lire qu'une petite fille habitait jadis au bord d'une forêt provoque inévitablement dans mon esprit, fût-ce le temps de la rejeter comme fictionnelle ou oiseuse, la pensée d'une petite fille au bord d'une forêt. La formulation déclarative, quoique plus présomptueuse, *parce que* plus présomptueuse, me paraît donc la plus correcte. La fiction narrative, comme la fiction mathématique et sans doute quelques autres, peut donc être raisonnablement décrite, dans son état primaire et sérieux, comme une déclaration au sens searlien, et donc comme un acte illocutoire *sui generis*, ou du moins *sui speciei*, dans le genre plus vaste des illocutions déclaratives à fonction instauratrice.

Le passage à l'état *non déclaré* – et donc non (plus) directif, ni même déclaratif, mais pseudo-assertif, qui est l'état ordinaire de l'acte de fiction narrative – peut être rapproché de certaines formulations assertives des déclarations institutionnelles, formulations qui consistent elles aussi à présumer de leur propre effet perlocutoire : la phrase « La séance est ouverte », ou « Vous êtes congédié », décrit l'état de fait institutionnel provoqué par son énonciation même ; la phrase « Il était une fois une petite fille… » décrit l'état de fait mental provoqué dans l'esprit de son destinataire par son énonciation même, et la différence est au fond assez mince, car les états de fait institutionnels sont des états mentaux collectifs – comme sont fréquemment les états mentaux provoqués par les énonciations fictionnelles. On pourrait à la limite décrire ces formes assertives comme des formulations littérales et des assertions vraies : les énoncés de fiction seraient tout simplement des descriptions de leur propre effet mental. Mais l'inconvénient d'une telle définition saute aux yeux : c'est qu'elle est beaucoup trop vaste, puisqu'elle s'applique à tous les énoncés, fictionnels ou non : « Napoléon mourut à Sainte-Hélène » ou « L'eau bout à 100° » décrivent aussi bien (ou aussi mal) l'état de conscience de leurs énonciateurs et de leurs récepteurs. Le trait spécifique de l'énoncé de fiction, c'est que, contrairement aux énoncés de réalité, qui décrivent en outre ( ! ) un état de fait objectif, lui ne décrit rien d'autre qu'un état mental. La formulation assertive complète d'un énoncé de réalité pourrait être quelque chose comme : « Il est de fait que l'eau bout à 100°, et en le disant je vous en informe ou vous le rappelle » ; la formulation assertive complète de l'énoncé de fiction serait plutôt : « Il n'est pas de fait qu'il était une fois une petite fille, etc., mais en le prétendant je vous y fais penser comme à un état de fait imaginaire. » De toute évidence, on ne peut pas dire que la seule phrase « Il était une fois une petite fille, etc. » soit une traduction littérale de cet énoncé, ni *a fortiori* de ses contreparties directives ou déclaratives. Il est donc plus correct de considérer cette assertion non sérieuse comme l'expression non littérale (mais courante) d'une des formulations littérales (mais non usuelles) mentionnées plus haut.

En disant *non littérale*, j'ai évité jusqu'ici de choisir entre deux qualifications plus précises, dont Searle lui-même me semble fournir la distinction – sans envisager toutefois qu'aucune d'elles puisse s'appliquer aux énoncés de fiction. L'une est celle d'énoncé *figuré*, l'autre est celle d'acte de langage *indirect*. La première catégorie est partiellement abordée dans le chapitre de *Sens et Expression* consacré à la métaphore, la seconde fait intégralement l'objet du chapitre, déjà cité, qui lui doit son titre. La différence entre ces deux types d'expression non littérale semble être, selon Searle, que, dans l'expression figurée, l'interprétation littérale est impossible – ou, si l'on préfère, le sens littéral est manifestement inacceptable : « Vous êtes un lion » est littéralement faux, le destinataire sait que l'énonciateur, sauf coup de folie, le sait aussi, et c'est cette fausseté littérale manifeste qui oblige à chercher un sens figuré tel que « Vous êtes un héros » ; en revanche, dans l'acte de langage indirect, le sens primaire vient « en supplément[1] » d'un sens littéral acceptable : « C'est vous qui avez le sel » est une assertion vraie, acceptable comme telle, et qui suggère *de plus* la demande « Passez-moi le sel », même si ce sens « supplémentaire » est en fait le véritable point illocutoire de la phrase.

1. *Sens et Expression,* p. 84.

Sur le plan théorique et sur les exemples choisis (par moi), la distinction est nette et indiscutable. Je ne suis pas certain qu'elle le soit toujours en pratique. Certaines figures ont un sens littéral acceptable, quoiqu'elles visent davantage leur sens figuré : « Je travaille à l'Élysée » est littéralement vrai dans la bouche d'un collaborateur du président de la République, puisque son lieu de travail se trouve 55 rue du Faubourg-Saint-Honoré, même si le sens métonymique visé est plutôt : « Je travaille auprès du président de la République » ; et, inversement, l'énoncé canonique d'acte de langage indirect « Pouvez-vous me passer le sel ? » (demande sous forme de question[1]) n'est guère recevable sous sa forme littérale, car, la plupart du temps, la réponse est manifestement (pour tous) connue d'avance, ce qui dessaisit la question de sa condition de sincérité. Fausse question, donc, et fort proche de cette figure avérée qu'est l'interrogation rhétorique (« Est-elle en marbre ou non, la *Vénus de Milo* ? »). Bref, la différence entre figure et acte de langage indirect – ou, pour mieux dire, entre acte de langage indirect à sens littéral inacceptable et acte de langage indirect à sens littéral acceptable – est fort secondaire par rapport à leur trait commun, qui est d'effectuer un acte illocutoire sous la forme d'un autre acte illocutoire, d'un autre type (demande sous forme de question, d'assertion, de

---

1. On peut noter que la description des actes indirects étudiés dans ce chapitre comme demandes-sous-forme-de-questions ignore l'annexion faite au chapitre I des questions aux demandes (annexion d'ailleurs fort discrète, puisqu'elle tient en une seule phrase : « Les questions sont une sous-catégorie de directifs, puisqu'elles sont des tentatives de la part de L de faire répondre A, c'est-à-dire de lui faire accomplir un acte de langage », *Sens et Expression*, p. 53). Si l'on veut en tenir compte, il faut reformuler la description sous cette forme logiquement bizarre : « demande sous forme de cette sous-catégorie de demande qu'est la question » – comme on dirait : « officier déguisé en capitaine ». Il y a peut-être là, comme souvent, plus d'inconvénients que d'avantages à l'annexion. Mais il faut garder à l'esprit que les actes indirects ne sont pas tous des demandes sous forme de questions, loin de là.

promesse, assertion sous forme de demande : « Sachez que… », etc.) ou du même : question sous forme d'une autre question, comme dans « Avez-vous l'heure ? », etc.

Je ne sais comment Searle accueillerait cette semi-assimilation, mais je rappelle qu'il n'envisage nullement d'appliquer au discours de fiction la catégorie des actes de langage indirects et qu'il refuse explicitement de leur appliquer celle des figures – au nom d'une distinction, selon moi fragile, entre « non sérieux » et « non littéral »[1]. « Hegel est un rossignol » peut être une assertion sérieuse dans son sens figuré (« Hegel est dépassé ») ; elle ne l'est évidemment pas dans son sens littéral. Inversement, « Il était une fois une petite fille, etc. », que Searle qualifie simplement de non sérieuse, peut être (c'est évidemment mon propos) analysée comme un acte illocutoire indirect (à mon sens large) et donc complexe, dont le véhicule est une assertion feinte ou non sérieuse, et dont la teneur est *ad libitum* une demande (« Imaginez que… »), une déclaration (« Je décrète fictionnellement que… »), voire une autre assertion, évidemment sérieuse, comme : « Par la présente, je souhaite susciter dans votre esprit l'histoire fictionnelle d'une petite fille, etc.[2] » Une telle description ne vise nullement à *remplacer* celle de Searle (« Les textes de fiction sont des assertions feintes »), mais à la *compléter* à peu près comme suit :

---

1. *Sens et Expression*, p. 103. Dans sa préface, Joëlle Proust illustre justement l'énonciation littérale par la formule (peu traduisible) : « *He means what he says.* » L'accent est évidemment sur *what*, mais la même formule, avec l'accent sur *means*, pourrait illustrer l'énonciation sérieuse – « *I mean it* » signifie précisément : « Je parle sérieusement. » La nuance est mince, et il est généralement bien difficile, ou oiseux, de décider, par exemple, si une plaisanterie doit être prise comme non littérale ou comme non sérieuse.

2. Je ne pense pas que cette liberté de traduction puisse faire objection à mon analyse : la même incertitude porte sur la plupart des figures, et aussi des actes de langage indirects : « Pouvez-vous me passer le sel ? » recouvre indifféremment une demande (« Passez-moi le sel »), une information comme : « Je souhaite que vous me passiez le sel », etc.

« … qui dissimulent, en autant d'actes de langage indirects, des actes de langage fictionnels qui sont eux-mêmes autant d'actes illocutoires *sui speciei*, par définition sérieux ».

À partir de là, la question de savoir si cette indirection est celle d'une figure (à sens littéral inacceptable et à sens primaire substitutif) ou d'un acte de langage indirect searlien (à sens littéral acceptable et à sens primaire supplémentaire) me semble encore une fois secondaire. On pourrait envisager de les répartir entre fictions invraisemblables, ou fantastiques, et fictions vraisemblables, ou réalistes. On qualifierait ainsi de *figuré* un énoncé tel que : « Le chêne un jour dit au roseau… », qui est manifestement fictionnel et ne peut donc que couvrir une demande ou une déclaration fictionnelle ; et de simplement *indirect* un énoncé tel que : « Le 15 septembre 1840, vers six heures du matin, la *Ville-de-Montereau*, près de partir, fumait à gros tourbillons devant le quai Saint-Bernard… », dont le sens littéral est parfaitement acceptable, et probablement fidèle à quelque réalité empirique, et dont la fictionalité n'est nullement une évidence logique ou sémantique, mais plutôt une probabilité culturelle[1], induite par un certain nombre de données conventionnelles d'ordres textuel, contextuel et paratextuel. Les assertions feintes seraient donc des figures quand elles recouvriraient des actes illocutoires de fiction logique (par exemple, les fables) et des actes de langage indirects searliens quand elles ne recouvriraient que des actes de fiction culturelle (par exemple, les romans réalistes). Mais cette distinction me semble bien artificielle, et peu applicable dans le détail, car la pratique fictionnelle ne cesse de mêler ces deux types : les contes de fées eux-mêmes empruntent mille détails à la réalité, et le roman le plus vraisemblable ne peut très longtemps passer pour une histoire vraie. Et

---

1. J. O. Urmson (« Fiction », *American Philosophical Quarterly*, XIII-2, avril 1976) dit fort bien que l'incipit du *Petit Chaperon rouge* a de grandes chances de correspondre à une vérité empirique présente ou passée – ce qui ne l'empêche nullement de valoir pour fictionnel.

surtout, je la trouve trop encombrante et trop lourde de présupposés pour s'appliquer aux variantes, ou nuances, de ce qui n'est après tout qu'un mince déguisement : celui des déclarations fictionnelles en prétendues assertions. Je préfère donc laisser indéterminé le choix entre ces deux espèces (selon moi) d'actes indirects et définir plus largement les énoncés ordinaires de fiction comme des assertions feintes recouvrant, de manière plus ou moins évidente et transparente[1], des déclarations (ou demandes) tout à fait sérieuses que l'on doit tenir pour des actes illocutoires. Quant à l'effet perlocutoire visé, il est évidemment d'ordre esthétique, et plus spécifiquement de l'ordre artistique du *poiein* aristotélicien : produire une *œuvre* de fiction.

Tout cela, bien sûr, concerne un « discours fictionnel » supposé tel de part en part, comme si un texte de fiction narrative était intégralement constitué d'une suite de phrases de type « Il était une fois… », dont tous les référents seraient aussi manifestement fictifs que le Petit Chaperon rouge. Tel n'est évidemment pas le cas : Searle mentionne lui-même le statut, selon lui totalement extrafictionnel, de certains énoncés gnomiques comme la première phrase d'*Anna Karenine,* où Tolstoï énoncerait en tout sérieux et en toute sincérité son opinion sur les bonheurs et les mal-

1. Ce degré de transparence ne dépend pas seulement du caractère plus ou moins manifestement fictionnel du contenu, mais aussi du degré de présupposition de la formule assertive elle-même, naïve (« Il était une fois… ») ou « sophistiquée » (« La première fois qu'Aurélien vit Bérénice… »), ou encore de la présence ou non des « indices de fictionalité » (Hamburger) que fournit un trait comme l'accès direct à la subjectivité d'un personnage (« …il la trouva franchement laide »). Sans compter, bien sûr, les signaux paratextuels du genre *roman, conte* ou *nouvelle.* Il semble peut-être abusif de raisonner constamment sur des formules d'incipit, comme si on ne lisait jamais au-delà. C'est que leur fonction est décisive, et proprement instauratrice : une fois accepté l'univers qu'elles imposent d'une manière ou d'une autre, la suite fonctionne sur le mode quasi sérieux du consensus fictionnel.

heurs familiaux ; je ne suis pas sûr que la situation soit aussi tranchée pour cet exemple et *a fortiori* pour d'autres, et je ne vois pas pourquoi un romancier se priverait d'émettre, pour les besoins de sa cause fictionnelle, des maximes *ad hoc*, aussi peu « sincères » que ses énoncés narratifs et descriptifs[1], mais il est clair que ce type de propositions peut au moins introduire dans le texte de fiction des îlots non fictionnels ou indécidables, comme le célèbre incipit d'*Orgueil et Préjugés* : « C'est une vérité universellement admise qu'un célibataire pourvu d'une belle fortune doit avoir envie de se marier... » Il en va de même pour d'innombrables énoncés de type historique ou géographique que leur insertion dans un contexte fictionnel et leur subordination à des fins fictionnelles ne privent pas nécessairement de leur valeur de vérité : voyez encore l'ouverture de *La Princesse de Clèves* : « La magnificence et la galanterie n'ont jamais paru en France avec tant d'éclat que dans les dernières années du règne de Henry second... » Enfin, les référents les plus typiquement fictionnels, Anna Karenine ou Sherlock Holmes, peuvent fort bien avoir été substitués à des « modèles » réels qui ont « posé » pour eux, comme Hendrijke pour Bethsabée (ainsi, George Sand pour Camille Maupin ou Illiers pour Combray), de sorte que la fictionalité des propositions qui les concernent ne tient qu'à une duplicité de référence, le texte dénotant un *x* fictif alors qu'il décrit un *y* réel. Il n'est pas question d'entrer ici dans le détail infiniment complexe de ces procédés, mais il faut au moins garder à l'esprit que le « discours de fiction » est en fait un *patchwork*, ou un amalgame plus ou moins homogénéisé, d'éléments hétéroclites empruntés pour la plupart à la réalité. Comme le lion n'est guère, selon Valéry, que du mouton digéré, la fiction n'est guère que du réel fictionalisé, et la définition de son discours en termes illo-

---

1. Voir Käte Hamburger, p. 146 *sq.* ; et mon « Vraisemblance et motivation », in *Figures II*, Paris, Éd. du Seuil, 1969.

cutoires ne peut être que fluctuante, ou globale et synthétique : ses assertions ne sont clairement pas toutes également feintes, et aucune d'elles peut-être ne l'est rigoureusement et intégralement – pas plus qu'une sirène ou un centaure n'est intégralement un être imaginaire. Il en est sans doute de même de la fiction comme discours que de la fiction comme entité, ou comme image : le tout y est plus fictif que chacune de ses parties.

Enfin, il faut préciser qu'une définition illocutoire du discours de fiction ne peut par principe atteindre que l'aspect *intentionnel* de ce discours, et son aboutissement réussi (*felicitous*), qui consiste au moins à faire reconnaître son intention fictionnelle. Or, de même qu'une figure ou un acte de langage indirect peuvent échouer parce que leur destinataire n'a pas su les déchiffrer (« Moi, un lion ? Vous êtes fou ! » ; « Oui, je peux vous passer le sel, quelle question ! »), de même un acte de fiction peut échouer comme tel parce que son destinataire n'a pas perçu sa fictionalité, comme don Quichotte montant sur les tréteaux de maître Pierre pour estourbir les méchants et sauver les gentils. Le recours massif aux ressources du paratexte est parfois le bienvenu pour éviter de telles méprises. Mais il arrive aussi, comme nous le savons, que la même histoire change de statut selon le contexte culturel : produite par (et pour) les uns comme vérité, elle est reçue par d'autres comme croyance fausse et réinterprétée, « recyclée » en fiction. Le mythe illustre ainsi un état *involontaire* de la fiction, dont la formule illocutoire n'est pas la même aux deux extrémités de la chaîne. Et ce genre de quiproquo peut affecter non seulement la « représentation », mais la réalité même, prise pour fiction, comme lorsqu'on se pince pour se réveiller alors qu'on ne l'est déjà que trop. L'erreur inverse de celle de don Quichotte est assez joliment illustrée par un dessin de Robert Day paru un jour dans le *New Yorker*[1]. On y voit une voiture en panne sous

1. Recueil des années 1925-1975, Viking Press, 1975.

une pluie diluvienne. Le conducteur, trempé comme une soupe, s'escrime à changer un pneu crevé. Ses deux enfants, restés à l'intérieur, le regardent avec impatience et, sans doute, incrédulité, si j'en juge par la réplique du malheureux père : « *Don't you understand ? This is* life*, this is what is happening. We* can't *switch to another channel.* »

   Récapitulons. Il me semble qu'on peut raisonnablement décrire les énoncés intentionnellement fictionnels comme des assertions non sérieuses (ou non littérales) recouvrant, sur le mode de l'acte de langage indirect (ou de la figure), des déclarations (ou demandes) fictionnelles explicites. Une telle description me paraît plus économique que celle de Searle, qui exige (p. 110) le recours à de mystérieuses « conventions horizontales », « conventions extralinguistiques, non sémantiques, qui rompent la connexion entre les mots et le monde » et « suspendent l'opération normale des règles reliant les actes illocutoires et le monde ». La mienne n'exige rien d'autre que la reconnaissance – faite ailleurs par Searle lui-même – de la capacité manifeste (et largement exploitée hors fiction) du langage ordinaire à faire entendre plus, moins, ou autre chose qu'il ne dit.
   J'avais expressément laissé hors du champ de cette analyse le cas des autres formes (fictionnelles et non fictionnelles) du discours littéraire, mais je ne suis pas sûr qu'il me reste beaucoup à en dire du point de vue qui nous intéresse ici. J'ai défini en passant le statut illocutoire du discours de personnages, au théâtre et dans le récit « mixte », et du même coup celui de la fiction narrative en première personne : pour moi, tous ces discours se ramènent en fait au mode dramatique (un personnage parle) et consistent en illocutions sérieuses plus ou moins tacitement posées[1]

----

   1. La position la plus tacite est celle que pratique le théâtre « pur », sans introduction par voie de didascalie ou de « récitant » ; la plus

comme *intrafictionnelles* : la feintise consiste ici, comme le
disent Platon et Searle, en une simulation, ou substitution
d'identité (Homère feint d'être Chrysès, Doyle feint d'être
Watson, comme Sophocle feint d'être Œdipe ou Créon), qui
surplombe et détermine un discours de personnage tout à
fait sérieux, lui, dans son univers fictionnel[1] – sauf lorsque
ce personnage est lui-même, comme Schéhérazade ou
Savarus, producteur de fiction au second degré. Cette description, à mon sens, épuise le cas. Quant au discours de la
littérature non fictionnelle, narrative (Histoire, autobiographie, Journal) ou non (essais, aphorismes, etc.), il consiste
évidemment en ce que Käte Hamburger appelle des « énoncés de réalité » – illocutions sérieuses (véridiques ou non)
dont le statut pragmatique me semble sans mystère, et pour
ainsi dire sans intérêt. Ce qui fait question, c'est leur *littérarité*, intentionnelle ou non, c'est-à-dire encore une fois
leur éventuelle fonction esthétique. Mais ceci, de nouveau,
est une autre histoire – qui n'a sans doute plus grand rapport avec la logique intentionnelle de l'illocution[2].

Le seul type de discours littéraire dont le statut *illocutoire*
soit spécifique est donc la fiction narrative « imperson-
nelle ». Les autres peuvent se distinguer par des traits formels, et par des traits fonctionnels (émouvoir, distraire,
séduire, etc.) qu'il serait peut-être plus juste de dire *perlocutoires* – sous réserve d'inventaire et sans préjudice des
cas de littérarité involontaire, comme (à peu près) celle que

---

explicite est celle des discours de personnages en fiction narrative,
introduits par un récit qui leur « donne la parole ».

1. Pour désigner ces illocutions sérieuses attribuées à des personnages fictionnels, Marcia Eaton propose le terme fort heureux d'*actes
translocutoires* (« Liars, Ranters, and Dramatic Speakers », *in*
B. R. Tilghman (ed.), *Language and Æsthetics*, University of Kansas,
1973).

2. Ici encore, un diagnostic sur les états simples n'exclut pas l'existence de formes complexes, intermédiaires, entre le fictionnel et le
non-fictionnel, comme lorsque Hamburger définit le texte *lyrique* par
l'indétermination de son énonciateur.

Stendhal accordait au Code civil. Car il arrive, fort heureusement, et contrairement aux règles de l'illocution, que ce soit « aux lecteurs de décider si [un texte] est ou non de la littérature [1] ».

---

1. Je substitue « texte » à « œuvre » (*work*), car je ne donne pas exactement à cette remarque le même sens que Searle : pour lui, encore une fois, le jugement de littérarité semble être affaire de *mérite* attribué à ce qui serait de toute façon une œuvre ; pour moi, de *fonction* esthétique attribuée à un texte qui n'a pas nécessairement été produit dans cette intention.

# Récit fictionnel, récit factuel

Si les mots ont un sens (et même s'ils en ont plusieurs), la narratologie – aussi bien sur son versant rhématique, comme étude du discours narratif, que sur son versant thématique, comme analyse des suites d'événements et d'actions relatées par ce discours – devrait s'occuper de toutes les sortes de récits, fictionnels ou non. Or, de toute évidence, les deux branches de la narratologie ont jusqu'ici consacré une attention presque exclusive aux allures et aux objets du seul récit de fiction[1] ; et ce, non par un simple choix empirique qui ne préjugerait en rien des aspects momentanément et explicitement négligés, mais plutôt comme en vertu d'un privilège implicite qui hypostasie le récit fictionnel en récit par excellence, ou en modèle de tout récit. Les quelques chercheurs – un Paul Ricœur, un Hayden White, un Paul Veyne, par exemple – qui se sont

---

1. Le constat a déjà été fait par Paul Ricœur, *Temps et Récit*, II, Paris, Éd. du Seuil, 1984, p. 13. Une illustration frappante de cet état de choses est fournie par deux textes de Roland Barthes à peu près contemporains : « Introduction à l'analyse structurale des récits » (1966), *L'Aventure sémiologique*, Paris, Éd. du Seuil, 1985, et « Le discours de l'Histoire » (1967), *Le Bruissement de la langue*, Paris, Éd. du Seuil, 1984. Le premier, malgré son titre très général, n'envisage que des récits de fiction, et le second, malgré une antithèse initiale entre « récit historique » et « récit fictif », néglige complètement les aspects narratifs du discours historique, rejetés *in fine* comme une déviance propre au XIXᵉ siècle (Augustin Thierry) et dévalorisés au nom des principes anti-« événementiels » de l'école française – qui depuis…

intéressés aux figures ou aux intrigues du récit historique
l'ont fait du point de vue d'une autre discipline : philosophie de la temporalité, rhétorique, épistémologie ; et Jean-
François Lyotard, appliquant au récit journalistique de la
mort d'un militant[1] les catégories de *Discours du récit*,
cherchait plutôt à effacer les frontières de la fiction. Or,
quels que soient, au stade où nous en sommes, les mérites
et les défauts de la narratologie fictionnelle, il est douteux
qu'elle nous épargne une étude spécifique du récit factuel[2].
Il est certain en tout cas qu'elle ne peut indéfiniment se dispenser d'une interrogation sur l'applicabilité de ses résul-
tats, voire de ses méthodes, à un domaine qu'elle n'a jamais
vraiment exploré avant de l'annexer silencieusement, sans
examen ni justification.

Disant cela, je bats évidemment ma propre coulpe, ayant
jadis intitulé *Discours du récit* une étude manifestement
confinée au récit de fiction et récidivé naguère dans *Nouveau
Discours du récit*, malgré une protestation de principe[3]
contre cette pratique trop unilatérale de ce qu'il faut bien
appeler une *narratologie restreinte*. Il n'est cependant pas
dans mes intentions, ni d'ailleurs dans mes moyens, d'entamer ici l'étude, en quelque sorte symétrique, des caractères
propres au discours du récit factuel : il y faudrait une vaste
enquête à travers des pratiques comme l'Histoire, la biographie, le journal intime, le récit de presse, le rapport de police,
la *narratio* judiciaire, le potin quotidien, et autres formes de
ce que Mallarmé appelait l'« universel reportage » – ou pour
le moins l'analyse systématique de quelque grand texte supposé typique comme les *Confessions* ou l'*Histoire de la*

1. « Petite économie libidinale d'un dispositif narratif » (1973), in
*Des dispositifs pulsionnels*, Paris, Bourgois, 1980.
2. J'emploierai ici faute de mieux cet adjectif qui n'est pas sans
reproche (car la fiction aussi consiste en enchaînements de *faits*) pour
éviter le recours systématique aux locutions négatives (*non-fiction,
non-fictionnel*) qui reflètent et perpétuent le privilège que je souhaite
précisément questionner.
3. *Nouveau Discours du récit*, Paris, Éd. du Seuil, 1983, p. 11.

*Révolution française*[1]. Je voudrais plutôt, à titre provisoire et d'une manière plus théorique ou du moins plus à priorique, examiner les raisons que pourraient avoir le récit factuel et le récit fictionnel[2] de se comporter différemment à l'égard de l'histoire qu'ils « rapportent », du seul fait que cette histoire est dans un cas (censée être) « véritable » et dans l'autre fictive, c'est-à-dire inventée par celui qui présentement la raconte, ou par quelque autre dont il l'hérite. Je précise « censée être », puisqu'il arrive qu'un historien invente un détail ou arrange une « intrigue », ou qu'un romancier s'inspire d'un fait divers : ce qui compte ici, c'est le statut officiel du texte et son horizon de lecture.

À la pertinence d'une telle tentative s'oppose l'opinion, entre autres, d'un John Searle, pour qui *a priori* « Il n'y a pas de propriété textuelle, syntaxique ou sémantique [ni par conséquent narratologique] qui permette d'identifier un texte comme œuvre de fiction[3] », parce que le récit de fiction est une pure et simple feintise ou simulation du récit factuel, où le romancier, par exemple, fait tout bonnement

1. Sur ce dernier texte, voir Ann Rigney, « Du récit historique », *Poétique*, 75, septembre 1988. Dans la voie ouverte par Hayden White, l'auteur s'intéresse moins aux procédés narratifs qu'aux moyens de « production du sens » dans un récit défini comme essentiellement (et authentiquement) rétrospectif, et donc constamment attiré par l'anticipation. Au titre des études particulières ou génériques, il faut aussi mentionner les observations de Philippe Lejeune sur l'« ordre du récit dans *Les Mots* de Sartre » (*Le Pacte autobiographique*, Paris, Éd. du Seuil, 1975), et celles de Daniel Madelénat sur les choix de mode, d'ordre et de tempo en biographie (*La Biographie*, Paris, PUF, 1983, p. 149-158).
2. Pour des raisons évidentes, je laisserai ici de côté les formes non narratives (par exemple, dramatiques), voire non verbales (par exemple, en cinéma muet) de la fiction ; les non-verbales sont non littéraires par définition, c'est-à-dire par choix du médium ; en revanche, parmi les formes de la fiction narrative, la distinction entre écrites et orales me paraît ici sans pertinence, et celle entre littéraires (canoniques) et non littéraires (populaires, familières, etc.) trop douteuse pour être prise en considération.
3. « Le statut logique du discours de la fiction », p. 109.

semblant (*pretends*) de raconter une histoire vraie, sans rechercher sérieusement la créance du lecteur, mais sans laisser dans son texte la moindre trace de ce caractère non sérieusement simulé. Mais le moins qu'on puisse dire est que cette opinion n'est pas universellement partagée. Elle se heurte par exemple à celle de Käte Hamburger[1], qui restreint le champ de la « feintise » (*Fingiertheit*) au seul roman à la première personne – simulation indiscernable de récit autobiographique authentique – et qui relève au contraire, dans la fiction proprement dite (à la troisième personne), des « indices » (*Symptoms*) textuels incontestables de fictionalité. D'un certain point de vue, l'examen sommaire qui suit vise à départager ces deux thèses. Pour plus de commodité, et peut-être faute de pouvoir en imaginer d'autres, je suivrai ici la procédure testée dans *Discours du récit,* qui envisage successivement les questions d'ordre, de vitesse, de fréquence, de mode et de voix.

*Ordre*

J'avais écrit un peu vite en 1972 que le récit folklorique suivait un ordre plus respectueux de la chronologie des événements que celui de la tradition littéraire ouverte par l'*Iliade*, avec début *in medias res* et analepse complétive. J'en ai un peu rabattu d'un côté dans *Nouveau Discours du récit*, observant que l'usage des anachronies s'inaugure plu-

---

1. *Logique des genres littéraires*, chap. IV, « Les formes spéciales ou mixtes ». Pour une comparaison entre les thèses de cet ouvrage et les postulats méthodologiques de la narratologie, voir Jean-Marie Schaeffer, « Fiction, feinte et narration ». Sans se prononcer comme Searle sur la fiction en général, Philippe Lejeune, comme Käte Hamburger, n'observe en 1971 « aucune différence » entre autobiographie et roman autobiographique « si l'on reste sur le plan de l'analyse interne du texte » (*L'Autobiographie en France*, Paris, Colin, p. 24). Les différences qu'il introduit en 1972 (*Le Pacte autobiographique*, spécialement page 26), et que nous allons retrouver, sont d'ordre paratextuel, et donc non proprement narratologique.

tôt dans l'*Odyssée* et se perpétuera davantage dans le genre romanesque que dans la tradition épique. Entre-temps, dans un très intéressant article que je n'ai découvert qu'après coup[1], Barbara Herrnstein Smith m'invite à en rabattre de l'autre côté, arguant « non seulement que l'ordre rigoureusement chronologique est aussi *rare* dans les récits folkloriques que dans n'importe quelle tradition littéraire, mais encore qu'il est pratiquement *impossible* pour quelque narrateur que ce soit de le maintenir dans un énoncé d'une longueur autre que minimale. En d'autres termes, de par la nature même du discours, la non-linéarité est plutôt la règle que l'exception dans le récit. Et à coup sûr, pour cette raison même, la "progression" historique est probablement plus près d'être l'inverse de celle que suppose Genette : dans la mesure où un ordre parfaitement *chronologique* pourrait être observé, ce ne serait vraisemblablement que dans des textes extrêmement concertés, "artistiques" et "littéraires"[2] ». Ce renversement antilessingien est peut-être aussi excessif que l'hypothèse qu'il renverse, et bien entendu mon propos n'était nullement d'établir une « progression » historique en opposant l'anachronie homérique à la supposée linéarité des contes recueillis… par Perrault ou par Grimm ! De toute manière, cette confrontation n'oppose encore que deux ou trois genres (conte, épopée-roman) à l'intérieur du champ fictionnel. Mais je retiens de cette critique l'idée qu'aucun narrateur, y compris hors fiction, y compris hors littérature, orale ou écrite, ne peut s'astreindre naturellement et sans effort à un respect rigoureux de la chronologie. Si, comme je le suppose, un consensus s'éta-

---

1. « Narrative Versions, Narrative Theories », *Critical Inquiry*, automne 1980, p. 213-236. Cette critique vise à la fois les travaux de narratologie « classique », dont celui de Seymour Chatman et le mien, et l'étude de Nelson Goodman, « Twisted Tales », *ibid.,* p. 103-119. Une réponse de Goodman (« The Telling and the Told ») et une de Chatman ont paru dans la même revue, été 1981, p. 799-809.
2. P. 227.

blit facilement sur cette proposition, il en entraîne *a fortiori*
un autre sur celle-ci, que rien *n'interdit* au récit factuel
l'usage des analepses ou des prolepses. Je m'en tiendrai à
cette position de principe, au-delà de laquelle une comparaison plus précise ne peut être qu'affaire de statistiques –
qui révéleraient probablement des allures fort diverses
selon les époques, les auteurs, les œuvres singulières, mais
aussi selon les *genres* fictionnels et factuels, faisant ainsi,
de ce point de vue, apparaître moins de parenté entre tous
les types fictionnels d'un côté et tous les types factuels de
l'autre qu'entre tel type fictionnel et tel type factuel – je
dirai au hasard : entre le roman-Journal et le Journal authentique. Mon « hasard » n'est pas tout à fait innocent, et cet
exemple suggère, j'espère, une réserve importante que je
préfère... réserver pour plus tard.

Mais l'article de Barbara Herrnstein Smith pose d'une
autre manière, plus radicale, la question des différences
entre fiction et non-fiction dans leur traitement de la chronologie : l'auteur se demande si et quand la comparaison
(effectivement postulée par la narratologie) est possible
entre l'ordre de l'histoire et celui du récit, et répond qu'elle
l'est seulement lorsque le critique dispose, *en dehors du
récit lui-même*, d'une source indépendante d'information
sur la succession temporelle des événements « rapportés » –
faute de quoi il ne peut que recevoir et enregistrer sans discussion ces événements dans l'ordre où le récit les lui
apporte. Selon Herrnstein Smith, cette disponibilité n'est
présente que dans deux cas : celui d'œuvres de fiction déri-
vées d'une œuvre antérieure – par exemple, la dernière
version en date de *Cendrillon* –, et celui d'œuvres non
fictionnelles, telles que le récit historique. Dans ces seuls
cas, dit-elle, « il y a quelque sens à dire qu'un récit donné a
modifié la succession d'un ensemble donné d'événements
ou des événements d'une histoire donnée[1] ». Autrement dit,

1. P. 228.

dans ces seuls cas nous disposons ou pouvons disposer d'au moins *deux* récits, dont le premier peut être considéré comme la source du second, et son ordre chronologique comme l'*ordre d'histoire*, donnant la mesure des éventuelles distorsions que présente, par rapport à lui, l'*ordre du (second) récit*. Barbara Herrnstein Smith est tellement persuadée de l'impossibilité d'une autre procédure qu'elle ne craint pas d'ajouter : « De fait, on soupçonne que ces deux types de récit (la relation historique et le conte traditionnel [*twice-told tale*]) forment le paradigme inconscient du narratologue, ce qui explique en retour son besoin de supposer des structures d'intrigue ou des histoires sous-jacentes pour rendre compte des successions temporelles de ces récits bien différents qu'il étudie au plus près, à savoir : des œuvres de fiction littéraire. » Hypothèse toute gratuite, et que ne corrobore nullement l'histoire de la discipline, car les narratologues qui, depuis Propp, ont travaillé sur des récits traditionnels – comme le conte populaire – ne se sont guère souciés de leur allure chronologique (ni, plus généralement, de leur *forme* narrative), et réciproquement les spécialistes de narratologie formelle, depuis Lubbock et Forster, n'ont guère donné de signes d'intérêt (si ce n'est fort « inconscient » !) pour ce type de récits fictionnels, et encore moins, comme je nous le reprochais à l'instant, pour le récit historique.

Mais, surtout, la critique de Herrnstein Smith (les narratologues parlent d'anachronies à propos de textes de fiction originale où la comparaison entre l'ordre du récit et l'ordre de l'histoire est par définition impossible) oublie ou néglige un fait essentiel, que je rappelle dans *Nouveau Discours du récit*[1] et que souligne Nelson Goodman pour défendre son propre usage de la notion (sinon du terme) d'anachronie. Ce fait, c'est que la plupart des analepses et des prolepses, en fiction originale et ailleurs, sont soit explicites, c'est-à-

1. P. 17.

dire signalées comme telles par le texte lui-même au moyen de diverses marques verbales (« La comtesse ne survécut que fort peu de temps à Fabrice, qu'elle adorait, et qui ne passa qu'une année dans sa Chartreuse »), soit *implicites* mais évidentes de par notre connaissance « du processus causal en général » (chapitre *n* : la comtesse meurt de chagrin ; chapitre *n* + 1 : Fabrice meurt dans sa Chartreuse[1]). Dans les deux cas, insiste Goodman, « la distorsion n'est pas par rapport à un ordre des événements absolu et indépendant de toutes les versions, mais par rapport à ce que cette version elle-même *dit* être l'ordre des événements[2] ». Et lorsque par exception le texte (comme chez Robbe-Grillet, par exemple) ne déclare ni directement (par indication verbale) ni indirectement (par occasion d'inférence) quel est l'ordre des événements, le narratologue ne peut évidemment que noter, sans autre hypothèse, le caractère « achronique » du récit et s'incliner devant sa disposition[3]. On ne peut donc opposer le récit factuel, où l'ordre des événements serait donné par d'autres sources, au récit fictionnel, où il serait par principe inconnaissable et où les anachronies seraient par conséquent indécidables : sauf réticences exceptionnelles, les anachronies du récit de fiction sont tout simplement déclarées ou suggérées par le récit lui-

---

1. Je substitue à ceux de Goodman ces exemples dont seul le second, bien sûr, est imaginaire. L'*Histoire de la Révolution française* en présente (au moins) un, dont la lisibilité ne doit rien au caractère factuel et contrôlable du récit historique, dans le récit de la journée du 14 juillet 1789. Michelet raconte d'abord une réunion à l'Hôtel de Ville autour du prévôt des marchands ; la réunion est interrompue par l'arrivée d'un cortège annonçant la prise de la Bastille et brandissant ses clés. Puis l'auteur enchaîne : « La Bastille ne fut pas prise, il faut le dire, elle se livra… » Suit le récit, en analepse, de la chute de la prison.

2. P. 799.

3. *Figures III*, Paris, Éd. du Seuil, 1972, p. 115. Il m'était d'ailleurs déjà arrivé, dans *Figures I* (Paris, Éd. du Seuil, 1966, p. 77), de nier, contre Bruce Morrissette, la possibilité de « rétablir » la chronologie des récits de Robbe-Grillet.

même – tout comme, d'ailleurs, celles du récit factuel. En
d'autres termes, et pour marquer à la fois un point d'accord
et un point de désaccord avec Barbara Herrnstein Smith,
récit fictionnel et récit factuel ne se distinguent massive-
ment ni par leur usage des anachronies ni par la manière
dont ils les signalent[1].

## Vitesse

J'étendrais volontiers au chapitre de la vitesse narrative
le principe posé par Herrnstein Smith à propos de l'ordre :
aucun récit, fictionnel ou non, littéraire ou non, oral ou
écrit, n'a ni le pouvoir ni donc l'obligation de s'imposer
une vitesse rigoureusement synchrone à celle de son histoire. Les accélérations, ralentissements, ellipses ou arrêts
que l'on observe, à doses très variables, dans le récit de
fiction sont également le lot du récit factuel, et commandés
ici comme là par la loi de l'efficacité et de l'économie et
par le sentiment qu'a le narrateur de l'importance relative
des moments et des épisodes. Ici encore, donc, aucune différenciation *a priori* entre les deux types. Toutefois, Käte
Hamburger range à juste titre au nombre des indices de
fictionalité la présence de scènes détaillées, de dialogues
rapportés *in extenso* et littéralement, et de descriptions

---

1. Plus généralement, j'ai quelque peine à percevoir la portée de la
critique adressée par Herrnstein Smith à ce qu'elle appelle le « dua-
lisme » de la narratologie. La formule, d'allure intentionnellement
pragmatique, qu'elle contre-propose – « actes verbaux consistant en
ce que quelqu'un raconte à quelqu'un d'autre que quelque chose est
arrivé » (p. 232) – ne me semble nullement incompatible avec les postulats de la narratologie, et je la reçois plutôt comme une parfaite évidence. Le système de *Discours du récit* (Histoire, Récit, Narration)
n'est d'ailleurs manifestement pas dualiste, mais bien trinitaire, et je
ne sache pas qu'il ait rencontré d'objections chez mes confrères narratologues. Je perçois bien que Herrnstein Smith, quant à elle, milite en
faveur d'une position *moniste*, mais je ne la trouve guère illustrée par
la formule ci-dessus.

étendues[1]. Rien de tout cela n'est à proprement parler
impossible ou interdit (par qui ?) au récit historique, mais la
présence de tels procédés excède quelque peu sa vraisemblance (« Comment le savez-vous ? ») et, par là (j'y reviendrai), communique au lecteur une impression – justifiée –
de « fictionalisation ».

### Fréquence

Le recours au récit itératif, qui est *stricto sensu* un fait de
fréquence, est de manière plus large un moyen d'accélération du récit : accélération par syllepse identificatrice des
événements posés comme relativement semblables (« Tous
les dimanches… »). À ce titre, il va de soi que le récit factuel n'a aucune raison de s'en priver davantage que le récit
de fiction, et un genre factuel comme la biographie – dont
l'autobiographie – en fait un usage qui a été relevé par les
spécialistes[2]. La relation entre singulatif et itératif, très
variable selon les récits de fiction, ne présente donc, *a
priori,* aucune différence marquante lorsqu'on passe du
type fictionnel à l'autre. À moins de considérer, comme le
suggère Philippe Lejeune, le recours massif à l'itératif chez
Proust, et particulièrement dans *Combray*, comme une
marque d'imitation des allures caractéristiques de l'autobiographie, c'est-à-dire comme un emprunt du type fictionnel au type factuel – ou peut-être, plus précisément, d'*un*
type fictionnel (le roman pseudo-autobiographique) à *un*
type factuel (l'autobiographie authentique). Mais cette
hypothèse, fort plausible, nous ramène à un fait d'échange
entre les deux types dont je préfère encore une fois différer
la considération.

1. Dialoguée ou non, la scène est un facteur de ralentissement, et la
description de pause narrative, à moins qu'elle ne soit rapportée à
l'activité perceptive d'un personnage, ce qui vaut également, selon
Hamburger, pour un indice fictionnel.
2. Philippe Lejeune, *Le Pacte autobiographique*, p. 114.

*Mode*

C'est tout naturellement au chapitre du mode que se concentrent la plupart des indices textuels caractéristiques, selon Käte Hamburger, de la fiction narrative, puisque tous ces « symptômes » renvoient à un même trait spécifique, qui est l'accès direct à la subjectivité des personnages. Cette relation, incidemment, lève le paradoxe d'une poétique qui renoue avec la tradition aristotélicienne (définition de la littérature, pour l'essentiel, par le trait thématique de fictionalité), mais par le biais d'une définition apparemment formaliste de la fiction : les traits du récit fictionnel sont bien d'ordre morphologique, mais ces traits ne sont que des *effets*, dont la cause est le caractère fictionnel du récit, c'est-à-dire le caractère imaginaire des personnages qui en constituent le « *je*-origine ». Si seule la fiction narrative nous donne un accès direct à la subjectivité d'autrui, ce n'est pas par le fait d'un privilège miraculeux, mais parce que cet autrui est un être fictif (ou *traité comme fictif*, s'il s'agit d'un personnage historique comme le Napoléon de *Guerre et Paix*), dont l'auteur *imagine* les pensées à mesure qu'il prétend les rapporter : on ne devine à coup sûr que ce que l'on *invente*. D'où la présence de ces « indices » que sont les verbes de sentiment et de pensée attribués, sans obligation de justification (« Qu'en savez-vous ? »), à des « tiers » ; le monologue intérieur ; et, le plus caractéristique et le plus efficace de tous, car il imprègne à la limite la totalité du discours, qu'il réfère insidieusement à la conscience du personnage : le *style indirect libre,* qui explique entre autres la coexistence des temps du passé et des déictiques temporels ou spatiaux, dans des phrases comme « M*** parcourait pour la dernière fois le port européen, car *demain* son bateau *partait* pour l'Amérique ».

Comme on l'a souvent remarqué, cette description du récit de fiction hypostasie un type particulier : le roman du

XIXe et du XXe siècle, où le recours systématique à ces procédés contribue à focaliser sur un petit nombre de personnages, voire un seul, un récit d'où le narrateur, *a fortiori*
l'auteur, selon le vœu d'un Flaubert, semble s'absenter
complètement. Même si l'on peut disputer à l'infini de leur
degré de présence dans les récits non fictionnels, voire non
littéraires, ces tournures subjectivisantes sont incontestable-
ment plus naturelles au récit de fiction, et nous pouvons
bien les tenir, fût-ce avec quelques nuances, pour des traits
distinctifs de la différence entre les deux types. Mais
(contrairement à Käte Hamburger, qui n'en souffle mot)
j'en dirais autant de l'attitude narrative inverse, que j'ai
jadis baptisée *focalisation externe* et qui consiste à s'abste-
nir de *toute* incursion dans la subjectivité des personnages,
pour ne rapporter que leurs faits et gestes, vus de l'extérieur
sans aucun effort d'explication. De Hemingway à Robbe-
Grillet, ce genre de récit « objectif » me semble aussi typiquement fictionnel que le précédent, et ces deux formes
symétriques de focalisation caractérisent ensemble le récit
de fiction comme opposé à l'attitude ordinaire du récit
factuel – qui ne s'interdit *a priori* aucune explication
psychologique, mais doit justifier chacune d'elle par une
indication de source (« Nous savons par le *Mémorial de
Sainte-Hélène* que Napoléon croyait que Koutouzov… »),
ou l'atténuer et, précisément, la *modaliser* par une prudente
marque d'incertitude et de supposition (« Napoléon croyait
*sans doute* que Koutouzov… »), là où le romancier, fictio-
nalisant son personnage, peut se permettre un péremptoire
« Napoléon croyait que Koutouzov… »

Je n'oublie pas que ces deux types de focalisation sont
caractéristiques de formes relativement récentes du récit
de fiction et que les formes classiques – épiques ou romanesques – relèvent plutôt d'un mode non focalisé, ou à
« focalisation zéro », où le récit ne semble privilégier aucun
« point de vue » et s'introduit tour à tour à volonté dans la
pensée de tous ses personnages. Mais une telle attitude,

généralement qualifiée d'« omnisciente », n'est pas moins dérogatoire que les deux autres à l'obligation de véridicité du récit factuel : ne rapporter que ce que l'on sait, mais tout ce que l'on sait, de pertinent et dire comment on le sait. Plutôt davantage, en toute logique, puisqu'il y a, quantitativement, plus d'invraisemblance à connaître les pensées de tous que d'un seul (mais il suffit de tout inventer). Retenons donc que le mode est bien en principe (je dis : en principe) un révélateur du caractère factuel ou fictionnel d'un récit, et donc un lieu de divergence narratologique entre les deux types.

Bien entendu, pour Käte Hamburger, qui exclut du champ fictionnel le roman à la première personne, cette divergence ne peut s'exercer qu'entre deux types de récit impersonnels. Mais Dorrit Cohn a bien montré[1] comment le roman à la première personne pouvait à volonté placer l'accent sur le « *je*-narrateur » ou sur le « *je*-héros » (la fluctuation est manifeste dans la *Recherche du Temps perdu*) ; et Philippe Lejeune, qui nuance de livre en livre son diagnostic initial d'indiscernabilité, voit aujourd'hui dans cette alternative un indice au moins tendanciel (« Il ne s'agit que d'une dominante ») de distinction entre l'autobiographie authentique, qui accentue davantage la « voix d'un narrateur » (exemple : « Je suis né à l'extrême fin du XIXᵉ siècle, le dernier de huit garçons… »), et la fiction pseudo-autobiographique, qui tend à « focaliser sur l'expérience d'un personnage » (exemple : « Le ciel s'était éloigné d'au moins dix mètres. Je restais assise, pas pressée… »)[2]. C'est là, et fort légitimement, étendre au récit personnel ce typique critère de fictionalité qu'est la focalisation interne.

1. *La Transparence intérieure* (1978), Paris, Éd. du Seuil, 1981.
2. « Le pacte autobiographique (bis) » (1981), in *Moi aussi*, Paris, Éd. du Seuil, 1986.

*Voix*

Les caractères de la voix narrative se ramènent pour l'essentiel à des distinctions de temps, de « personne » et de
niveau. Il ne me semble pas que la situation temporelle de
l'acte narratif soit *a priori* différente en fiction et ailleurs :
le récit factuel connaît aussi bien la narration ultérieure
(c'est ici aussi la plus fréquente), antérieure (récit prophé-
tique ou prévisionnel), simultanée (reportage), mais aussi
intercalée, par exemple dans le journal intime. La distinction de « personne », c'est-à-dire l'opposition entre récits
hétérodiégétique et homodiégétique, partage aussi bien le
récit factuel (Histoire/Mémoires) que le récit fictionnel. La
distinction de niveau est sans doute ici la plus pertinente,
car le souci de vraisemblance ou de simplicité détourne
généralement le récit factuel d'un recours trop massif aux
narrations du second degré : on imagine mal un historien
ou un mémorialiste laissant à l'un de ses « personnages »
le soin d'assumer une part importante de son récit, et l'on
sait depuis Thucydide quels problèmes pose au premier
la simple transmission d'un discours un peu étendu. La
présence du récit métadiégétique est donc un indice assez
plausible de fictionalité – même si son absence n'indique
rien.
   Je ne suis pas sûr de rester dans les limites du champ proprement narratologique en évoquant, au titre des questions
de voix (« Qui parle ? »), le sujet toujours épineux des rapports entre narrateur et auteur. Philippe Lejeune a bien
montré que l'autobiographie canonique se caractérise par
l'identité *auteur = narrateur = personnage*, réservant au
cas particulier de l'autobiographie « à la troisième personne » la formule *auteur = personnage ≠ narrateur*[1].

---

1. *Le Pacte autobiographique*, et *Je est un autre*, Paris, Éd. du
Seuil, 1980. Mais la forme proposée ici est de ma seule responsabilité.

Il est assez tentant d'exploiter davantage les possibilités ouvertes par cette relation triangulaire. La dissociation *du personnage et du narrateur* (N ≠ P) définit évidemment (et même tautologiquement), en fiction et ailleurs, le régime (narratif) hétérodiégétique, comme leur identité (N = P) le régime homodiégétique. La dissociation *de l'auteur et du personnage* (A ≠ P) définit le régime (thématique) de l'allo-biographie, fictionnelle (hétérodiégétique comme dans *Tom Jones* ou homodiégétique comme dans *Gil Blas*) ou fac-tuelle (généralement hétérodiégétique, comme en Histoire ou en biographie, car ici le régime homodiégétique suppo-serait que l'auteur attribue le récit à son « personnage », comme Yourcenar à Hadrien, ce qui induit inévitablement – j'y reviens – un effet de fiction), comme leur identité (A = P) définit celui de l'autobiographie (homo- ou hétéro-diégétique). Reste à considérer la relation *entre l'auteur et le narrateur*. Il me semble que leur identité rigoureuse (A = N), pour autant qu'on puisse l'établir, définit le récit factuel – celui où, dans les termes de Searle, l'auteur assume la pleine responsabilité des assertions de son récit, et par conséquent n'accorde aucune autonomie à un quel-conque narrateur. Inversement, leur dissociation (A ≠ N) définit la fiction, c'est-à-dire un type de récit dont l'auteur n'assume pas sérieusement la véracité[1] ; ici encore, la rela-tion me semble tautologique : dire, comme Searle, que l'au-teur (par exemple, Balzac) ne répond pas sérieusement des

---

1. En tant, bien sûr, que ce récit se présente comme la description véridique d'un état de fait. Un récit qui dénoncerait à chaque phrase sa fictionalité par une tournure du genre « Imaginons que… », ou par l'emploi du conditionnel, comme les enfants qui jouent à la mar-chande, ou par quelque autre procédé qui existe peut-être dans cer-taines langues, serait d'une énonciation parfaitement « sérieuse » et relèverait de la formule A = N. Certains romans médiévaux présentent un fort ambigu « Le conte dit que… », qu'on peut lire soit comme l'esquisse d'un alibi hypertextuel (« Je rapporte un récit que je n'ai pas inventé »), soit comme un désaveu plaisamment hypocrite : « Ce n'est pas moi qui le dis, c'est mon récit » – comme on dit aujourd'hui : « C'est pas moi, c'est ma tête. »

assertions de son récit (par exemple, l'existence d'Eugène Rastignac), ou dire que nous devons les rapporter à une fonction ou instance implicite distincte de lui (le narrateur du *Père Goriot*), c'est dire la même chose de deux manières différentes, entre lesquelles seul le principe d'économie nous fait choisir, selon les nécessités du moment.

Il suit de cette formule que l'« autobiographie à la troisième personne » devrait être rapprochée plutôt de la fiction que du récit factuel, surtout si l'on admet avec Barbara Herrnstein Smith que la fictionalité se définit autant (ou plus) par la fictivité de la narration que par celle de l'histoire[1]. Mais on voit bien ici les inconvénients méthodologiques de la notion de « personne », qui amène à ranger dans la même classe, sur un critère étroitement grammatical, l'*Autobiographie d'Alice Toklas* et les *Commentaires* de César, ou *L'Éducation d'Henry Adams*. Le narrateur du *De bello gallico* est une fonction si transparente et si vide qu'il serait sans doute plus juste de dire que ce récit est assumé par César parlant conventionnellement (figurément) de lui-même à la troisième personne – et donc qu'il s'agit là d'un récit homodiégétique et factuel du type A = N = P. Dans *Toklas,* au contraire, la narratrice est aussi manifestement distincte de l'auteur que dans *Hadrien*, puisqu'elle porte un nom différent et qu'il s'agit d'une personne dont l'existence historique est confirmée. Et comme, dans son récit, la vie de Gertrude Stein et la sienne sont inévitablement mêlées, on peut aussi bien dire que le titre est (fictionnellement) véridique, et qu'il s'agit bien là non pas d'une biographie de Stein fictivement prêtée par celle-ci à Toklas,

---

1. « La fictivité essentielle des romans n'est pas à chercher dans l'irréalité des personnages, des objets et des événements mentionnés, mais dans l'irréalité de la mention elle-même. En d'autres termes, dans un roman ou dans un conte, c'est l'acte de rapporter des événements, l'acte de décrire des personnes et de se référer à des lieux, qui est fictif » (*On the Margins of Discourse*, The University of Chicago Press, 1978, p. 29).

mais plus simplement ( ! ) d'une autobiographie de Toklas écrite par Stein[1] ; ce qui ramène pour l'essentiel son cas narratologique à celui des *Mémoires d'Hadrien*. Resterait à trouver un cas vraiment pur d'autobiographie hétérodiégétique où un auteur attribuerait le récit de sa vie à un biographe non témoin et, pour plus de sûreté, postérieur de quelques siècles. Il me semble que Borges, toujours secourable dans les hypothèses tératologiques, a rédigé dans cet esprit un article le concernant d'une prétendue encyclopédie à venir[2]. Même sans erreurs ou inventions factuelles, et par le seul fait d'une dissociation bien établie entre auteur et narrateur (quoique anonyme), un tel texte relève clairement du récit de fiction.

Pour fixer les idées, je figurerai cet éventail de choix par une série de schémas triangulaires ; pour des raisons qui tiennent sans doute aux axiomes « Si A = B et B = C, alors A = C », et « Si A = B et A ≠ C, alors B ≠ C », je ne trouve que cinq figures logiquement cohérentes (voir ci-dessous).

L'intérêt (relatif) de cette batterie de schémas pour le sujet qui nous occupe tient à la double formule $A = N \longrightarrow$ *récit factuel*, $A \neq N \longrightarrow$ *récit fictionnel*[3], et ce, quelle que

---

1. Cf. Lejeune, *Je est un autre*, p. 53 *sq.*
2. « Epilogo », *Obras completas*, Buenos Aires, Emece, 1974, p. 1143. Le procédé, dont ce n'est sans doute pas la première illustration, a été plus récemment utilisé par quelques participants de Jérôme Garcin, *Le Dictionnaire, Littérature française contemporaine*, Paris, François Bourin, 1989 : recueil d'autonécrologies préventives.
3. « Dans un roman l'auteur est différent du narrateur. [...] Pourquoi l'auteur n'est-il pas le narrateur ? Parce que l'auteur invente et que le narrateur raconte ce qui est arrivé [...]. L'auteur *invente* le narrateur et le style du récit qui est celui du narrateur » (Sartre, *L'Idiot de la famille*, Paris, Gallimard, 1988, III, p. 773-774). Bien entendu, l'idée d'une dissociation (pour moi, purement fonctionnelle) de l'auteur et du narrateur n'aurait pas l'agrément de Käte Hamburger, pour qui l'*Ich-Origo* du personnage évince nécessairement toute présence d'un narrateur. Cette relation d'incompatibilité me semble procéder d'une conception très rigidement monologique de l'énonciation, qu'infirme à merveille la *dual voice* du discours indirect libre.

soit la teneur (véridique ou non) du récit, ou, si l'on préfère, quel que soit le caractère, fictif ou non, de l'histoire. Ainsi, lorsque A ≠ N, la véridicité éventuelle du récit n'interdit le diagnostic de fictionalité ni pour N = P (*Mémoires d'Hadrien*) ni pour N ≠ P : voyez la vie de Napoléon racontée par Goguelat, personnage (fictif) du *Médecin de campagne*. Je reconnais devoir cet exemple aux ressources particulières du récit métadiégétique, mais ce trait ne change rien au fait et, si l'on tient à l'écarter, il suffit ( !) d'imaginer Balzac (ou votre serviteur, ou n'importe quel faussaire anonyme) attribuant à Chateaubriand (ou à n'importe quel biographe supposé) une biographie rigoureusement fidèle de Louis XIV (ou de n'importe quel personnage historique) : fidèle à mon principe, emprunté à Herrnstein Smith, je soutiens qu'un tel récit serait fictionnel.

$$
\begin{array}{l}
A \\
\diagup \diagdown \quad \square \longrightarrow \textit{Autobiographie} \\
N = P
\end{array}
$$

$$
\begin{array}{l}
A \\
\diagup \diagdown \quad \longrightarrow \text{Récit historique (dont biographie)} \\
N \neq P
\end{array}
$$

$$
\begin{array}{l}
A \\
\diagup\!\!\!\!\diagup \diagdown \quad \longrightarrow \text{Fiction homodiégétique} \\
N = P
\end{array}
$$

$$
\begin{array}{l}
A \\
\diagup\!\!\!\!\diagup \diagdown \quad \longrightarrow \text{Autobiographie hétérodiégétique} \\
N \neq P
\end{array}
$$

$$
\begin{array}{l}
A \\
\diagup\!\!\!\!\diagup \diagdown\!\!\!\!\diagdown \quad \longrightarrow \text{Fiction hétérodiégétique} \\
N \neq P
\end{array}
$$

L'autre versant de la formule (*A = N —> récit factuel*) peut sembler plus douteux, car rien n'empêche un narrateur dûment et délibérément identifié à l'auteur par un trait onomastique (Chariton d'Aphrodise en tête de *Chéréas et*

*Callirhoé*, Dante dans la *Divine Comédie*, Borges dans *L'Aleph*) ou biographique (le narrateur de *Tom Jones* évoquant sa défunte Charlotte et son ami Hogarth, celui de *Facino Cane* son domicile de la rue de Lesdiguières) de raconter une histoire manifestement fictionnelle, que ce soit en relation hétérodiégétique (Chariton, Fielding) ou homodiégétique : tous les autres exemples mentionnés, où l'auteur-narrateur est un personnage de l'histoire, simple témoin ou confident (Balzac) ou protagoniste (Dante, Borges). La première variante semble contredire la formule

$$\begin{array}{c} A \\ \text{\textsl{//}} \quad \diagdown \\ N \neq P \end{array} \longrightarrow \textit{Récit historique}$$

puisqu'un narrateur identifié à l'auteur y produit un récit de fiction hétérodiégétique, et la seconde semble contredire la formule

$$\begin{array}{c} A \\ \text{\textsl{//}} \quad \diagdown \\ N = P \end{array} \square \longrightarrow \textit{Autobiographie}$$

puisqu'un narrateur identifié à l'auteur y produit un récit de fiction homodiégétique, communément baptisé, depuis quelques années, « autofiction ». Dans les deux cas, il semble y avoir contradiction entre le caractère fictif de l'histoire et la formule $A = N \longrightarrow$ *récit factuel*. Ma réponse est que cette formule ne s'applique pas à ces situations, malgré l'identité onomastique ou biographique de l'auteur et du narrateur. Car ce qui définit l'identité narrative, je le rappelle, n'est pas l'identité numérique aux yeux de l'état civil, mais l'adhésion sérieuse de l'auteur à un récit dont il assume la véracité. En ce sens, disons searlien, il est clair que Chariton ou Fielding ne répondent pas plus de la véracité historique des assertions de leur récit que le Balzac du *Père Goriot* ou le Kafka de *La Métamorphose*, et donc

qu'ils ne s'identifient pas avec le narrateur homonyme qui
est censé le produire, non plus que je ne m'identifie, comme
honnête citoyen, bon père de famille et libre penseur, à la
voix qui, par ma bouche, produit un énoncé ironique ou
plaisant du genre : « Et moi, je suis le pape ! » Comme l'a
montré Oswald Ducrot[1], la dissociation fonctionnelle entre
l'auteur et le narrateur (fussent-ils juridiquement identiques) propre au récit de fiction est un cas particulier
de l'énonciation « polyphonique » caractéristique de tous
les énoncés « non sérieux », ou, pour reprendre le terme
controversé d'Austin, « parasites ». Le Borges auteur,
citoyen argentin, prix Nobel d'honneur, qui signe *L'Aleph*,
n'est pas fonctionnellement identique au Borges narrateur
et héros de *L'Aleph*[2], même s'ils partagent bien des
traits biographiques (pas tous), comme le Fielding auteur
de *Tom Jones* n'est pas fonctionnellement (énonciati-
vement) le Fielding narrateur, même s'ils ont pour ami
le même Hogarth et pour défunte la même Charlotte. La
formule de ces récits est donc bien en fait, dans le second
cas :

$$A$$

$$N \neq P$$

*fiction hétérodiégétique*, et dans le premier :

$$A$$

$$N = P$$

1. « Esquisse d'une théorie polyphonique de l'énonciation », *Le
Dire et le Dit*, Paris, Éd. de Minuit, 1984, chap. VIII.
2. Ou de *L'Autre*, ou du *Zahir* ; sur ces effets d'autofiction borgé-
sienne, voir Jean-Pierre Mourey, « Borges chez Borges », *Poétique*,
63, septembre 1985 ; à ces récits dont le narrateur nommé « Borges »
est le protagoniste, on peut ajouter (au moins) *La Forme de l'épée*, où
« Borges » est confident du héros, et *L'Homme au coin du mur rose*,
où il se révèle *in fine* l'auditeur destinataire d'une narration orale. Sur
l'autofiction en général, voir Vincent Colonna, *L'Autofiction. Essai
sur la fictionalisation de soi en littérature*, thèse EHESS, 1989.

*fiction homodiégétique*. Pour celui-ci, j'avoue que cette réduction au droit commun rend mal compte du statut paradoxal ou, pour mieux dire, du pacte délibérément contradictoire propre à l'autofiction (« Moi, auteur, je vais vous raconter une histoire dont je suis le héros mais qui ne m'est jamais arrivée »). On pourrait sans doute, dans ce cas, adapter à la formule de l'autobiographie, A = N = P, une prothèse boiteuse où P se dissocierait en une personnalité authentique et en un destin fictionnel, mais j'avoue répugner à ce genre de chirurgie – qui suppose qu'on puisse changer de destin sans changer de personnalité[1] –, et plus encore à sauver ainsi une formule qui suggère chez l'auteur une adhésion sérieuse évidemment absente[2], comme si Dante croyait être allé dans l'au-delà ou Borges avoir vu l'Aleph. Je préférerais de beaucoup adopter ici une formule logiquement contradictoire :

$$A \atop {\nparallel \, \nwarrow} \atop N = P$$

Contradictoire[3], certes, mais ni plus ni moins que le terme qu'elle illustre (autofiction) et le propos qu'elle assigne : « C'est moi et ce n'est pas moi. »

---

1. D'*identité*, oui, grâce au fonctionnement du (pro)nom comme désignateur rigide : « Si j'avais été le fils de Rothschild… »
2. Je parle ici des *vraies* autofictions – dont le contenu narratif est, si j'ose dire, authentiquement fictionnel, comme (je suppose) celui de la *Divine Comédie* –, et non des fausses autofictions, qui ne sont « -fictions » que pour la douane : autrement dit, autobiographies honteuses. De celles-ci, le paratexte d'origine est évidemment autofictionnel, mais patience : le propre du paratexte est d'évoluer, et l'Histoire littéraire veille au grain.
3. Les deux autres formules contradictoires

$$\begin{matrix} A & & A \\ {\nparallel \, \nwarrow} & \text{et} & {\nparallel \, \nwarrow} \\ N = P & & N \neq P \end{matrix}$$

me semblent réellement impossibles, parce qu'on ne peut pas proposer *sérieusement* (A = N) un contrat incohérent.

Une des leçons de cet état de choses est que le signe d'égalité =, employé ici d'une manière évidemment métaphorique,
n'a pas exactement la même valeur sur les trois côtés du triangle : entre A et P, il constate une identité juridique, au sens
de l'état civil, qui peut par exemple rendre l'auteur responsable des actes de son héros (Jean-Jacques abandonnant les
enfants de Rousseau) ; entre N et P, il désigne une identité
linguistique entre sujet d'énonciation et sujet d'énoncé, marquée par l'emploi de la première personne du singulier (*je*),
sauf énallage de convention (*nous* de majesté ou de modestie,
*il* officiel à la César, *tu* d'auto-allocution comme dans la *Zone*
d'Apollinaire) ; entre A et N, il symbolise l'engagement
sérieux de l'auteur à l'égard de ses assertions narratives [1], et
suggère pour nous de manière pressante l'excision de N,
comme instance inutile : quand A = N, *exit* N, car c'est tout
bonnement l'auteur qui raconte ; quel sens y aurait-il à parler
du « narrateur » des *Confessions* ou de l'*Histoire de la Révolution française* ? Par référence au régime général des signes,
on pourrait encore qualifier ces trois relations, respectivement, de sémantique (A-P), syntaxique (N-P) et pragmatique
(A-N). Seule la dernière concerne la différence entre récits
factuels et fictionnels ; mais je ne dirais pas qu'il y a là un
*indice* de fiction ou de non-fiction, car la relation A-N n'est
pas toujours aussi manifeste que la relation N-P, d'évidence
grammaticale, ou la relation A-P, d'évidence onomastique [2].

1. Cet engagement ne garantit évidemment pas la véracité du texte,
car l'auteur-narrateur d'un récit factuel peut au moins se tromper, et
en général il ne s'en prive pas. Il peut aussi mentir, et ce cas met
quelque peu à l'épreuve la solidité de notre formule. Disons provisoirement que, ici, la relation est *censée* être A = N, ou qu'elle est A = N
pour le lecteur crédule et A ≠ N pour l'auteur malhonnête (et pour le
lecteur perspicace, car le mensonge n'est pas toujours *felicitous*), et
léguons ce problème à une pragmatique du mensonge qui, à ma
connaissance, nous fait encore défaut.
2. Ces deux évidences ne sont certes pas elles-mêmes toujours
garanties : les énallages de personne, comme toute figure, sont affaire
d'interprétation, et le nom du héros peut être tu (cas innombrables) ou
douteux (« Marcel », dans la *Recherche*).

Loin d'être toujours un signal manifeste (« Moi, Chariton… »), elle s'infère le plus souvent de l'ensemble des
(autres) caractères du récit. C'est sans doute la plus insaisis-
sable (d'où querelles entre narratologues), et parfois la plus
ambiguë, comme l'est après tout le rapport entre vérité et
fiction : qui oserait trancher du statut d'*Aurélia*, ou de *Nadja* ?

### Emprunts et échanges

J'ai en effet raisonné jusqu'ici, d'une part, comme si tous
les traits distinctifs entre fictionalité et factualité étaient
d'ordre narratologique, et, d'autre part, comme si les deux
champs étaient séparés par une frontière étanche qui empê-
cherait tout échange et toute imitation réciproque. Il
convient, pour finir, de relativiser ces deux hypothèses de
méthode.

Les « indices » de la fiction ne sont pas tous d'ordre narratologique, d'abord parce qu'ils ne sont pas tous d'ordre
textuel : le plus souvent, et peut-être de plus en plus souvent, un texte de fiction se signale comme tel par des
marques *paratextuelles* qui mettent le lecteur à l'abri de
toute méprise et dont l'indication générique *roman*, sur la
page de titre ou la couverture, est un exemple parmi bien
d'autres. Ensuite, parce que certains de ses indices textuels
sont, par exemple, d'ordre thématique (un énoncé invrai-
semblable comme « Le chêne un jour dit au roseau… » ne
peut être que fictionnel), ou stylistique : le discours indirect
libre, que je compte parmi les traits narratifs, est souvent
considéré comme un fait de style. Les noms de personnages
ont parfois, à l'instar du théâtre classique, valeur de signes
romanesques. Certains incipit traditionnels (« Il était une
fois », « *Once upon a time* » ou, selon la formule des
conteurs majorquins citée par Jakobson : « *Aixo era y non
era*[1] ») fonctionnent comme des marques génériques, et je

1. *Essais de linguistique générale*, p. 239.

ne suis pas sûr que les ouvertures dites « étiques[1] » du roman moderne (« La première fois qu'Aurélien vit Bérénice, il la trouva franchement laide ») ne constituent pas des signaux aussi efficaces, voire plus efficaces : plus émancipés[2], à coup sûr, dans leur recours à la présupposition d'existence, par leur exhibition d'une familiarité, et donc d'une « transparence », des personnages, que les débuts « émiques » du conte ou du roman classique. Mais, ici, nous ne sommes sans doute pas très loin de l'indice narratologique de la focalisation interne.

La principale réserve tient à l'interaction des régimes fictionnel et factuel du récit. Käte Hamburger a montré de manière convaincante le caractère « feint » du roman à la première personne, qui procède largement par emprunt ou simulation des allures narratives du récit autobiographique authentique, en narration rétrospective (Mémoires) ou intercalée (Journal, correspondance). Cette observation ne suffit sans doute pas, comme le veut Hamburger, à exclure ce type de roman du champ de la fiction, car une telle exclusion devrait, par contagion, s'étendre à toutes les

---

1. Voir *Nouveau Discours du récit*, p. 46-48.
2. C'est déjà l'opinion de Strawson (« De l'acte de référence » [1950], in *Études de logique et de linguistique*, p. 22-23), qui opposait à la fictionalité « *non sophisticated* » du conte populaire celle, plus évoluée, du roman moderne, qui se dispense de *poser* l'existence de ses objets et se contente de la présupposer – ce qui est à la fois plus discret et plus efficace, car le présupposé est soustrait à la discussion, et non négociable. Monroe Beardsley (*Æsthetics*, p. 414) illustre cette opposition par deux incipit imaginaires : le naïf « *Once upon a time the US had a Prime Minister who was very fat* » et le sophistiqué « *the Prime Minister of the US said good morning to his secretaries, etc.* ». La présupposition d'existence se lit aussi bien dans l'exemple cher aux philosophes analytiques : « Sherlock Holmes habitait 221 B Baker Street », dont la régression au type naïf passerait par une récriture à la Russell : « Il était une fois un homme et un seul nommé Sherlock Holmes... » On peut encore dire que le type naïf (émique) pose ses objets, et que le type étique les impose à coup de prédicats : quelqu'un qui habite 221 B Baker Street ne peut manquer d'exister.

formes de « *mimèsis formelle*[1] ». Or, dans une large mesure,
le récit de fiction hétérodiégétique est une *mimèsis* de
formes factuelles comme l'Histoire, la chronique, le reportage – simulation où les marques de fictionalité ne sont que
des licences facultatives dont il peut fort bien se priver,
comme le fait de manière très spectaculaire le *Marbot* de
Wolfgang Hildesheimer[2], biographie fictive d'un écrivain
imaginaire, qui feint de s'imposer toutes les contraintes (et
toutes les ruses) de l'historiographie la plus « véridique ».
Et, réciproquement, les procédés de « fictionalisation »
qu'énumère Käte Hamburger se sont, depuis quelques
décennies, répandus dans certaines formes de récits factuels
comme le reportage ou l'enquête journalistique (ce qu'on a
appelé aux États-Unis le *« New Journalism »*), et autres
genres dérivés comme la *« Non-Fiction Novel »*.

Voici par exemple le début d'un article paru dans le *New
Yorker* du 4 avril 1988 à propos de la vente aux enchères
des *Iris* de Van Gogh :

> John Whitney Payson, le propriétaire des *Iris* de Van Gogh,
> n'avait pas vu le tableau depuis quelque temps. Il ne s'at-
> tendait pas à l'effet qu'il allait lui faire quand il l'aurait de
> nouveau en face de lui, dans les bureaux new-yorkais de
> Sotheby's, l'automne dernier, quelques instants avant la
> conférence de presse qui avait été convoquée pour annon-
> cer sa mise en vente. Payson, un homme à l'allure cordiale
> et enjouée, approchant la cinquantaine, avec des cheveux
> roux et une barbe soignée…

Inutile, je suppose, d'insister sur la manière dont ces
quelques lignes illustrent les indices hamburgériens de la
fictionalité.

---

1. J'emprunte évidemment ce terme à Michal Glowinski, « Sur le
roman à la première personne » (1977), in *Esthétique et Poètique* (G.
Genette éd.), Point-Seuil, 1992. Mais Glowinski, comme Hamburger,
réserve cette notion au régime homodiégétique.
2. *Sir Andrew Marbot* (1981), Paris, Lattès, 1984.

Ces échanges réciproques nous amènent donc à atténuer fortement l'hypothèse d'une différence *a priori* de régime narratif entre fiction et non-fiction. Si l'on s'en tient à des formes pures, indemnes de toute contamination, qui n'existent sans doute que dans l'éprouvette du poéticien, les différences les plus nettes semblent affecter essentiellement les allures modales les plus étroitement liées à l'opposition entre le savoir relatif, indirect et partiel de l'historien et l'omniscience élastique dont jouit par définition celui qui invente ce qu'il raconte. Si l'on considère les pratiques réelles, on doit admettre qu'il n'existe ni fiction pure ni Histoire si rigoureuse qu'elle s'abstienne de toute « mise en intrigue » et de tout procédé romanesque ; que les deux régimes ne sont donc pas aussi éloignés l'un de l'autre, ni, chacun de son côté, aussi homogènes qu'on peut le supposer à distance ; et qu'il pourrait bien y avoir davantage de différences narratologiques, par exemple (comme le montre Hamburger), entre un conte et un roman-Journal qu'entre celui-ci et un Journal authentique, ou (comme ne l'admet pas Hamburger) entre un roman classique et un roman moderne qu'entre celui-ci et un reportage un peu déluré. Ou, pour le dire autrement : que Searle a raison en principe (contre Hamburger) de poser que toute fiction, et pas seulement le roman à la première personne[1], est une simulation non sérieuse d'assertions de non-fiction, ou, comme dit Hamburger, d'énoncés de réalité ; et que Hamburger a raison en fait (contre Searle) de trouver dans la fiction (surtout moderne) des indices (facultatifs) de fictionalité[2] – mais

---

1. Searle estime toutefois, je le rappelle, que le roman à la première personne a une plus forte teneur en feintise, puisque l'auteur « ne se borne pas à feindre de faire des assertions, mais […] d'être quelqu'un d'autre en train de faire des assertions » (art. cité, p. 112).
2. Il me semble par exemple qu'on en trouve de fort caractéristiques dans l'exemple de fiction emprunté par Searle à Iris Murdoch :

tort de croire, ou de suggérer, qu'ils sont obligatoires et constants, et si exclusifs que la non-fiction ne puisse les lui emprunter. Ce qu'elle répondrait sans doute, c'est qu'en les empruntant la non-fiction se fictionalise, et qu'en les abandonnant la fiction se défictionalise. Mais c'est précisément ce dont je veux marquer la possibilité, légitime ou non, et c'est la preuve que les genres peuvent fort bien changer de normes – des normes qu'après tout (si l'on me passe un vocabulaire aussi anthropomorphique) nul ne leur a imposées qu'eux-mêmes, et le respect d'une vraisemblance ou d'une « légitimité » éminemment variables, et typiquement historiques[1].

Cette conclusion toute provisoire en forme de jugement de Salomon n'invalide cependant pas notre problématique : quelle que soit la réponse, la question méritait d'être posée. Elle doit encore moins décourager l'enquête empirique, car, même – ou surtout – si les formes narratives traversent allègrement la frontière entre fiction et non-fiction, il n'en est

---

« Encore dix jours glorieux sans chevaux ! Ainsi pensait le lieutenant en second Andrew Chase-White, récemment affecté au distingué régiment du Cheval-du-roi-Édouard, tandis qu'il musardait agréablement dans un jardin des faubourgs de Dublin, par un dimanche après-midi ensoleillé d'avril dix-neuf cent seize. » Käte Hamburger elle-même n'aurait guère pu trouver mieux.

1. Dans « Fictional *versus* Historical Lives : Borderlines and Borderline Cases » (*Journal for Narrative Technique*, printemps 1989), Dorrit Cohn, fidèle à une position qu'elle qualifie elle-même de « séparatiste », considère quelques-uns de ces incidents de frontière pour en minimiser l'importance en ces termes : « Loin d'effacer la frontière entre biographie et fiction, [ils] ne font que la rendre plus sensible. » L'observation est juste *hic et nunc*, mais il faudrait attendre quelques décennies pour savoir ce qu'il en adviendra à long terme. Les premières occurrences de style indirect libre, les premiers récits en monologue intérieur, les premières quasi-fictions du « *New Journalism* », etc., ont pu surprendre et dérouter ; aujourd'hui, à peine si on les remarque. Rien ne s'use plus vite que le sentiment de transgression. Sur le plan narratologique comme sur le plan thématique, les attitudes gradualistes ou, comme dit Thomas Pavel, « intégrationnistes » me semblent plus réalistes que toutes les formes de ségrégation.

pas moins, ou plutôt il n'en est que *plus* urgent, pour la narratologie, de suivre leur exemple[1].

*Post-scriptum*, novembre 1991 : le cas évoqué p. 156 a
été depuis illustré par Catherine Clément, *Adrienne Lecou-
vreur ou le Cœur transporté*, Laffont, 1991, qui confirme
pleinement notre hypothèse. Il est vrai que l'auteur n'a pas
lésiné sur les facteurs de fictionalité : cette biographie est
censée consister en un récit oral fait par George Sand à
Sarah Bernhardt.

1. Pour une autre approche de la question, voir Michel Mathieu-
Colas, « Récit et vérité », *Poétique*, 80, novembre 1989.

# Style et signification

L'ouvrage classique de Greimas et Courtès, *Sémiotique, Dictionnaire raisonné de la théorie du langage*[1], déclare à l'article « Style » : « Le terme de *style* relève de la critique littéraire, et il est difficile, sinon impossible, d'en donner une définition sémiotique. » Stimulé par ce défi, je tenterai d'esquisser ici une définition sémiotique du style. Mais, puisque les sémioticiens me renvoient aux littéraires, je m'assure en toute hâte du récent *Dictionnaire de stylistique* de Mazaleyrat et Molinié[2], où je trouve cette définition : « *Style* : objet de la stylistique. » Je cours donc à l'article « Stylistique » : il n'y en a pas.

Cette abstention, sans doute délibérée, n'a en soi rien de fâcheux pour la pratique critique, bien au contraire : de Sainte-Beuve à Thibaudet, de Proust à Richard, les critiques considèrent manifestement que le style est chose trop sérieuse pour être confiée aux stylisticiens sous monopole et comme un objet autonome – et une théorie du style qui viserait, ou aboutirait, à le constituer comme tel serait sans doute fautive. Mais cela n'entraîne pas que *toute* théorie du style soit inutile et sans objet : rien au contraire ne serait plus nécessaire dans ce champ qu'une définition qui – entre autres fonctions – nous éviterait une telle faute en éclairant la nature des relations entre le style et les autres aspects du discours et de la signification.

1. Paris, Hachette-Université, 1979, p. 366.
2. Paris, PUF, 1989.

La théorie du style n'est pas la stylistique[1], et spécialement pas la stylistique littéraire – qui, nous venons de le
voir, se garde prudemment de définir son objet. Mais on
peut en trouver les prémisses dans une autre tradition de
recherche, inspirée par la linguistique saussurienne et illustrée au début de ce siècle par Charles Bally. Son objet,
comme on le sait, est moins l'originalité ou l'innovation
individuelles que les ressources potentielles de la langue
commune[2], mais l'important, pour ce qui nous concerne,
n'est pas dans cette différence de champ, peut-être suresti-
mée, mais dans l'effort, même relatif, de conceptualisation
qui s'y manifeste.

« La stylistique, écrivait Bally en 1909, étudie les faits
d'expression du langage du point de vue de leur contenu
affectif, c'est-à-dire l'expression des faits de la sensibilité
par le langage et l'action des faits de langage sur la sensibilité[3]. » Définition certes un peu confuse, car on voit mal en
quoi une expression de fait de sensibilité comme « Je
souffre » serait *a priori* plus chargée de style qu'un énoncé
objectif comme « L'eau bout à 100° ». L'élément pertinent
n'est sans doute pas dans cette distinction de contenu,

---

1. « Spitzer est plus un praticien qu'un théoricien – et en cela il est
profondément stylisticien » (G. Molinié, *La Stylistique*, Paris, PUF,
1989, p. 29).
2. La distinction entre les « deux stylistiques » est classique depuis
le livre de P. Guiraud, *La Stylistique*, Paris, PUF, 1954. Guiraud
qualifie la première de « stylistique génétique, ou stylistique de l'individu », et la seconde de « stylistique descriptive, ou stylistique de
l'expression ». L'antithèse est certes boiteuse, car la première est également descriptive et considère également le style comme un fait
d'expression. Le thème essentiel de l'opposition est bien entre l'investissement individuel dans les œuvres littéraires (Spitzer) et les
potentialités collectives de la langue (Bally). Mais l'existence de cet
état intermédiaire que constituent les styles collectifs vient relativiser
cette opposition.
3. *Traité de stylistique française*, Stuttgart, Winter, 1909, p. 16.

d'ailleurs incomplète (affectif *vs.* quoi ?), mais dans une distinction de moyens que désignent sans doute les termes :
« faits d'expression du langage » ; le style consisterait en
les aspects *expressifs* du langage, comme opposés à des
aspects… non expressifs qui restent à qualifier. À défaut
d'une définition théorique clairement formulée, la pratique
descriptive de Bally montre bien ce dont il s'agit ici, et que
chacun devine : l'opposition n'est pas entre « Je souffre » et
« L'eau bout à 100° », énoncés aussi peu « expressifs » l'un
que l'autre – et donc, selon cette doctrine, aussi peu « stylistiques » – mais, par exemple, entre la proposition « Je
souffre » et l'interjection « Aïe ! », dont les contenus sont
équivalents mais dont les moyens sont différents. Le second
type est alors désigné par le mot *expression*, selon l'acception commune (l'interjection *exprime* la douleur) ; le premier reste innommé, comme terme non marqué et qui – toujours selon cette doctrine – n'intéresse pas la stylistique.
Nommons-le provisoirement, et presque arbitrairement, *description*. On dira alors, et toujours pour paraphraser Bally en
complétant ses termes, que l'interjection « Aïe ! » exprime
ce que la phrase « Je souffre » décrit. Le fait de style consisterait exclusivement dans le premier type de locution : il y
aurait style là et seulement là où il y aurait expression, en
tant que l'expression s'oppose à la description.

On aura sans doute observé que ces deux termes ne sont
pour l'instant nullement définis, si ce n'est comme la poésie
et la prose dans *Le Bourgeois gentilhomme*, par opposition
réciproque et en tant qu'ils sont censés se partager sans
reste le champ des ressources du langage. Pour aller un peu
plus loin sans trop anticiper, mais déjà au risque d'une
inexactitude, disons que « Je souffre » communique volontairement une information par le moyen d'une pure convention linguistique, et que « Aïe ! » produit à peu près le
même effet, volontairement ou non, par le moyen d'un cri
mécaniquement provoqué par une sensation douloureuse.
(L'inexactitude tient au moins à ce qu'une telle interjection,

fortement lexicalisée, change de forme selon les langues, et n'a donc jamais pour *seule* cause la sensation douloureuse. D'autres cris, plus « naturels », trouveraient plus difficilement leur traduction linguistique, surtout par écrit. Mais on dira justement, dans cette perspective, que le style est un compromis entre nature et culture.)

Ces retouches et compléments successifs à la définition de Bally nous rapprochent d'une autre formulation canonique, proposée en 1955 par Pierre Guiraud : « La stylistique est l'étude des valeurs extra-notionnelles d'origine affective ou socio-contextuelle qui colorent le sens. C'est l'étude de la fonction expressive du langage opposée à sa fonction cognitive ou sémantique[1]. » Si l'on néglige provisoirement l'introduction par Guiraud, en concurrence avec l'origine affective, d'une détermination socio-contextuelle (déjà étudiée par Bally, même si la définition rapportée plus haut ne la mentionne pas, sous le terme d'*effets par évocation*), et si l'on garde à l'esprit que cette différence de fonctions oppose plutôt des moyens que des contenus, on voit que Guiraud, conservant le terme d'*expressifs* pour désigner les moyens caractéristiques du style, propose pour l'autre type trois qualificatifs donnés pour équivalents, et qui se substitueront sans dommage à notre *descriptif* : *notionnel*, *cognitif* ou *sémantique*. C'est sans doute trop de deux pour fixer les idées, mais il ne convient peut-être pas de les fixer trop tôt. Retenons donc pour l'instant cette définition ajustée par mes soins : « Le style est la fonction expressive du langage, comme opposée à sa fonction notionnelle, cognitive ou sémantique. » Tout ce qui suit visera d'une certaine manière à substituer aux trois derniers adjectifs un quatrième supposé plus ferme et au premier un cinquième supposé plus adéquat. Avant d'entamer cette longue quête, observons l'emploi prudent, chez nos deux

---

1. *La Sémantique*, Paris, PUF, 1955, p. 116. Il s'agit évidemment encore ici de la stylistique de la langue.

linguistes, au lieu du mot attendu *langue*, du terme apparemment plus vague de *langage*. Sauf négligence, il me semble faire droit (même chez un « stylisticien de la langue » comme Bally) au fait que les ressources de la langue ne s'investissent jamais que dans un *discours*, oral ou écrit, littéraire ou non.

Quel que soit l'autre terme de l'antithèse, le terme marqué, et définitoire du style, est resté jusqu'ici *expression*. Pour commencer d'ébranler cette stabilité, j'emprunterai à un esthéticien, Mikel Dufrenne, l'indication d'une possible alternative : « Comment l'œuvre révèle-t-elle l'artiste ? Nous avons proposé d'appeler *expression* ce sens de l'objet esthétique [...]. Cette expression est ce que la linguistique appelle *connotation*[1]. » L'équivalence proposée est donc entre *expression* et *connotation*, l'un et l'autre servant chez Dufrenne, comme l'indique le contexte, à définir le style. Notons dès maintenant que cette équivalence est, depuis plusieurs décennies, assez couramment reçue, y compris chez les logiciens. C'est ainsi que Reichenbach tient la valeur expressive des signes pour polaire à leur valeur cognitive, et définit l'expression par la faillite de la dénotation. « Nous dirons, déclare-t-il, qu'un terme est expressif quand il n'est pas utilisé comme un terme dénotatif[2]. » Comme il était inévitable, la substitution de *connotation* à *expression* ouvre la voie à *dénotation* pour désigner le terme antithétique. La définition tirée de Guiraud deviendrait ainsi : « Le style est la fonction connotative du discours, comme opposée à sa fonction dénotative. » En l'absence momentanée d'une définition de ces deux nouveaux termes, on peut juger douteux l'avantage d'une telle transformation. Je ne le crois pourtant pas négligeable, non parce que

1. *Esthétique et Philosophie*, I, p. 106-107.
2. *Elements of Symbolic Logic*, New York, Macmillan, 1947, p. 319.

ce nouveau couple serait d'une signification plus évidente, mais plutôt en vertu des questions qu'il soulève.

La définition sémiologique du couple *dénotation/connotation*, telle que l'a proposée Hjelmslev et popularisée Roland Barthes, est bien connue et généralement adoptée, au moins sous cette forme simplifiée qui nous suffira pour l'instant : la connotation est une signification seconde, ou dérivée, dégagée par la manière dont on désigne (ou dénote) une signification première ; le mot familier *patate* dénote la pomme de terre et connote la *(sa)* familiarité. Moins répandue, quoique ou parce que plus ancienne, est son acception logique, qui remonte au moins à Stuart Mill et qui en fait l'équivalent de l'opposition classique entre *extension* et *compréhension* d'un concept, comme en témoigne Goblot : « Tout nom dénote des sujets et connote les qualités appartenant à ces sujets[1] » : le mot *chien* dénote l'espèce canine et chacun de ses membres (extension), et connote les propriétés caractéristiques de cette espèce (compréhension).

Le rapport entre ces deux couples peut sembler de pure homonymie, car il n'est pas évident (même si cette opinion peut être défendue) que la compréhension doive être tenue pour seconde à l'extension, ni surtout liée à la manière dont on désigne celle-ci ; et on voit encore plus mal, en réciproque, comment le mot familier *patate*, qui a bien pour extension l'espèce des pommes de terre, pourrait avoir pour compréhension la familiarité de son propre emploi. Il me semble pourtant qu'une relation pertinente unit ces deux oppositions, et qu'elle est assez bien suggérée par la distinction, en quelque sorte intermédiaire, qu'établit Frege[2] entre le sens (*Sinn*) et la dénotation, ou référence (*Bedeutung*), d'un même signe (*Zeichen*).

---

1. *Traité de logique*, Paris, Colin, 1918.
2. « Sens et dénotation » (1892), in *Écrits logiques et philosophiques*, Paris, Éd. du Seuil, 1971.

Comme on le sait, Frege considère en fait un couple de signes (noms propres logiques[1]) qui ont le même dénoté, ou référent – autrement dit, désignent le même objet singulier, mais par le biais de deux aspects, ou « modes de donation », distincts : *Morgenstern* et *Abendstern* désignent tous deux la même planète Vénus, l'un comme astre du matin, l'autre comme astre du soir ; deux modes d'apparaître si différents que leur unicité de cause reste inconnue de certains. Comme on le voit, le sens est ici entièrement (analytiquement) contenu dans le signe, alors que le dénoté lui est lié d'une manière synthétique ; mais on pourrait aisément trouver des cas où le sens serait moins immédiatement évident et tautologique – c'est-à-dire où le signe ne serait pas, dans sa forme, dicté par le sens. Ainsi, *Henri Beyle* et *Stendhal* sont deux noms également conventionnels (même si le second a été *choisi*) pour désigner la même personne, là comme citoyen et diplomate français, ici comme auteur du *Rouge et le Noir* ; *Louis XVI* est un souverain, *Louis Capet* un accusé, etc. Et rien n'empêche, avec ou sans la bénédiction posthume de Frege[2], d'étendre la démonstration aux noms communs : *triangle* et *trilatère* sont deux termes concurrents pour désigner une même figure géométrique selon deux propriétés différentes.

On peut évidemment, dans tous ces cas, assimiler le *sens* frégéen à la compréhension et son *dénoté* à l'extension logique. Mais, dans d'autres situations de coréférence[3], on

---

1. *Morgenstern* et *Abendstern* sont en allemand deux noms propres au sens grammatical. En français, *Étoile du matin* et *Étoile du soir* sont plus analytiques, mais cela ne change rien à leur statut de noms propres logiques, désignant un objet singulier.
2. Qui passe directement du cas des noms propres à celui des propositions.
3. J'emploie ce terme pour éviter celui de *synonymie*, qu'il vaut mieux, selon le conseil de Carnap, réserver aux cas – s'il en existe –

traduira plus spontanément, et plus légitimement, *Sinn* par *connotation*. Ainsi, pour désigner la même fonction, l'emploi de *contractuelle* connote-t-il un point de vue administratif, et celui de *pervenche* un point de vue plus… esthétique. Le choix entre *compréhension* et *connotation* (au sens sémiologique) est donc souvent ouvert, le critère en étant peut-être que le premier terme se réfère davantage à un *aspect* inhérent à l'objet désigné, le second au *point de vue* du locuteur ; mais il est clair qu'aspect et point de vue sont aussi étroitement liés que le recto et le verso d'une feuille : l'aspect détermine ou révèle le point de vue, le point de vue choisit et illumine l'aspect – compréhension et connotation sont donc les deux faces d'un même fait : « mode de donation », ou de définition, et mode de désignation tout à la fois, heureusement confondus dans le *sens* frégéen, que l'on peut ainsi utiliser comme un pont entre l'acception logique et l'acception sémiotique du couple *dénotation/connotation*.

Mais sans doute peut-on aller plus loin vers une caractérisation subjective de la connotation : si, pour désigner la gardienne de mon immeuble, j'utilise non le mot traditionnel *concierge*, mais le mot argotique *pipelette* ou *bignole*, la qualification de mon choix se déplacera très sensiblement de l'aspect, ou « mode de donation », de cette employée vers un mode de *locution* – celui, précisément, de l'argot –, et, dans certaines situations d'énonciation, ce choix peut à la limite ne plus évoquer pour mon interlocuteur rien d'autre que la vulgarité de mon langage, voire de ma personne, comme les innovations dans le vocabulaire d'Albertine n'évoquent pour Marcel que l'évolution morale de la jeune fille. Nous sommes ici, dans le spectre des valeurs possibles du sens frégéen, au pôle opposé à celui qu'occu-

---

d'identité non seulement de référence, mais de compréhension, ou *intension* (« Signification et synonymie dans les langues naturelles » [1955], *Langages*, juin 1969).

perait le choix entre *triangle* et *trilatère*. À ce choix purement (gnoséo)logique entre deux définitions géométriques
s'oppose un choix entre deux registres de discours. Entre
ces deux pôles, s'étend toute une gamme de valeurs intermédiaires, selon que prédomine l'aspect de l'objet désigné
ou l'attitude ou appartenance langagière du désignateur ; et
ce qui vaut pour un mot vaut manifestement pour la totalité
d'un discours. Je n'ai pas encore qualifié l'option entre
*concierge* et *bignole*, mais chacun l'aura compris : c'est
typiquement là ce qu'on appelle un choix *stylistique*.

À vrai dire, le mot *choix* n'est pas ici très heureux, car il
semble impliquer une décision consciente et délibérée, ce
qui n'est pas toujours le cas : on ne choisit pas toujours ses
mots, et certains voyous ignorent peut-être qu'une bignole
est une concierge, comme les honnêtes gens ignorent la
réciproque – ou comme les lève-tard ignorent que l'étoile
du soir apparaît aussi le matin. Je ne donne ici à *choix* que
ce sens objectif : il existe plusieurs mots pour désigner une
gardienne d'immeuble, et parmi ces mots quelqu'un a
employé *bignole*. S'il l'a fait volontairement, cet emploi
connote une intention ; sinon, une situation. Bien entendu,
on peut, et même on doit, en dire autant de l'emploi de
*concierge* : dans l'absolu, c'est-à-dire hors contexte, un
style n'est pas *plus style* qu'un autre. Mais n'anticipons pas.
Il me semble d'ailleurs qu'on peut aller plus loin vers un
état de connotation qui n'aurait pour ainsi dire plus aucune
teneur en compréhension logique : si, de deux individus en
présence d'un certain animal, l'un s'écrie « *Horse !* » et
l'autre « Cheval ! », la différence, non plus stylistique mais
linguistique, entre ces deux exclamations ne comportera (je
suppose) aucune différence de compréhension, et pourtant,
l'une connotera vraisemblablement l'anglophonie de son
énonciateur, et l'autre la francophonie du sien (les connota-
teurs sont à bien des égards une sorte d'*indices*). Comme
quoi la notion de connotation pourrait déborder celle de
style – ce qui ne constituerait pas un inconvénient pour

notre propos, puisque définir consiste d'abord à rapporter une espèce particulière à un genre plus vaste.

Nous pouvons donc tenir pour acquis qu'un élément de discours désigne à la fois son objet sur le mode de la dénotation et, sur le mode de la connotation, autre chose, dont la nature peut aller de la compréhension logique jusqu'à la simple appartenance linguistique, la plupart des cas mêlant les deux aspects : après tout, *Morgenstern* ne connote pas seulement la propriété qu'a Vénus d'apparaître certains matins, mais aussi l'usage fait par son contemplateur matinal de la langue allemande. Et si l'on tient *Vénus* pour un nom plus directement et plus sobrement dénotatif que *Morgenstern* ou *Abendstern* parce qu'il évite tout détour par un apparaître matinal ou vespéral, on devra cependant admettre que le choix de ce nom pour désigner cette planète n'est pas précisément indemne de toute valeur évocatrice : *Dis-moi Vénus…*

Mais ce qui n'est nullement acquis, c'est la différence non plus entre le dénoté – Vénus ou gardienne – et le connoté – matinalité pour *Morgenstern*, vulgarité pour *bignole* –, mais entre ces deux *modes* de signification que constituent l'acte de dénoter et celui de connoter. J'insiste : que le même signe évoque à la fois un sens et un dénoté n'implique pas nécessairement qu'il les évoque de deux façons différentes. À défaut d'une nécessité logique, il y a sans doute ici une évidence empirique : la relation de *Morgenstern* à la matinalité de Vénus n'est manifestement pas du même ordre que sa relation à Vénus comme deuxième planète du système solaire – ni d'ailleurs sans doute que sa relation à la langue allemande ; et la relation de *bignole* à ma concierge n'est pas du même ordre que sa relation à ma vulgarité, réelle ou affectée. Toutes ces relations, et sans doute quelques autres, restent à définir. Un nouveau détour nous y aidera peut-être.

Dans une page célèbre de *Saint Genet*, Sartre propose une autre distinction, dont le rapport à celles qui nous ont occupés n'est pas des plus simples. Cette distinction oppose encore deux modes de signifiance, qui sont maintenant le *sens* et la *signification* :

> Les choses ne signifient rien. Pourtant chacune d'elles a un sens. Par *signification*, il faut entendre une certaine relation conventionnelle qui fait d'un objet présent le substitut d'un objet absent ; par *sens*, j'entends la participation d'une réalité présente, dans son être, à l'être d'autres réalités, présentes ou absentes, visibles ou invisibles, et de proche en proche à l'univers. La signification est conférée du dehors à l'objet par une intention signifiante, le sens est une qualité naturelle des choses ; la première est un rapport transcendant d'un objet à un autre, le second une transcendance tombée dans l'immanence. L'une peut préparer une intuition, l'orienter, mais elle ne saurait la fournir puisque l'objet signifié est, par principe, extérieur au signe ; l'autre est par nature intuitif ; c'est l'odeur qui imprègne un mouchoir, le parfum qui s'échappe d'un flacon vide et éventé. Le sigle « XVII » *signifie* un certain siècle, mais cette époque entière, dans les musées, s'accroche comme une gaze, comme une toile d'araignée, aux boucles d'une perruque, s'échappe par bouffées d'une chaise à porteurs[1].

En elle-même, la distinction sartrienne est fort claire : certains objets, comme le sigle XVII, ont une signification conventionnelle et donc *transcendante*, ou extrinsèque ; d'autres, comme la chaise à porteurs, ont un sens *immanent* parce que lié de manière nécessaire à la nature de ces objets – la relation nécessaire, ou « naturelle », étant ici une relation historique de provenance : la chaise à porteurs a été produite ou inventée à l'époque que, de ce fait, elle suggère. Sartre a évidemment choisi ces deux exemples en

1. Paris, Gallimard, 1952, p. 283.

sorte que les deux signes convergent sur un même objet, le Grand Siècle. Le sigle XVII *signifie* ce siècle, la chaise à porteurs le… comme le mot *sens* ne permet pas de dériver un verbe distinct, disons provisoirement, sans trop d'originalité, qu'elle l'*évoque*.

La convergence sur une même *Bedeutung* suggère une analogie entre la démarche de Sartre et celle de Frege : dans les deux cas, il y a deux signes pour un seul référent. Ce parallèle est trompeur, car les deux signes de Frege, quoique transitant par deux sens différents, sont de même nature : linguistique, et ceux de Sartre sont de nature différente : l'un est un signe linguistique et l'autre un objet matériel, ou, comme dit simplement Sartre, une *chose,* dont la fonction première n'est pas de signifier. Mais l'emploi par Sartre du mot *sens* pour désigner l'un de ses deux modes de signifiance empêche de congédier trop vite la comparaison avec Frege. *Morgenstern* désigne certaine planète par le détour d'un aspect, un peu comme la chaise sartrienne évoque le Grand Siècle par le détour d'une appartenance historique. *Vénus*, ou, mieux, telle désignation plus conventionnelle ou plus neutre qui pourrait être un numéro de code, désigne la même planète sans détour, ou par un détour moins perceptible, comme le sigle XVII désigne le Grand Siècle. On peut donc dire que certaines signifiances (XVII, *Vénus*) sont plus directes, ou plus transparentes, que d'autres (chaise, *Morgenstern*), en tant que plus conventionnelles et moins chargées de sens. Ces différences sont évidemment toutes relatives, et éminemment réversibles (j'y reviendrai), mais sans doute suffisantes pour qu'on puisse dire qu'en situation courante le premier type est plus dénotatif, et donc le second plus connotatif ou, si l'on préfère l'équivalence posée par Dufrenne, plus expressif[1].

---

1. Mais Sartre (*Situations*, II, Paris, Gallimard, 1948, p. 61) refuse pour sa part le verbe *exprimer*, comme trop lié à la signifiance linguistique.

L'opposition tient au mode de signifiance, et non à la nature du signifié (identique) ni à celle du signifiant, même si l'analyse de Sartre, dans *Saint Genet,* suggère une différence de nature entre les « mots », qui signifient, et les « choses », qui font sens. Soit dit en passant, s'il en était ainsi, une définition du style par l'emploi connotatif de la langue n'aurait aucune application, puisque la langue serait toujours et seulement dénotative, sans aucune aptitude à porter un *sens* sartrien, c'est-à-dire une connotation. Mais toutes les évidences s'opposent à une telle hypothèse, et Sartre lui-même consacre quelques pages non moins célèbres de *Situations*[1] à la capacité (poétique) de la langue de fonctionner à la fois comme signe et comme chose, c'est-à-dire comme moyen de signification et comme porteuse de sens. La différence de signifiance ne tient donc pas à la nature des signes employés, mais à la fonction dont ils sont investis. Un mot (par exemple, le mot *nuit*) peut luire ou résonner comme une chose et, réciproquement, une chose peut fonctionner comme un signe conventionnel dans un code de type linguistique. Et, pour reprendre une dernière fois, mais à l'envers, les exemples de Sartre, le sigle XVII (en opposition à 17) peut connoter par évocation historique une certaine latinité classique (ce sera son sens sartrien), et une chaise à porteurs peut entrer dans un code qui lui attribuera une signification arbitraire, si par exemple la présence en un lieu stratégique, à défaut d'autres signaux, d'une brouette indique que l'ennemi vient par l'est, et celle d'une chaise à porteurs qu'il vient par l'ouest – ou inversement.

De ce double détour par les analyses de Frege et de Sartre, nous pouvons tirer deux propositions, et sans doute, en prime, une troisième :

1. *Ibid.*, p. 60 *sq.*

*1*. Deux signes peuvent désigner le même objet, l'un par dénotation conventionnelle, l'autre par un mode d'évocation plus naturel ou, du moins, plus motivé ; ainsi :

Le sigle XVII dénote

                                        le Grand Siècle.

La chaise évoque

*2*. Le même signe peut dénoter un objet et en évoquer un autre ; ainsi :

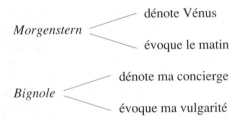

                              dénote Vénus

*Morgenstern*

                              évoque le matin

                              dénote ma concierge

*Bignole*

                              évoque ma vulgarité

*3*. Il peut arriver, par chance ou calcul, qu'un même signe à la fois dénote et évoque le même objet ; ainsi, parce qu'il est lui-même bref,

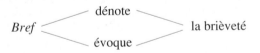

                      dénote

*Bref*                                          la brièveté

                      évoque

ce qu'on ne pourrait évidemment pas dire de son synonyme *monosyllabe* ni de son antonyme *long*, qui n'évoquent pas ce qu'ils dénotent.

Nous retrouverons ces divers types de relation signifiante, dont le dernier, notons-le au passage, est généralement qualifié par les stylisticiens : *expressivité*. Mais, dans la présentation de mes trois propositions, j'ai soigneusement évité le recours aux mots *expression* et *connotation*, dont j'avais fait jusque-là un usage trop confiant et dont il conviendra désormais de restreindre l'emploi en vertu de définitions plus strictes (celui d'*évocation*, utilisé jusqu'ici pour évincer les deux autres, trouvera lui aussi une application plus spécifique). Disons tout de suite que, à ces deux redéfinitions à venir, l'équation proposée par Dufrenne risque de ne pas survivre.

La première exige un dernier détour, par ce que j'appellerai de manière peu indigène la sémiotique goodmanienne. Au deuxième chapitre de *Langages de l'art*, et dans quelques textes ultérieurs[1], Nelson Goodman propose une classification générale des signes dont la propriété la plus évidente est qu'elle rompt avec celle de Peirce, presque universellement adoptée (et quelque peu vulgarisée au passage) depuis plus d'un siècle. Je rappelle en simplifiant que cette vulgate distingue trois sortes de signes : les *symboles*, purement conventionnels (le panneau de sens interdit) ; les *indices*, motivés par une relation causale (la fumée comme signe du feu) ; et les *icônes* (la balance emblème de la justice), par une relation d'analogie ou, comme le formule plus abstraitement Charles Morris, par un « partage de propriétés » entre signifiant et signifié[2]. Goodman ne retient apparemment rien de la deuxième catégorie[3] et soumet la troisième à une critique radicale[4] dont l'argumentation peut être, pour l'essentiel, librement paraphrasée en ces termes : on ne peut définir la relation d'analogie par un partage de propriétés, sans plus de précision ; en effet, deux choses partagent toujours au moins une propriété (celle d'être des choses), donc *une seule* propriété partagée ne suffit pas,

1. Voir en particulier *Of Mind and Other Matters*, Cambridge, Harvard University Press, 1984.
2. « Un signe est iconique dans la mesure où il a lui-même les propriétés de ses *denotata* » (*Signs, Language and Behaviour*, New York, Prentice Hall, 1946).
3. Ce qui ne l'empêche pas de faire ailleurs un emploi (décisif) de la notion de « *symptômes* de l'esthétique ».
4. « Seven Strictures on Similarity », in *Problems and Projects*, New York, Bobbs-Merrill, 1972.

sauf à admettre que tout ressemble à tout et réciproquement
– ce qui prive la relation d'analogie de toute spécificité ;
faut-il donc qu'elles partagent *toutes* leurs propriétés ? Mais
en ce cas elles seraient tout simplement identiques, et même
numériquement identiques (car partager toutes les propriétés entraîne qu'on occupe la même position dans le temps et
l'espace), et l'une ne pourra signifier l'autre, puisqu'elles
n'en feront qu'une ; mais si ni *une* ni *toutes*, combien ? *Exit*
l'analogie.

La classification goodmanienne ne se réduit cependant
pas à la seule catégorie (peircienne) des symboles conventionnels (s'il en était ainsi, elle n'aurait rien à distinguer).
La totalité de son champ est couverte par la catégorie de la
*symbolisation*, ou *référence*, qui englobe tous les cas de
« *standing for* », où quelque chose tient lieu d'autre chose,
par quelque relation que ce soit : c'est tout l'empire des
signes, que Goodman appelle plus volontiers *symboles*.
Mais cet empire a ses provinces. La classe qui correspond
à peu près à celle des symboles peirciens est celle de la
*dénotation*, définie comme « simple application d'un label
[verbal ou autre] à une ou plusieurs choses[1] ». Mais la
dénotation n'est pas le seul mode de la référence. Il en est
au moins[2] un autre, qui à certains égards en est à peu près
l'inverse et que Goodman nomme l'*exemplification*. Pour
l'essentiel, cette catégorie remplit chez lui la fonction dévo-
lue chez Peirce ou Morris aux signes iconiques, mais elle
se définit en termes non d'analogie, mais d'appartenance
à une classe ou (ce qui revient au même) de possession de
propriétés : « Tandis que tout ou presque tout peut dénoter
ou même représenter à peu près n'importe quoi, une chose

---

1. *Of Mind*, p. 61. La locution « plusieurs choses » couvre pudique-
ment les cas d'application d'un terme à une classe – cas innombrables
mais peu conformes au parti pris nominaliste de Goodman.
2. *Au moins*, parce que Goodman laisse à plusieurs reprises la liste
ouverte, et aussi parce que le mode de la *citation* semble hésiter entre
un statut autonome et l'annexion à l'exemplification.

ne peut [exemplifier] que ce qui lui appartient[1] », c'est-à-dire une propriété déterminée (parmi d'autres), qu'elle partage avec toutes les choses qui la possèdent également. « Pour qu'un mot (par exemple) dénote des choses rouges, il est suffisant d'admettre qu'il puisse y faire référence ; mais pour que mon chandail vert exemplifie un prédicat, il ne suffit pas d'admettre que le chandail fasse référence à ce prédicat. Il faut aussi que le chandail soit dénoté par le prédicat ; c'est-à-dire qu'il faut aussi admettre que le prédicat fasse référence au chandail[2]. » Plus naïvement dit : pour exemplifier « vert », il faut que mon chandail *soit* vert. Comme son nom l'indique, l'exemplification est un mode (motivé) de symbolisation, qui consiste pour un objet (qui peut être un mot) à symboliser une classe à laquelle il appartient, et dont en retour le prédicat s'applique à lui[3] – autrement dit, le dénote. Cette sorte de réciprocité, ou de relation converse, est résumée par un théorème simple : « Si *x* exemplifie *y*, alors *y* dénote *x*[4]. » Si mon chandail exemplifie la couleur « vert », alors *vert* dénote la couleur de mon chandail ; s'il exemplifie la forme « sans manches », alors *sans manches* dénote sa forme, etc., puisqu'un objet peut toujours exemplifier plusieurs propriétés.

Ici encore, la différence entre dénoter et exemplifier tient non pas à la *nature* des signes employés, mais à leur *fonction* : un même geste fait par un chef d'orchestre aura (plutôt) valeur de dénotant conventionnel ; fait par un pro-

---

1. *Langages de l'art*, p. 120.
2. *Ibid.*, p. 92.
3. Un même objet appartient évidemment toujours à plusieurs classes, sauf dans les taxinomies scientifiques du type naturaliste. Mon chandail vert appartient à la fois à la classe des chandails et à celle des objets verts. L'exemplification est donc une référence *ad lib*, qui doit être spécifiée par le contexte. La nature et les moyens de cette spécification posent souvent des problèmes, que Goodman esquive volontiers en disant que la dénotation n'est pas plus facile à spécifier. Il me semble tout de même qu'elle l'est, par une convention plus stable.
4. *Langages de l'art*, p. 127.

fesseur de gymnastique, valeur d'exemple, ou de modèle[1] –
et l'on imagine les conséquences qu'entraînerait une interprétation du premier dans les termes du second, bien qu'ils
soient physiquement identiques ; le même mot, *bref*, peut
être employé comme dénotant la brièveté, comme exemple
de monosyllabe, comme exemple de mot français, etc.

L'exemplification peut être soit *littérale*, comme dans les
cas envisagés jusqu'ici, soit figurée, c'est-à-dire, pour
Goodman qui semble ne pas concevoir d'autre sorte de
figure, *métaphorique.* Je ne le suivrai pas dans le détail des
moyens par lesquels il évite de définir la métaphore en
termes d'analogie, du moins au sens vulgaire de ce terme,
qui implique ressemblance ou « similarité ». La métaphore
n'est pour lui rien d'autre qu'un transfert de prédicat d'un
« domaine » à un autre, en vertu d'une homologie (c'est
l'analogie aristotélicienne) qui pose que $x$ est au domaine
À ce que $y$ est au domaine B. Si l'on pose par exemple
qu'*ut* majeur est au domaine des tonalités ce que la majesté
est à celui des propriétés morales, on pourra en déduire que
la symphonie *Jupiter*, qui est en *ut* majeur, exemplifie métaphoriquement la majesté : d'où son titre. Si l'on pose que le
gris est aux couleurs ce que la tristesse est aux sentiments,
on dira que *Guernica* exemplifie métaphoriquement la
désolation. Si l'on pose que les voyelles antérieures sont
aux sons de la parole ce que les couleurs claires sont au
spectre visuel, on dira, comme Mallarmé, que *nuit* est un
mot qui exemplifie métaphoriquement (et fâcheusement ?)
la clarté[2]. Mais l'exemplification métaphorique n'est rien

1. *Ibid.*, p. 95.
2. Quel est le fondement de ce type d'exemplifications ? Cette question parfois embarrassante, Goodman la congédie dans les mêmes
termes que pour l'exemplification littérale : la sémiotique n'est pas
chargée de *fonder* les rapports de signification, mais seulement de les
décrire tels qu'ils fonctionnent effectivement ou hypothétiquement. Si
la tristesse du gris ou la majesté d'*ut* majeur ne sont que des illusions
ou des idées reçues, voire des effets en retour de titres comme *Guernica* ou *Jupiter*, cela n'empêche pas ces valeurs d'avoir cours.

d'autre que ce qu'on nomme couramment l'*expression*. En ce sens, la symphonie *Jupiter exprime* la majesté, *Guernica* la tristesse et *nuit* la clarté. Le théorème cité plus haut devient ici : « Si *x* exprime *y*, alors *y* dénote métaphoriquement *x*. » Si *nuit* exprime la clarté, alors *clair* dénote métaphoriquement *nuit*. Disons plus simplement que *nuit* est métaphoriquement clair, comme *bref* est littéralement bref. C'est à peu près ce que dit Mallarmé, et c'est sans doute ce qu'entendait Flaubert lorsqu'il qualifiait *Bovary* de roman gris (ou puce), et *Salammbô* de roman pourpre.

Nous voici donc, grâce à Goodman, pourvus d'une définition de l'expression à la fois plus précise et plus large que celle dont nous gratifiait la stylistique. Plus précise, parce qu'elle s'applique à *nuit*, métaphoriquement clair, mais non à *bref*, littéralement bref, et qui donc n'*exprime* pas la brièveté, mais simplement l'*exemplifie*. Plus large en revanche que celle qui fonde implicitement l'emploi stylistique du mot *expressivité*. Car si *bref* à la fois dénote et exemplifie la brièveté[1], en revanche, *long*, « contradictoirement », dirait Mallarmé, dénote la longueur mais exemplifie la brièveté. Ces deux mots sont aussi « exemplaires » l'un que l'autre, mais dans un cas l'exemplification redouble et confirme la dénotation, dans l'autre elle la contredit. De même, sur le plan métaphorique, si l'expression de *nuit* contredit sa dénotation, celle d'*ombre*, de timbre obscur, redouble (toujours selon Mallarmé) sa dénotation. L'*expressivité* des stylisticiens ne couvre que les cas de redoublement (ou redondance) du type *bref* ou *ombre*. Elle n'est donc qu'un cas particulier de l'expression ou de l'exemplification – cas que Goodman, pour sa part, appelle « autoréférence[2] ». Je reviendrai sur les inconvénients du privilège cratyliste accordé par la stylistique à ce cas particulier.

---

1. C'est que j'appelais plus haut, et provisoirement, « évoquer ». On voit sans peine combien *exemplifier* est plus pertinent – sinon plus élégant.

2. P. 127.

Et nous voici, du même coup, pourvus de trois types de signification, dont l'un (la dénotation) n'a pas varié pour l'instant et dont les deux autres, qui occupent à eux deux le même pôle que nos ci-devant *expression, évocation, connotation,* se laissent ramener à un seul, puisque l'expression goodmanienne n'est qu'une variante métaphorique de l'exemplification. Si l'on se souvient de la formule de Guiraud que j'ai déjà soumise à variations, on la traduira sans peine en ces nouveaux termes : « Le style est la fonction exemplificative du discours, comme opposée à sa fonction dénotative. »

Mais il faut maintenant ajuster à ce nouveau champ conceptuel le terme de *connotation*[1], qui ne peut plus être tenu pour coextensif à celui d'*exemplification*. Une première réduction est pour ainsi dire dictée par l'étymologie : *con*notation ne peut raisonnablement s'appliquer qu'à une signification supplémentaire, qui vient *s'ajouter* à une dénotation ; or, ce n'est manifestement pas le cas de toutes les références par exemplification : si mon chandail vert ne dénote rien, on ne peut guère dire qu'il *connote* ce qu'il exemplifie[2]. Si un idéogramme dont j'ignore le sens exemplifie pour moi l'écriture chinoise, il serait abusif de dire qu'il me la connote, puisqu'il ne me dénote rien. Toute exemplification n'est donc pas une connotation, la connotation n'est qu'un cas particulier de l'exemplification : une exemplification qui s'ajoute à une dénotation.

---

1. Cette notion est évidemment étrangère au système goodmanien.
2. On pourrait néanmoins appliquer, dans un sens élargi, le mot *connotation* à une signification qui vient s'ajouter non à une dénotation, mais à une fonction pratique : on dira ainsi que mon chandail vert, en plus de sa fonction vestimentaire, exerce une connotation sociale, si la mode est au vert, et peut-être aussi si elle ne l'est pas. C'est un emploi fréquent en sémiologie, mais aussi en esthétique extralittéraire : en plus de sa fonction pratique, qui est (j'espère) de soutenir le fronton, la colonnade du Panthéon connote assez clairement une esthétique néoclassique.

Mais il convient sans doute de restreindre un peu plus, comme nous y invite la définition hjelmslévienne de la connotation comme signification au second degré[1]. J'ai traité jusqu'ici la relation *dénotation/connotation* comme si elle était toujours symétrique et égalitaire. C'est évidemment vrai dans bien des cas, comme lorsque le même mot *long* d'une part dénote la longueur et d'autre part exemplifie la brièveté. Mais il n'en va pas de même si je dis que le même mot *long* d'une part dénote la longueur et d'autre part exemplifie la langue française. Pourquoi ? Une petite histoire nous aidera sans doute à clarifier ce point, auquel Goodman n'accorde aucune attention. Cela se passe pendant la Seconde Guerre mondiale. Deux espions allemands, qui ne savent pas l'anglais, sont parachutés en Grande-Bretagne (cela s'est vu). Assoiffés, ils entrent dans un bar, après s'être laborieusement exercés à dire : « *Two Martinis, please.* » Le plus doué des deux passe la commande. Malheureusement, le barman répond par cette question imprévue, quoique prévisible : « *Dry ?* » Le moins doué répond alors, fatalement – ô combien : « *Nein, zwei !* » Vous savez maintenant pourquoi l'Allemagne a perdu la guerre.

Que démontre cette fable ? Que la même (à peu près) suite de sons[2] peut être un mot dans une langue et un autre mot dans une autre langue, et donc qu'un mot (et son appartenance linguistique) n'est pas défini par sa seule forme, mais bien par sa fonction comme « signe total », c'est-à-dire par la liaison de la forme au sens. Le son [draï] n'est

---

1. « Langage de connotation et métalangage », *in* Louis Hjelmslev, *Prolégomènes à une théorie du langage* (1943), Paris, Éd. de Minuit, 1968 ; Roland Barthes, « Éléments de sémiologie » (1964), in *L'Aventure sémiologique.*
2. Ou suite de lettres : le signifiant graphique *chat* est un mot en français et un autre en anglais : le verbe *to chat*, « bavarder » (N. Goodman, C. Elgin, *Reconceptions in Philosophy and Other Arts and Sciences*, Londres, Routledge, 1988, p. 58). Ou, sur les deux plans à la fois, *rot* : « rouge » en allemand, « pourrir » en anglais.

pas un mot allemand, ni un mot anglais : il est allemand
quand il signifie « trois », anglais quand il signifie « sec ».
Le son [lõ] n'est pas un mot français ; ce qui est un mot
français, et qui peut donc connoter la langue française, c'est
la liaison du son [lõ] au sens « long ». Autrement dit, sa
connotation de francité ne *s'ajoute* pas seulement à sa fonction dénotative ; elle en *dépend*, au second degré, par le
phénomène de décrochement qu'illustrent la formule de
Hjelmslev (ERC) RC et le tableau déboîté de Barthes. Le
mot (total) *long* est donc ici porteur non pas de deux, mais
bien d'au moins quatre significations : sa dénotation (longueur), la valeur exemplifiante de son caractère physique
(brièveté), et les deux valeurs connotatives de leur mise en
relation : son appartenance à la langue française et son
caractère « anti-expressif ». Comme quoi il ne faut pas trop
confondre, comme le fait la langue commune sous le terme
de *signe*, le signifiant ([lõ]) et le signe total ([lõ] = « long »
ou, pour faire bref, *long*). Les valeurs simplement exem-
plificatoires s'attachent au premier ([lõ] est bref), les
valeurs connotatives au second : *long* est français. Deux
nouveaux exemples ne seront peut-être pas de trop pour
enfoncer ce clou. Le mot *patate* comme simple signifiant
([patat]) n'a rien de nécessairement vulgaire, car il peut
dénoter, très correctement, un légume exotique ; ce qui est
vulgaire, c'est *patate* pour « pomme de terre ». De même, le
mot *coursier* n'est pas noble en soi, car il peut désigner, très
banalement, un commissionnaire ; ce qui est noble, c'est
*coursier* pour « cheval ». La connotation n'advient pas à la
dénotation comme une simple valeur ajoutée, ou comme un
supplément de sens, mais comme une valeur *dérivée*, entièrement gagée sur la manière de dénoter. Elle n'est ainsi
qu'*un* des aspects de l'exemplification – qui, elle, en
revanche, assume *toutes* les valeurs extradénotatives, et
donc tous les effets de style.

Il faut donc distinguer, parmi les capacités exemplificatives d'un élément verbal, celles qui s'attachent au

signifiant dans sa matérialité phonique ou graphique[1] et celles qui dépendent de sa fonction sémantique. Soit le mot français *nuit*, déjà rencontré, et qui se prête à une analyse assez représentative. Au premier niveau, celui du signifiant [nui], il dénote, par convention linguistique, la nuit ; toujours à ce niveau, sur son versant phonique, il exemplifie toutes ses propriétés phoniques : être monosyllabe sauf diérèse, commencer par la consonne nasale [n], finir par la diphtongue ascendante [ui] (composée d'une demi-consonne et d'une voyelle antérieures), pouvoir donc rimer avec *luit*, etc. ; sur le versant graphique, toutes ses propriétés graphiques, dont la présence d'un certain nombre de « jambages » verticaux susceptibles d'accentuer (j'associe librement) un éventuel effet de légèreté ; en effet, toujours au même niveau, mais ici par transposition métaphorique, en vertu d'une homologie couramment admise entre voyelles antérieures et clarté (j'y ajoute volontiers : légèreté et fraîcheur), il exprime pour certains la fameuse et para-doxale clarté dont Mallarmé affectait de se plaindre, et que peut renforcer la rime à *luit*. Au niveau second, celui du « mot total » [nui] = « nuit », il exemplifie la classe des mots français, celle des substantifs, et celle des noms d'in-animés féminins, avec toutes les valeurs affectives liées à cette sexualisation – que renforce providentiellement le genre masculin de son antonyme *jour*. Ces connotations sexuelles, que connaissent seules les langues sans neutre – comme le français – ou à neutre capricieux – comme l'alle-mand –, présentent des potentialités stylistiques considé-

1. *Matérialité* est à prendre ici au sens de matérialité *virtuelle* : le mot type *nuit* n'a rien de matériel, ce sont ses occurrences (*tokens*) phoniques et graphiques qui présentent tel ou tel caractère physique. Mais ces caractères se présentent à l'esprit dès la mention du type, et d'ailleurs la mention est une occurrence. D'autre part, en vertu de nos compétences culturelles, les présentations graphiques transmettent les caractères phoniques : je peux « entendre » le son [nui] à la simple lec-ture muette du mot *nuit*. La réciproque est moins évidente, et d'ailleurs refusée aux analphabètes.

rables, que Bachelard a magnifiquement évoquées dans un
chapitre de *La Poétique de la rêverie*[1].

Est-ce tout ? Je ne le pense pas, car un mot, qui exemplifie
littéralement toutes les classes auxquelles il appartient, peut
encore évoquer, en association par contiguïté (ou appartenance indirecte), bien d'autres ensembles auxquels il se
trouve lié de manière caractéristique. On peut ainsi, sans
trop d'effort ni d'artifice, trouver *nuit* typiquement racinien,
ou mallarméen, etc., jusqu'à voir dans sa fréquence relative
une sorte d'indice stylistique, comme on dirait que la fréquence des hypallages est un indice du style de Proust, ou
comme Proust lui-même voyait dans celle des imparfaits un
trait typique du style de Flaubert. Cette sorte d'effets me
semble pouvoir illustrer une catégorie d'exemplification
figurée que n'a pas notée Goodman : celle de l'exemplification *métonymique*. Je propose donc de l'ajouter aux
deux notions goodmaniennes d'*exemplification* (littérale) et
d'*expression* (métaphorique), sous le terme, qui me semble
s'y prêter tout naturellement (dans un sens ballyen élargi),
d'*évocation*. Si *nuit* est, disons, racinien – c'est-à-dire,
pour certains, évoque (plutôt) Racine –, ce n'est pas parce
qu'il posséderait littéralement cette propriété comme [lõ]
possède celle d'être bref, ni qu'il la possède métaphoriquement comme *nuit* possède celle d'être clair : il la possède
métonymiquement par association privilégiée (supposons-
le) avec l'œuvre de Racine. Mais ce n'est pas dire que
l'exemplification métaphorique soit tout à fait inconcevable
à ce niveau : il y a sans doute un peu de cela dans les effets
d'*imitation* stylistique, qui ne se bornent pas à emprunter à
un auteur (par exemple) un de ses traits stylistiques, mais
poussent le raffinement jusqu'à en inventer, qui soient ainsi
idéalement typiques sans être matériellement présents dans
le corpus imité. C'est ainsi, on le sait, que Proust était parti-

---

1. Chap. I, « Le rêveur de mots », Paris, PUF, 1965. Sur le couple
*jour/nuit*, voir *Figures II*, p. 101-122.

culièrement fier d'avoir placé dans son pastiche de Renan l'adjectif *aberrant*, qu'il jugeait « extrêmement Renan » bien que Renan ne l'eût, pensait-il, jamais employé : « Si je le trouvais dans son œuvre, cela diminuerait ma satisfaction de l'avoir inventé » – sous-entendu : comme exemple d'adjectif renanien. Ce ne serait en effet dans ce cas qu'un simple *renanème* de fait, alors que son invention constitue un véritable *renanisme* de droit[1].

Je qualifie ces imitations sans emprunt de *métaphoriques*, dans un sens, cette fois, fort peu goodmanien, au nom d'une relation typiquement analogique : *aberrant* « ressemble » (pour Proust) à du Renan sans être du Renan. L'importance stylistique de ce genre d'effets saute aux yeux : on ne peut identifier un style sans percevoir ses *-èmes* et on ne peut l'imiter de manière créatrice, c'est-à-dire le faire vivre et le rendre productif, sans passer de cette compétence à la performance, sans être capable d'inventer ses *-ismes*. Toute tradition vivante, et donc, dans une large mesure, toute évolution artistique, passe par là.

Je dis *artistique* en général, parce que les catégories employées ici valent pour tous les arts, *mutatis mutandis* – et même s'il y a beaucoup de *mutanda* à *mutare* : la symphonie *Jupiter* exemplifie (entre autres) le genre symphonie et la tonalité d'*ut* majeur, évoque (entre autres) le style classique, exprime (entre autres) la majesté ; la cathédrale de Reims exemplifie l'art gothique, évoque le Moyen Âge, exprime (selon Michelet) le « souffle de l'esprit », etc. Et les effets d'imitation sans emprunt[2] sont universellement présents : voyez comment Debussy ou Ravel inventent de

---

1. Voir *Palimpsestes*, chap. XIV. La remarque de Proust est dans une lettre à Robert Dreyfus du 23 mars 1908.
2. La frontière entre les deux procédés est moins nette que ne le suggère cette formule : on ne peut imiter (même créativement) un style sans lui emprunter ses schèmes pour les appliquer à de nouveaux cas, et l'on peut dire indifféremment que Ravel imite la musique espagnole ou qu'il lui emprunte des schèmes mélodiques ou rythmiques.

la musique espagnole, ou comment Cézanne (à l'en croire) fait « du Poussin d'après nature ».

Ces parenthèses relativisantes ne sont pas ici pour exprimer un scepticisme de principe, mais pour rappeler le caractère *ad libitum* de ces symbolisations : un objet dénote ce qu'une convention lui fait dénoter, et peut exemplifier, exprimer ou évoquer, au premier ou au second degré, pour chacun d'entre nous, les prédicats qu'il lui applique littéralement, métaphoriquement ou métonymiquement – à tort ou à raison : qu'une application soit juste ou erronée ne modifie pas son procédé, et le tribunal qui en décide n'est guère que celui de l'opinion commune. Qualifier *Guernica* de « sinistre » est sans doute plus juste, mais pas moins figuré (métaphorique) que de le qualifier de « pimpant », et trouver *nuit* racinien est peut-être plus juste, mais pas moins figuré (métonymique), que de le trouver moliéresque ou balzacien.

J'ai dit qu'il convenait, comme le propose Hjelmslev, de réserver le terme de *connotation* aux effets d'exemplification produits au second degré par le rapport de dénotation – ce qui exclut son emploi *stricto sensu* du domaine des arts sans fonction dénotative, comme la musique, l'architecture ou la peinture abstraite. Mais, de nouveau, on ne peut exclure son emploi élargi pour désigner les significations adventices que dégage la manière dont Mozart agence les sons, dont Bramante dispose ses colonnes ou dont Pollock éclabousse ses toiles. D'autant que chaque relation symbolique dégage inévitablement, un degré au-dessus, sa propre valeur symbolique, que l'on doit bien qualifier de connotative, voire de méta-connotative. Ainsi, le fait que le signifiant [lõ] exemplifie au premier degré la brièveté entraîne que le mot *long* exemplifie au second degré, et donc connote, je l'ai dit, son caractère « anti-expressif ». De la même façon bien sûr, *bref* connote son caractère « expressif », etc. Les valeurs exemplificatives des signifiants, qui ne *sont* pas en elles-mêmes connotatives, *déterminent* des valeurs connotatives. Or, tout élément verbal – et par extension tout enchaînement verbal – peut toujours être considéré soit comme expressif, soit comme anti-expressif, soit comme neutre, et ce seul fait suffit à conférer au discours, fût-ce le plus plat, une potentialité exemplificative de tous les instants, qui est le fondement de son style. Pour le dire plus simplement : en plus de ce qu'il *dit* (dénote), le discours *est* à chaque instant ceci ou cela (par exemple : plat comme un trottoir) ; Sartre dirait justement, dans son langage, que les mots, et donc les phrases, et donc les textes, sont constamment à la fois des signes et des choses. Le style n'est rien d'autre que ce versant, disons *sensible,* qui fait ce que Jakobson appelait la « perceptibilité » d'un texte.

Mais cette description, si élémentaire (au sens propre[1]) qu'elle se veuille, doit encore envisager un autre aspect capital des virtualités stylistiques du discours. Revenons à notre mot *nuit,* décidément inépuisable. Nous l'avons jusqu'ici considéré selon sa fonction dénotative littérale, c'est-à-dire simple ou directe, qui est de désigner la nuit. Mais nul n'ignore qu'il possède au moins un autre emploi, dont témoignent par exemple ces deux vers de Hugo :

> *O Seigneur ! ouvrez-moi les portes de la nuit,*
> *Afin que je m'en aille et que je disparaisse !*

ou encore, avec un jeu (syllepse) sur les deux acceptions, ces deux vers de Racine :

> *Songe, songe, Céphise, à cette nuit cruelle*
> *Qui fut pour tout un peuple une nuit éternelle.*

---

1. *Au sens propre,* puisque, pour la brièveté de l'exposé, j'ai raisonné jusqu'ici sur des *éléments* verbaux (essentiellement des *mots*), chargés à leur niveau d'illustrer les capacités stylistiques du discours en général, le postulat de méthode étant que ce qui vaut pour les éléments vaut ici *a fortiori* pour les ensembles.

La seconde acception, qui est évidemment la mort, procède par ce que l'on appelle couramment une *figure,* en
l'occurrence une métaphore, typiquement définissable en
termes d'analogie aristotélicienne : la mort est à la vie ce
que la nuit est au jour[1]. Une fois reçue cette valeur figurale,
on peut dire que *nuit,* dans le premier vers de Hugo et le
deuxième de Racine, *dénote* la mort. Mais, contrairement
aux postulats habituels de Goodman et conformément au
schéma frégéen, cette dénotation n'est pas *directe.* Elle met
en relation un signe dénotant, *nuit,* avec un dénoté, « mort »,
par l'intermédiaire d'un premier dénoté, « nuit », qui joue
ici le rôle du *sens* frégéen, puisqu'il constitue le « mode de
donation » de l'objet « mort », comme « étoile du matin »
(qui est bien le plus souvent une sorte de figure : une péri-
phrase) est le « mode de donation » de Vénus. Le détour de
la figure par le dénoté littéral est tout à fait semblable au
détour frégéen par le *Sinn* :

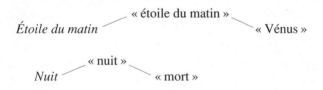

et le caractère spécifique de chaque figure est défini par la
relation logique entre les deux dénotés, selon les analyses
de la tropologie classique : analogie dans la métaphore,
contiguïté dans la métonymie (*jupon* pour « femme »),
inclusion physique (*voile* pour « navire ») ou logique (*mortel* pour « homme ») dans la synecdoque[2] et ses variantes

---

1. On ne doit pas confondre la métaphore comme figure, qui est
une dénotation indirecte (*nuit* pour « mort »), et la métaphore comme
principe de l'expression goodmanienne (*nuit* exemplifiant métaphoriquement la clarté).
2. Sur le caractère hétérogène de cette classe, déterminé par le
caractère ambigu de la notion d'inclusion, et sur les deux modes :

prédicatives : litote et hyperbole[1], contrariété pour l'ironie.

Ces « figures de sens en un seul mot » (Fontanier) que sont les tropes n'épuisent évidemment pas le champ des figures, ou dénotations indirectes, mais elles peuvent en fournir le modèle par un processus d'extension dont j'emprunterai le principe à la *Rhétorique générale*[2] :

| *Amplitude*<br>*Niveau* | *mot* | *> mot* |
|---|---|---|
| *Sens* | Métasémèmes<br>(tropes) | Métalogismes<br>(figures de style<br>et de pensée) |
| *Forme* | Métaplasmes<br>(figures<br>de diction) | Métataxes<br>(figures<br>de construction<br>et d'élocution) |

Ce tableau fait bien apparaître, j'espère, les deux directions dans lesquelles s'exerce la généralisation du cas particulier des tropes au cas général des figures. L'extension horizontale (de l'échelle du mot, ou du segment de mot, à celle du groupe plus ou moins vaste de mots[3]) ne pose

---

généralisant (*mortel* pour « homme ») et particularisant (*Harpagon* pour « avare »), voir M. Le Guern, *Sémantique de la métaphore et de la métonymie*, Paris, Larousse, 1973, chap. III.

1. Variantes prédicatives, en ce sens que la litote peut être décrite comme une synecdoque généralisante de degré prédicatif : *Je ne te hais point* généralise « Je t'aime », puisque « aimer » (degré fort) est inclus dans « ne point haïr » (degré faible). Inversement, l'hyperbole est, dans les mêmes termes, une synecdoque de degré particularisante : *Vous êtes génial* pour « Vous n'êtes pas stupide », puisque le génie est un cas particulier de l'absence de stupidité.

2. Groupe μ, *Rhétorique générale*, Paris, Larousse, 1969, p. 33, « Tableau général des métaboles », ici fortement adapté par mes soins.

3. Ainsi, selon Borges, son conte « Funes ou la mémoire » n'est tout entier qu'une vaste « métaphore de l'insomnie ».

guère de difficultés, car le fait pour un détour figural de porter sur un seul ou plusieurs mots n'est qu'une circonstance
accessoire, dont la détermination est même rarement pertinente : l'antiphrase « Vous êtes un vrai héros » peut indifféremment se gloser en : « Vous êtes un *lâche* », en : « Vous
*n*'êtes *pas* un héros », voire en : « Vous vous prenez sans
doute pour un héros » – et dans chacun de ces cas l'accent
d'ironie se déplace d'un mot sur l'autre, ou porte sur
l'ensemble, sans atteinte au sens figural. De même, bien
des métaphores traditionnelles consistent en une phrase
complète : il serait stupide de chercher « le » terme métaphorique dans un proverbe comme « Il ne faut pas mettre la
charrue devant les bœufs ». Dans un cas comme celui-là, et
conformément au propos de Frege, c'est la proposition tout
entière qui propose sa dénotation figurale (sa « valeur de
vérité ») : « Il faut procéder par ordre », par le détour de sa
dénotation littérale. Quant aux « figures de pensée », Fontanier montre bien que leur statut figural, parfois contesté,
dépend du caractère de feintise qui leur est ou non attribué
par leur récepteur : une *interrogation* rhétorique (« Qui te
l'a dit ? ») n'est une figure qu'en tant qu'on l'interprète
comme déguisant une négation, une *délibération* est une
figure parce qu'on y lit l'expression d'une décision déjà
prise (comme celle de Didon au IVᵉ livre de l'*Énéide*), mais
une *dubitation* sincère (comme celle d'Hermione au Vᵉ acte
d'*Andromaque*) n'est pas une figure. Or, ce caractère *ad lib*
de la figuralité n'est pas propre aux figures de pensée. On
peut toujours, comme le faisait Breton pour les périphrases
de Saint-Pol-Roux, *refuser* la figure et prendre un énoncé
dans son sens littéral, quelque incongruité logique ou
sémantique qui puisse s'ensuivre ; et c'est évidemment
cette incongruité que Breton favorise en littéralisant la
*mamelle de cristal* ou le *lendemain de chenille en tenue de
bal*, énoncés qui ne seront « surréalistes » avant la lettre
qu'à condition de récuser leur interprétation figurale en
« carafe » et « papillon » : « Retirez votre papillon dans

votre carafe. Ce que Saint-Pol-Roux a voulu dire, soyez certain qu'il l'a dit[1]. » La figure se prête en fait (plus ou moins) à trois attitudes de lecture : celle que Breton condamne pour mieux faire valoir la sienne, et qui n'est celle de personne, consisterait à substituer le dénoté figural sans tenir compte du littéral ; celle de Breton, qui consiste à nier la figure pour faire émerger une « image » surréaliste ; celle de l'interprétation figurale, qui consiste à percevoir et prendre en compte les deux signifiés : dire que *mamelle de cristal* dénote sans doute une carafe, comme *nuit* dénote parfois la mort, n'est pas dire que l'effet produit est le même que si l'auteur disait *carafe*, ou *mort*. Mais le diagnostic de figuralité n'est jamais inévitable, et il est parfois beaucoup plus douteux. Dans les cas de catachrèse (*pied* de table), on peut, en l'absence d'un terme « propre », considérer la métaphore comme un sens littéral étendu ; les métaphores négatives (« La vie n'est pas un lit de roses ») ne sont métaphoriques qu'à supposer un contexte implicite lui aussi métaphorique (« … mais plutôt un lit de ronces »), et non littéral (« … mais plutôt le laps de temps qui sépare la naissance de la mort »)[2] ; un grand nombre de métonymies et de synecdoques (courir le *jupon*, l'or tombe sous le *fer*) supportent une lecture littérale, etc. La figuralité n'est donc jamais une propriété objective du discours, mais toujours un fait de lecture et d'interprétation – même quand l'interprétation est manifestement conforme aux intentions de l'auteur.

L'extension verticale, des métasémèmes vers les métaplasmes (dont les métataxes, comme l'ellipse ou l'inversion, ne sont que des extensions à l'échelle de la phrase),

---

1. *Point du jour*, Paris, Gallimard, 1934, p. 26.
2. Sur les métaphores négatives, ou négations de métaphores, voir T. Binkley, « On the Truth and Probity of Metaphor », *Journal of Æsthetics and Art Criticism*, 22, 1974 ; T. Cohen, « Notes on Metaphor », *ibid.*, 34, 1979 ; M. Beardsley, *Æsthetics*, p. XXV ; et N. Goodman, *Of Mind*, p. 74-75.

est d'une action plus difficile à analyser, parce que ces figures de « forme » – une abréviation comme *prof*, une expansion comme *sourdingue*, une interversion simple comme *meuf* ou complexe comme *louchébem*, une substitution partielle comme *Paname* – ne comportent en principe aucun signifié littéral qui servirait de relais à leur dénoté figural ; le détour frégéen semble donc absent. En fait, il y a bien ici un détour, mais, au lieu de passer par un sens, il passe par une forme : la forme « correcte » *professeur*, *sourd*, *femme*, *boucher* ou *Paris*, que la déformation métaplasmique évoque presque[1] aussi nécessairement que *nuit* pour « mort » évoquait le littéral « nuit ». La même description vaut évidemment pour les métataxes : la phrase à inversions du *Bourgeois gentilhomme* (« D'amour, belle marquise… ») accède à sa dénotation par le détour implicite de sa disposition standard. La dénotation par métaplasme ou métataxe reste donc indirecte, et les figures de forme répondent aussi bien que les figures de sens à cette définition[2]. Dans tous ces cas de dénotation indirecte (par détour de sens ou de forme), l'indirection elle-même,

---

1. *Presque* : on peut en effet imaginer des locuteurs pour qui le détour de forme n'aurait plus lieu parce que la connaissance de la forme correcte ne serait pas dans leur champ de compétence – un zonard qui ignorerait qu'une meuf est aussi une femme. Bien des gens, sans doute, en sont déjà là pour les abréviations *vélo* ou *moto*. Mais ces lexicalisations sont symétriques de celles que connaissent parfois les figures de sens, comme quand le latin familier *testa*, c'est-à-dire à peu près « fiole », devient le français *tête* – qui n'a plus rien d'une figure.

2. Il ne faut donc pas confondre dénotation indirecte et connotation (même si les dénotations indirectes dégagent, comme les autres, des connotations). C'est, me semble-t-il, ce que fait Umberto Eco (*A Theory of Semiotics*, Bloomington, Indiana University Press, 1976, p. 57 ; cf. p. 87 et 127), pour qui il y a connotation lorsque le signifié d'un premier système devient signifiant d'un second. C'est vrai des figures (le signifié « nuit » devient signifiant de « mort »), mais non des connotations, où c'est l'ensemble du premier système qui dégage un second signifié (c'est la relation *bref*-pour-« bref » qui connote l'expressivité).

comme tout accident rencontré sur le trajet du signifiant initial (*nuit*, *prof*) au dénoté ultime [1] (« mort », « professeur »),
exemplifie au second degré, et donc connote ses propriétés.
Ainsi, lorsque *nuit* dénote métaphoriquement la mort, cette
façon de dénoter connote sa métaphoricité, plus généralement sa figuralité et, plus généralement encore, un certain
« langage poétique » – comme *flamme* pour « amour »,
métaphore classique, connote à la fois sa métaphoricité et la
diction classique (mais non *flamme* pour « flamme ») ;
*patate* pour « pomme de terre » (mais non pour « patate »),
métaphore populaire, connote à la fois sa métaphoricité et
le registre populaire ; *sourdingue*, métaplasme familier, à la
fois son caractère métaplasmique et sa familiarité, etc. À sa
manière très spécifique mais, comme on sait, omniprésente,
la figure est elle aussi (comme les propriétés sensibles
du signifiant phonique ou graphique, comme les effets
d'évocation linguistique, etc.) un trouble de la transparence
dénotative, un de ces effets d'opacification relative qui
contribuent à la « perceptibilité » du discours [2].

1. Je devrais sans doute dire, plus rigoureusement, « au signifié
ultime, qui est le dénoté ». Le trajet sémiotique le plus simple va d'un
signifiant à un signifié, et du signifié (« concept », selon Saussure ;
« sens », selon Frege) au dénoté, ou référent, qui est l'application, ou
extension, de ce concept : du signifiant *Morgenstern* au concept
d'Étoile du matin, et de celui-ci à la planète Vénus. La différence entre
signifié et référent n'a pas, me semble-t-il, le caractère ontologique et
absolu qu'on lui prête parfois : c'est plutôt une question de positions
relatives sur un trajet qui peut toujours être écourté (si l'on s'arrête à
« Étoile du matin » sans se demander de quel astre il s'agit dans notre
galaxie) ou prolongé (si la planète Vénus fonctionne à son tour comme
symbole d'autre chose). Le référent n'a pas sur le signifié le privilège
de la « réalité » (matérielle), car il y a des référents imaginaires : le
signifiant [Fisdepélé] a pour signifié « Fils de Pélée », qui a pour référent Achille. Barthes disait, à sa manière, que la dénotation est la « dernière des connotations » (*S/Z*, Paris, Éd. du Seuil, 1970, p. 16).
2. Je ne prétends d'ailleurs pas avoir épuisé ici l'inventaire de ces
effets. Il faudrait au moins ajouter à la liste les allusions intertextuelles
(Riffaterre) qui invitent le lecteur à percevoir à la fois le texte qu'il a
sous les yeux et celui auquel celui-ci emprunte une tournure ou un
élément. Ici encore, le détour est plus ou moins obligatoire. Lorsque

D'autant plus omniprésente que le caractère relatif du diagnostic de figuralité lui permet d'investir n'importe quelle locution. Dans un champ aussi saturé, l'abstention peut fonctionner comme un effet *a contrario*, et l'on peut identifier indifféremment comme figure un trait : par exemple une asyndète (là où l'on attendait une liaison), et son contraire : par exemple une liaison, là où aurait pu survenir une asyndète. Les rhétoriques classiques saluaient comme une magnifique hypotypose les quatre vers

> *Mon arc, mon javelot, mon char, tout m'importune,*
> *Je ne reconnais plus les leçons de Neptune,*
> *Mes seuls gémissements font retentir les bois,*
> *Et mes coursiers oisifs ont oublié ma voix*

par lesquels l'Hippolyte de Racine développe ce que celui de Pradon dit sèchement en un seul (je cite de mémoire) :

> *Depuis que je vous vois, j'abandonne la chasse.*

Mais, toute appréciation esthétique mise à part, on pourrait aussi bien lire les vers de Racine comme un tableau fidèle et littéral du désœuvrement du héros, et celui de Pradon comme une condensation hardie qu'on qualifierait par exemple de *laconisme*. Plus simplement, lorsqu'il arrive au discours classique d'employer *amour* (et non *flamme*) ou *cheval* (au lieu de *coursier*), on peut tenir cette absence remarquable de figure pour un puissant *littéralisme*, ce qui fait un assez beau nom de figure. Cela ne signifie pas exactement que tout élément de discours soit figuré, mais plutôt

---

Diderot écrit : « Le linceul ne fait pas le mort », il n'est pas indispensable de penser au proverbe sous-jacent pour saisir le sens (mais bien pour goûter tout le sel) de cette phrase. Mais qui pourrait, ignorant la fable, comprendre un jugement tel que comme : « Untel est aussi cigale que son père est fourmi » ? Je rappelle que la rhétorique classique mettait l'allusion au nombre des figures.

que tout élément de discours peut être tenu, selon les contextes et les types de réception, pour littéral ou pour figuré. Le caractère largement conditionnel, ou *attentionnel*, de la figuralité[1] en fait – comme on l'a toujours su – un parfait emblème du style.

Le style consiste donc en l'ensemble des propriétés rhématiques exemplifiées par le discours, au niveau « formel » (c'est-à-dire, en fait, physique) du matériau phonique ou graphique, au niveau linguistique du rapport de dénotation directe, et au niveau figural de la dénotation indirecte. Une telle définition, suffisante ou non, présente sur celles de la tradition ballyenne l'avantage de réduire le privilège exorbitant que celle-ci accordait, d'une part, à l'« expressivité » mimétique, ramenée ici au cas très particulier, et ni plus ni moins pertinent que le cas inverse, de l'« autoréférence » ; d'autre part, au caractère prétendument « affectif » des faits de style : le versant exemplificatoire du discours (ce qu'il *est*) n'est pas en soi plus affectif ou émotionnel que son versant dénotatif (ce qu'il *dit*), mais simplement plus *immanent*, et donc sans doute d'une perceptibilité moins abstraite et plus « sensible » : la manière dont *bref* est bref est à coup sûr plus naturelle et plus concrète que la manière dont il désigne la brièveté. Encore ne faudrait-il pas extrapoler trop vite : les connotations de registre linguistique ou d'indirection figurale sont parfois tout aussi conventionnelles que les valeurs dénotatives, et soumises au même apprentissage ; pour percevoir que *patate* est populaire ou que *nuit* s'applique à la mort, il faut l'avoir appris par l'usage, et c'est à ce prix que l'on peut savourer le fait que l'un « évoque » un milieu ou que l'autre « fait image ». Une définition exemplificative du style présente donc, me semble-t-il, l'avan-

---

1. On ne peut en dire autant de *tous* les aspects du discours, quelque penchant qu'on ait pour le relativisme : *long* est inconditionnellement monosyllabe, et *ombre* rime sans conteste avec *sombre*.

tage de dépouiller celui-ci de ses oripeaux affectivistes et
d'en ramener le concept à plus de sobriété.

Mais la définition traditionnelle présentait un autre
inconvénient, évidemment lié au premier, que l'on
retrouve illustré (implicitement, puisqu'elle ne s'embar-
rasse guère de définitions) dans la pratique de la stylistique
littéraire : celui d'une conception *discontinue* du style,
comme constitué d'une série d'accidents ponctuels éche-
lonnés au long d'un *continuum* linguistique (celui du
texte), comme les cailloux du Petit Poucet – qu'il s'agit
de détecter, d'identifier et d'interpréter comme autant de
« faits de style » ou de « traits stylistiques »[1] en quelque
sorte autonomes. Quelle que soit la distance (considérable)
qui sépare leur interprétation du style[2] et aussi leurs

1. Les termes *fait* et *trait* stylistiques (ou encore, chez G. Molinié,
*stylème*) sont souvent employés comme synonymes. Or, il me semble
qu'il serait utile de distinguer entre le *fait* de style, qui est un événement, récurrent ou non, dans la chaîne syntagmatique (par exemple,
une image), et le *trait* de style, qui est une propriété paradigmatique
susceptible de caractériser un style (par exemple, être imagé). Seul le
premier se « rencontre » ; le second se construit à partir des occurrences du premier (de même, une colère est un fait, être coléreux est
un trait). La conception du style que je critique définit le style par une
série discontinue de faits de style entre lesquels il n'y aurait rien de
stylistique. Quant à la caractérisation d'un style par une collection ou
un faisceau de traits, elle est assez évidente pour faire, depuis toujours, l'unanimité.
2. Pour l'essentiel, l'interprétation spitzérienne est causaliste, l'ensemble des traits stylistiques caractéristiques d'un individu, d'un
groupe ou d'une époque se rapportant comme un symptôme généralement inconscient à un *etymon* psychologique qui trouve sa confirmation dans certains traits thématiques. L'interprétation riffaterrienne est
finaliste, voire volontariste : le fait stylistique est toujours conscient et
organisé, instrument de *contrainte* sur l'attention du destinataire. Pour
Spitzer, le style est un *effet* révélateur ; pour Riffaterre, une *fonction*
délibérée. Et, bien que son objet et sa méthode aient beaucoup évolué
depuis ses débuts, on peut encore trouver dans son plus récent ouvrage
une confirmation comme celle-ci : « Il est utile de distinguer l'idiolecte du style, car le premier ne dépend pas de l'intention et ne peut
fonder une évaluation esthétique, comme le second » (*Fictional Truth*,
Baltimore, Johns Hopkins University Press, 1990, p. 128).

méthodes de détection[1], le Spitzer des *Études de style* et le Riffaterre des *Essais de stylistique structurale*[2], par exemple, se rejoignent dans une même vision atomiste qui pulvérise le style en une collection de *détails* significatifs (Spitzer) ou d'*éléments* marqués (Riffaterre) contrastant avec un contexte « non marqué », fond banalement linguistique sur lequel se détacheraient des effets stylistiques en quelque sorte exceptionnels. L'interprétation se chargera ensuite de les relier *entre eux* dans une convergence psychologique (Spitzer) ou pragmatique (Riffaterre) qui, loin de l'atténuer, accentue encore leur autonomie par rapport au *continuum* discursif.

Une telle conception me semble fâcheuse pour une raison que nous avons entrevue à propos de la réversibilité du sentiment de figure, et qui tient à la valeur signifiante du degré zéro. La perceptibilité du versant exemplificatif d'un texte est certes variable selon les lecteurs et selon les « points » (Riffaterre) du texte, et il n'est pas niable que, même statistiquement, certains éléments sont plus marqués que d'autres – surtout auprès d'une communauté culturelle dressée depuis plusieurs générations à l'idée que le style est affaire de marques et d'éléments. Mais la conception atomiste, ou ponctualiste, du style risque fort, d'une part, de rencontrer quelques difficultés dans la détermination des éléments marqués, d'autre part et surtout, de favoriser, fût-ce involontairement, une esthétique maniériste pour laquelle le style le plus remarquable (au double sens du mot) sera le

1. Celle de Spitzer est purement intuitive, le « déclic » initial étant ultérieurement corroboré par un va-et-vient entre le détail et l'ensemble ; celle de Riffaterre s'entoure de plus de garanties techniques, chaque « stimulus » stylistique étant révélé par la réponse statistique d'un « archilecteur » collectif.
2. L. Spitzer, *Études de style*, Paris, Gallimard, 1970. M. Riffaterre, *Essais de stylistique structurale*, Paris, Flammarion, 1971. Ces deux auteurs sont invoqués ici comme illustrant les deux extrémités d'un spectre dont les positions intermédiaires sont occupées par des pratiques souvent moins cohérentes, ou plus éclectiques.

plus chargé de traits. Cette critique a été formulée par Henri Meschonnic, pour qui une telle stylistique aboutit à « faire de Jean Lorrain le plus grand écrivain », à valoriser l'« écriture artiste », à identifier « le beau à l'étrange et au bizarre »[1]. Dans sa Préface aux *Essais de stylistique structurale*, Daniel Delas répond qu'il n'en est rien, puisque la saturation supprime le contraste, et donc que trop de style tue le style. Mais c'est en même temps reconnaître que le style ainsi défini est comme un condiment surajouté, dont le dosage est délicat et, surtout, dont on pourrait imaginer l'absence – une absence qui laisserait à nu le fonctionnement purement dénotatif du discours. Cette idée suppose entre langue et style une séparabilité pour moi tout à fait inconcevable, comme Saussure disait inséparables le recto et le verso d'une feuille de papier. Le style est le versant perceptible du discours, qui par définition l'accompagne de part en part sans interruption ni fluctuation. Ce qui peut fluctuer, c'est l'attention perceptuelle du lecteur, et sa sensibilité à tel ou tel mode de perceptibilité. Nul doute qu'une phrase très brève ou très longue attirera plus immédiatement l'attention qu'une phrase moyenne, un néologisme qu'un mot standard, une métaphore hardie qu'une description banale. Mais la phrase moyenne, le mot standard, la description banale ne sont pas moins « stylistiques » que les autres ; *moyen*, *standard*, *banal* ne sont pas moins que d'autres des prédicats stylistiques ; et le style neutre ou fade, l'« écriture blanche » chère au Barthes du *Degré zéro*, est un style comme un autre. Le fade est une saveur, comme le blanc est une couleur. Il n'y a pas dans un texte de mots ou de phrases plus stylistiques que d'autres ; il y a sans doute des moments plus « frappants » (le *déclic* spitzérien), qui bien entendu ne sont pas les mêmes pour tous, mais les autres sont *a contrario* frappants par leur remarquable absence de frappe, car la notion de contraste, ou d'écart, est

1. *Pour la poétique*, Paris, Gallimard, 1970, p. 21.

éminemment réversible. Il n'y a donc pas le discours plus le style, il n'y a pas plus de discours sans style que de style sans discours : le style est l'aspect du discours, quel qu'il soit, et l'absence d'aspect est une notion manifestement vide de sens.

De ce que tout texte a « du style », il suit évidemment que la proposition « Ce texte a du style » est une tautologie sans intérêt. Il n'y a de sens à parler d'un style que pour le qualifier : « Ce texte a *tel* style » (et, bien entendu, la tautologie « Ce texte a du style » couvre toujours en fait l'appréciation « J'aime [ou je déteste] le style de ce texte »). Mais on ne peut qualifier quoi que ce soit qu'en lui appliquant un ou plusieurs prédicats qu'il partage nécessairement avec autre chose : qualifier, c'est classer. Dire : « Le style de ce texte est sublime, ou gracieux, ou indéfinissable, ou consternant de platitude », c'est le ranger dans la catégorie des textes dont le style est sublime, ou gracieux, etc. Même le style le plus radicalement original ne peut être identifié sans construction d'un modèle plus ou moins commun (c'est l'*étymon* spitzérien) à tous ses traits caractéristiques : « Sans récurrence de la lecture, c'est-à-dire sans la mémorisation des parallèles et des contrastes, il ne pourrait y avoir perception de l'originalité d'une écriture[1]. » Les qualifications stylistiques ne sont donc jamais purement immanentes, mais toujours transcendantes et *typiques*. Quelle que soit l'exiguïté du corpus considéré – si l'on estime par exemple qu'il y a un style propre non pas à Flaubert en général, non pas aux *Trois Contes* en général, mais à tel de ces contes en particulier –, l'identification et la qualification de ce style déterminent un modèle de compétence capable d'engendrer un nombre indéfini de pages conformes à ce

1. Delas, Préface aux *Essais de stylistique structurale*, *op. cit.*, p. 16.

modèle. La possibilité de l'imitation prouve en quelque sorte la capacité de toute idiosyncrasie à la généralisation : la singularité stylistique n'est pas l'identité numérique d'un individu, mais l'identité spécifique d'un type, éventuellement sans antécédents mais susceptible d'une infinité d'applications ultérieures. Décrire une singularité, c'est d'une certaine façon l'abolir en la multipliant.

C'est cette transcendance inévitable de la description que Nelson Goodman institue en trait définitoire du style en général, lorsqu'il écrit par exemple : « Un trait stylistique est un trait exemplifié par une œuvre qui permet de la ranger dans des ensembles (*bodies*) significatifs d'œuvres[1]. » Cette définition comporte un ou deux inconvénients, dont l'un est corrigé par Goodman lui-même : pour que l'ensemble d'œuvres soit « significatif », il faut que le trait exemplifié le soit aussi, comme trait proprement esthétique, c'est-à-dire participant au « fonctionnement symbolique » de l'œuvre. Le fait, par exemple, que la proportion de deuxièmes mots de chaque phrase commençant par une consonne soit supérieure à la moyenne permet sans doute de ranger un texte dans une classe (celle des textes où la proportion, etc.), mais cette classe n'est pas « significative », parce que ce trait n'est pas esthétiquement significatif, et donc pas stylistique[2]. Mais la frontière n'est pas toujours si facile à tracer, et les productions de l'Oulipo tendent plutôt à montrer qu'aucun type de contrainte n'est *a priori* esthétiquement insignifiant. Ce partage, comme les autres, est relatif et dépend, pour le moins, du contexte culturel.

---

1. *Of Mind*, p. 131. L'essentiel des réflexions de Goodman sur le style (outre ce qu'on peut extrapoler, comme j'ai fait, de *Langages de l'art*) se trouve dans le chapitre « The Status of Style » de *Ways of Worldmaking*, Indianapolis, Hackett, 1978 (trad. fr. *in* N. Goodman et C. Elgin, *Esthétique et Connaissance*, L'Éclat, 1990), et dans le chapitre « On Being in Style » d'*Of Mind,* qui répond à des critiques adressées au précédent. Le terme *trait* est employé ici au sens que je préconise plus haut.

2. *Ways of Worldmaking*, *op. cit.,* p. 36.

Qu'un style soit toujours virtuellement typique d'un « ensemble » ne nous dit pas d'avance de *quel* ensemble, ni même de quelle *sorte* d'ensemble. Comme on le sait, la stylistique littéraire, au moins depuis le XIXᵉ siècle, privilégie la référence individuelle à la personne de l'auteur, le style étant de la sorte identifié à un idiolecte. Roland Barthes[1] a fait de cette référence le motif d'une opposition entre *style* et *écriture*, laissant à ce dernier terme la charge de n'importe quelle référence transindividuelle. Il poussait en outre à l'extrême l'interprétation causaliste (spitzérienne) du style, considéré comme le produit brut « d'une poussée, non d'une intention », comme un « phénomène d'ordre germinatif », comme la « transmutation d'une humeur », bref, comme un fait d'ordre biologique : le style, ce n'est plus l'âme spitzérienne, c'est le corps. Symétriquement, l'écriture était présentée comme essentiellement intentionnelle, effet d'un choix et d'un engagement, lieu d'une fonction sociale et éthique. Il y a sans doute beaucoup à rabattre de ces antithèses forcées : il y a aussi du choix, de l'effort et parfois de la pose dans les aspects les plus idiotiques du style, et sans doute en revanche bien des déterminations involontaires dans les traces d'appartenance à tel ou tel sociolecte : style d'époque, de classe, de groupe, de genre, et autres.

Pour des raisons évidentes, tout comme la critique moderne a mis l'accent sur les aspects individuels, et parfois socio-historiques, la critique classique s'intéressait bien davantage aux contraintes génériques : depuis Horace jusqu'à Boileau ou Chénier, les arts poétiques leur font la part belle, et non sans raison si l'on songe au simple fait que la poésie grecque distinguait par des choix proprement linguistiques les registres lyrique (dévolu au dialecte dorien), dramatique (à l'attique) et épique (au mélange dit « homérique » d'ionien et d'éolien). Le modèle le plus caractéris-

---

1. *Le Degré zéro de l'écriture*, Paris, Éd. du Seuil, 1953.

tique en a été pendant des siècles la fameuse « roue de Virgile » élaborée au Moyen Âge à partir des commentaires de Servius et de Donat, et qui répartissait entre les trois styles (noble, moyen, familier) qu'illustrent les trois genres pratiqués par ce poète (épique dans l'*Énéide*, didactique dans les *Géorgiques*, bucolique dans le recueil du même nom) tout un répertoire de noms propres et de termes typiques. Je convertis ci-dessous ce schéma en forme de cible[1] en un tableau à double entrée, à mes yeux plus démonstratif :

| Niveau / Trait | *Humilis* (Bucoliques) | *Mediocris* (Géorgiques) | *Gravis* (Énéide) |
|---|---|---|---|
| Arbre | Fagus | Pomus | Laurus |
| Lieu | Pascua | Ager | Castrum |
| Outil | Baculus | Aratrum | Gladius |
| Animal | Ovis | Bos | Equus |
| Nom | Tityrus | Triptolemus | Hector |
| Métier | Pastor otiosus | Agricola | Miles dominans |

Si schématique qu'en soit le principe, la roue (devenue grille) de Virgile a le mérite de renvoyer à la fois à une catégorie générique (les trois genres) et à une détermination individuelle (Virgile), illustrant ainsi le caractère inévitablement

---

1. Voir Guiraud, *La Stylistique*, *op. cit.*, p. 17. J'ai conservé dans ce tableau les mots latins, puisque ce sont des mots. Les trois arbres sont le hêtre, le pommier et le laurier ; les trois lieux sont les prés, les champs et le camp ; les trois outils sont le bâton, la charrue et le glaive ; les trois animaux sont le mouton, le bœuf et le cheval ; les trois métiers sont berger oisif, agriculteur et soldat dominateur.

multiple de la transcendance des qualifications stylistiques. Comme l'observe sagement Goodman, « la plupart des œuvres illustrent à la fois plusieurs styles, de spécificité variable et qui se recoupent diversement : tel tableau peut être à la fois dans le style de Picasso, dans le style de sa période bleue, dans le style français, dans le style occidental, etc.[1] ». Chacune de ces assignations peut être discutée, et les répartitions sont relatives : le Douanier Rousseau ne disait-il pas à Picasso : « Nous sommes les deux plus grands peintres vivants, moi dans le genre moderne et toi dans le genre égyptien » ? Mais l'incontestable est qu'une œuvre illustre toujours plusieurs styles à la fois, parce qu'elle renvoie toujours à plusieurs « ensembles significatifs » : son auteur, son époque, son genre ou son absence de genre, etc. – ensembles dont certains dépassent les frontières de l'art considéré : des qualificatifs comme *classique, baroque, romantique, moderne, postmoderne* ont manifestement un champ d'application transartistique. Les esprits réfractaires à toute taxinomie trouveront peut-être une consolation dans cette multiplicité, et dans cette relativité. Pour retourner une phrase célèbre de Lévi-Strauss, on classe toujours, mais chacun classe comme il peut, et parfois comme il veut – et Picasso doit bien avoir « quelque part » quelque chose d'égyptien.

On a sans doute observé que le tableau adapté de la roue de Virgile répartissait entre les trois « styles » des traits que l'on pourrait aussi bien qualifier de *thématiques. Equus, Ovis, Bos* ne sont pas trois mots différents pour désigner le même animal (comme *cheval* et *coursier*), mais bien les noms de trois animaux différents dont chacun est emblématique d'un genre. Cette application très large du concept de style illustrait par avance une disposition, que nous avons jusqu'ici négligée, de la définition goodmanienne du style.

---

1. *Of Mind, op. cit.,* p. 131.

Pour Nelson Goodman, je le rappelle, un trait stylistique est
« un trait exemplifié par l'œuvre qui permet de la ranger
dans des ensembles significatifs d'œuvres ». Même une fois
spécifié le caractère esthétique requis de ce trait, rien dans
cette définition n'exclut du style des éléments que nous
considérons habituellement comme thématiques – soit, par
exemple, le fait pour un historien de s'intéresser plutôt aux
conflits armés qu'aux changements sociaux[1], ou pour un
romancier de raconter plus volontiers des histoires d'amour
que des embarras financiers. Je ne suivrai pas Goodman
dans son argumentation parfois spécieuse contre l'idée que
le style tient à la *manière* de dénoter[2]. Par exemple, l'argument qu'il y a du style dans des arts qui ne dénotent pas,
comme la musique ou l'architecture, me semble seulement
prouver, comme je l'ai dit plus haut, que le style est plus
généralement dans la manière de faire ce qu'on fait – et qui
n'est pas toujours, Dieu merci, dénoter, mais aussi bien, par
exemple, tenir son pinceau, son archet, sa raquette, ou la
femme de sa vie. Mais il se trouve que, dans l'art du langage, ce que l'on fait, c'est dénoter. Et la querelle de Goodman contre la notion de manière l'empêche de voir, ou de
reconnaître, que, après tout, raconter des batailles et raconter des crises économiques sont bien deux *manières* de traiter d'une époque. Tout se passe comme s'il voulait à tout
prix déblayer le terrain devant sa propre opinion (selon moi
correcte, mais trop générale) que le style est toujours
typique. De là, comme entraîné par son élan, il passe à
l'idée que tout ce qui est typique est stylistique, comme si
cette condition nécessaire était suffisante.

Cette définition me semble un peu trop large pour être
efficace. Il serait plus utile de considérer que, parmi les
traits typiques qui « permettent de ranger une œuvre dans
des ensembles significatifs », les traits proprement stylis-

---

1. *Ways of Worldmaking*, *op. cit.*, p. 25.
2. *Ibid.*, p. 24-27.

tiques sont ceux qui tiennent davantage aux propriétés du discours qu'à celles de son objet. Goodman concède d'ailleurs à cette position plus qu'il ne semble le croire, lorsque, polémiquant contre la notion de synonymie et l'idée que le style tiendrait à la possibilité de dire la même chose de diverses manières, il observe qu'à l'inverse « des choses très différentes peuvent être dites *de la même manière* – non, bien sûr, par le même texte, mais par plusieurs textes qui ont en commun certains traits qui définissent un style[1] ». Nous voici parfaitement d'accord.

Il est vrai toutefois que bien des « propriétés du discours » peuvent être considérées tantôt comme thématiques, tantôt comme stylistiques, selon qu'on les traite comme fins ou comme moyens. Si un musicien ou un peintre, au long de sa carrière, marque une prédilection pour la composition de cantates ou les tableaux de paysages, on pourra tenir ce fait pour stylistique en tant qu'il constitue une manière de pratiquer son art. Mais si un concours, par exemple pour le prix de Rome, impose de composer une cantate ou de peindre un paysage, ce trait ne pourra plus passer pour typique (si ce n'est du prix de Rome lui-même), donc pour stylistique, et il faudra s'attacher exclusivement aux propriétés formelles de cette cantate ou de ce tableau (par exemple, technique sérielle, technique cubiste) pour identifier le style de ce musicien ou de ce peintre. Et si, inversement, la condition imposée était la technique sérielle ou cubiste, le choix de les appliquer à une cantate ou à un paysage plutôt qu'à une sonate ou à une nature morte redeviendrait un choix stylistique. Les mêmes renversements peuvent évidemment s'opérer dans l'ordre littéraire : le choix pour un historien de raconter des batailles plutôt que d'analyser des crises ne peut plus guère être tenu pour stylistique si le sujet imposé (par exemple, par un programme universitaire ou par une collection) est : « histoire mili-

---

1. *Ibid.*, p. 25 (je souligne).

taire ». Dans la chaîne des moyens et des fins, la notion de style s'attache donc, d'une façon toujours relative, à ce qui est un moyen par rapport à une fin, une manière par rapport à un objet – l'objet d'une manière pouvant toujours devenir la manière d'un nouvel objet. Et l'on peut aussi supposer que la fin ultime d'un artiste est d'imposer son style.

Contrairement au principe de Goodman (plutôt qu'à sa pratique, plus empirique), le critère de manière me semble, en raison même de sa relativité et de sa réversibilité, fort utile à la détermination du style. Mais, de toute évidence, nous avons besoin, en littérature comme ailleurs, à côté ou à l'intérieur de cette définition large (« propriétés du discours »), d'une définition plus restreinte, qui distingue le stylistique du thématique, et même de bien d'autres traits rhématiques – comme les techniques narratives, les formes métriques ou la longueur des chapitres. Je réserverai donc, en ce sens restreint d'un concept à géométrie variable, le terme de *style* à des propriétés formelles du discours qui se manifestent à l'échelle des microstructures proprement linguistiques, c'est-à-dire de la phrase et de ses éléments – ou, comme le formule Monroe Beardsley dans une distinction applicable à tous les arts, au niveau de la *texture* plutôt que de la *structure*[1]. Les formes plus vastes de la diction relèvent d'un mode d'organisation plus stable et sans doute (j'y reviens) plus constitutif et moins attentionnel. Pour le dire en termes classiques, le style s'exerce de la manière la plus spécifique à un niveau qui n'est ni celui de l'*invention* thématique ni celui de la *disposition* d'ensemble, mais bien celui de l'*élocution*, c'est-à-dire du fonctionnement linguistique[2].

1. *Æsthetics*, *op. cit.*, p. 168-181. Aussi la formule de Molinié (*La Stylistique*, p. 3), qui définit la stylistique comme l'« étude des conditions verbales, formelles de la littérarité », me semble-t-elle trop large : certaines de ces conditions formelles, comme les formes métriques ou narratives, ne relèvent pas pour moi du style, du moins *stricto sensu*.
2. La distinction de principe entre ces trois niveaux n'exclut pas d'innombrables cas d'interférence : entre le thématique et le stylistique, comme l'illustrent les mots typiques de la roue de Virgile ; entre

Cette spécification de niveau, d'ailleurs fort couramment admise, entraîne, me semble-t-il, un élargissement du champ d'application par rapport à ce que désigne, dans la formule de Goodman et ailleurs, le mot *œuvre*. Cet élargissement est du reste expressément envisagé par Goodman lui-même, au moins dans le domaine plastique : « J'ai constamment parlé de style dans les œuvres d'art, mais le style comme je le conçois ici, doit-il être réservé aux œuvres, ou ne pourrions-nous pas remplacer, dans notre définition, le mot *œuvre* par *objet*, ou par *n'importe quoi* ? Contrairement à d'autres, notre définition ne fait pas appel à une intention de l'artiste. Ce qui importe, ce sont les propriétés symbolisées, que l'artiste les ait ou non choisies, et même, qu'il en soit ou non conscient ; et bien d'autres choses que les œuvres peuvent symboliser[1]. »

Or, la même remarque vaut pour les objets verbaux, à cette seule réserve que ceux-ci ne peuvent jamais être de part en part des objets naturels, comme une montagne « classique » ou un coucher de soleil « romantique », puisque les éléments lexicaux et les structures grammaticales sont à leur manière des artefacts. Mais le hasard peut se charger, ou on peut le charger, comme dans les jeux surréalistes et oulipiens, de choisir parmi les éléments et de remplir les structures, et chacun sait qu'un « cadavre exquis », ou un « $n + 7$ », peut exemplifier fortuitement un style, préexistant ou non : la vérité est qu'il exemplifie *inévitablement* un style, comme tout énoncé verbal. Plus simplement et plus fréquemment, un texte rédigé à des fins non littéraires exemplifie lui aussi, et tout aussi inévitablement, des propriétés stylistiques qui peuvent faire l'objet d'une appréciation esthétique positive ou négative. J'ai déjà rappelé que Stendhal admirait le Code civil pour son exemplaire

disposition et élocution, comme le manifestent les formes verbales liées à des choix narratifs, ou, plus mécaniquement, les mots imposés par la rime.

1. *Ways of Worldmaking, op. cit.,* p. 35-36.

sobriété (pour la sobriété qu'il exemplifie), au point d'en lire chaque matin quelques pages à titre de modèle lorsqu'il écrivait *La Chartreuse de Parme*. Ce n'est peut-être pas là faire du Code une « œuvre littéraire » – concept dont la définition, me semble-t-il, fait appel à une intention artistique ici douteuse[1] –, mais c'est au moins en faire un objet (verbal) esthétique. Une phrase comme « Tout condamné à mort aura la tête tranchée[2] » peut être élue comme parangon de style concis, ou censurée, comme faisait Malherbe de certains vers de Desportes, pour la cacophonie *mort aura*. Dans les deux cas, et indépendamment de toute appréciation morale, elle est considérée d'un point de vue stylistique qui la range dans l'« ensemble significatif » *phrases concises*, ou *phrases cacophoniques*. Dans les deux cas, bien sûr, un prédicat stylistique, et donc esthétique, est appliqué à un texte qui n'est pas, *stricto sensu*, une œuvre littéraire, et ce jugement lui confère au moins une littérarité, positive ou négative, que son auteur n'avait probablement pas cherchée, ni même prévue[3].

Cette possibilité de littérarisation *a posteriori* pose au moins un problème pratique, ou méthodologique, qu'illustrent bien des controverses touchant à la « validité » des

---

1. *Douteuse* ne signifie pas « exclue » : je suppose seulement que nous ignorons cet aspect des intentions des rédacteurs. En fait, la question ne peut être tranchée : les rédacteurs cherchaient au moins à écrire le plus correctement et le plus clairement possible, et la frontière entre ce souci et le souci esthétique est éminemment poreuse.
2. Cette phrase figure, non bien sûr au Code civil, mais à l'ancien Code pénal, Livre I, ch. 1, art. 12.
3. L'idée qu'un effet de style puisse être involontaire est évidemment étrangère à une stylistique intentionaliste comme celle de Riffaterre. Elle est plus compatible avec une conception causaliste, pour qui les déterminations qui gouvernent le style peuvent être inconscientes ; cette position s'accompagne souvent d'une *valorisation* des effets involontaires – de ce que Sainte-Beuve appelait « ces hasards de plume qui n'appartiennent qu'à un seul » (*Port-Royal*, Paris, Gallimard, « Bibl. de la Pléiade », I, p. 639) et qui définissent pour lui le vrai talent (mais je soupçonne que lui-même calculait soigneusement les siens). C'est là un cas particulier du débat évoqué plus haut, p. 115.

interprétations. Ce problème est celui de la légitimité des ini-
tiatives, ou simplement des réactions du lecteur quand elles
ne sont pas garanties par l'intention auctoriale. De tels
débordements, remarquons-le, ne sont ni plus ni moins atten-
tatoires que les innombrables cas de « récupération esthétique » opérée sur des objets naturels, ou sur des artefacts
dont la fonction initiale et intentionnelle était d'un tout autre
ordre – comme lorsqu'on pose sur sa cheminée, pour sa
valeur (au moins) décorative, un galet ou une enclume. Mais
les impositions stylistiques procèdent parfois d'une mécon-
naissance, volontaire ou non, des significations originaires,
qui confine parfois à l'interprétation abusive. Lorsqu'un lecteur moderne trouve dans un texte classique la locution *heureux succès*[1] et l'interprète comme un pléonasme (maladroit
ou bienvenu), cette lecture est indéniablement infidèle aux
significations d'une époque où *succès* n'avait aucune valeur
positive, mais seulement le sens de « résultat ». Aussi les
puristes militent-ils en faveur d'une lecture rigoureusement
historique, purgée de tout investissement anachronique : il
faudrait recevoir les textes anciens comme pouvait le faire
un lecteur d'époque, aussi cultivé et aussi informé que possible des intentions de l'auteur. Une telle position me semble
excessive, d'ailleurs utopique pour mille raisons, et aussi
peu respectueuse de l'Histoire que la position inverse, puisqu'elle ne fait aucun cas (entre autres) des effets stylistiques
imprévus engendrés par l'évolution de la langue, et qui sont
aux textes anciens ce que la patine est aux monuments d'au-
trefois : une trace du temps qui participe de la vie de l'œuvre,
et qu'effacerait indûment une restauration trop énergique,
car il n'est pas conforme à la vérité historique que l'ancien
paraisse neuf. L'attitude la plus juste serait, me semble-t-il,
de faire droit à la fois à l'intention signifiante (dénotative)
d'origine et à la valeur stylistique (connotative) ajoutée par
l'Histoire : savoir qu'*heureux succès* signifie simplement

1. Voir Riffaterre, *Essais, op. cit.,* p. 51.

« succès » et reconnaître la valeur stylistique que revêt pour
nous cette redondance *a posteriori*, qui contribue à la saveur
esthétique du texte. Le mot d'ordre, à vrai dire plus facile à
énoncer qu'à suivre, serait en somme : purisme en fait de
dénotation, que régit l'intention auctoriale ; laxisme en fait
d'exemplification, que l'auteur ne peut jamais totalement
maîtriser et que régit plutôt l'attention du lecteur.

Mais l'Histoire détruit autant, sinon plus, qu'elle n'apporte, et les effets stylistiques subissent aussi l'érosion du
temps : ainsi le mot *réussite*, pour nous banal, était-il au
XVIIᵉ siècle un italianisme marqué, et plutôt indiscret. Dans
de tels cas, la perception stylistique dépendra d'un effort de
restauration qui relève de l'information historique, comme
dans le cas inverse la préservation du sens. La complexité
de ces manœuvres montre qu'en littérature comme ailleurs
la « réception » des œuvres n'est pas une affaire simple, à
confier à la routine ou au caprice, mais une gestion active
et délicate, qui exige autant de prudence que d'initiative, et
où la relation esthétique se conforte d'un maximum de
connaissance : pas de saveur sans quelque savoir.


Le style est donc le lieu par excellence des littérarités
conditionnelles, c'est-à-dire non automatiquement confé-
rées par un critère constitutif comme la fictionalité ou la
forme poétique. Mais *lieu*, justement, ne signifie pas « critère », ou « condition suffisante » : puisque tout texte a son
style, il s'ensuivrait que tout texte serait effectivement littéraire, alors que tout texte n'est que *potentiellement* littéraire. *Lieu* signifie seulement « terrain » : le style est un
aspect sur lequel peut porter un jugement esthétique, par
définition subjectif, qui détermine une littérarité toute relative (c'est-à-dire : dépendante d'une relation) et qui ne peut
revendiquer aucune universalité. La littérarité constitutive
d'un roman ou d'un poème est l'objet d'un assentiment
logiquement inévitable (puisque le roman ou le poème sont

des « genres littéraires »), sauf à déguiser en jugement de fait (« Ce roman n'est pas une œuvre littéraire ») ce qui est en réalité un jugement de valeur (par exemple : « Ce roman est vulgaire »). Celle d'une page de Michelet, de Buffon ou de Saint-Simon (si l'on ne tient pas l'Histoire, l'Histoire naturelle ou les Mémoires pour des genres constitutivement littéraires), ou celle d'une phrase du Code civil, dépend au contraire – entre autres[1] – d'une appréciation esthétique de son style.

Puisque le style accompagne partout le langage comme son versant d'exemplification, il va de soi que cette dimension ne peut être absente des littérarités constitutives elles-mêmes : pour parler naïvement, il y a « autant » de style chez Flaubert ou Baudelaire que chez Michelet ou Saint-Simon. Mais il n'y détermine pas de manière aussi exclusive le jugement de littérarité, et il y est, *de ce point de vue*, comme un argument supplémentaire et une prime de plaisir esthétique. Un roman n'a pas besoin d'être « bien écrit » pour appartenir à la littérature, bonne ou mauvaise : pour cela, qui n'est pas un grand mérite (ou plus exactement : qui n'est pas de l'ordre du mérite), il lui suffit d'être roman, c'est-à-dire fiction, comme il suffit à un poème de répondre aux critères, historiquement et culturellement variables, de la diction poétique.

Le style définit donc en quelque sorte un degré *minimal* de littérarité, non pas en ce sens que la littérarité qu'il peut déterminer serait plus faible que les autres, mais en ce qu'elle est moins confortée par d'autres critères (fictionalité, poéticité) et qu'elle dépend entièrement de l'appréciation du lecteur. En revanche, cet état minimal, si aléatoire que puisse être son investissement esthétique, est en lui-

---

1. Cette clause est de précaution : il y a peut-être d'autres occasions de littérarité conditionnelle, par exemple certains procédés narratifs dans le récit non fictionnel (voir plus haut, p. 163). Mais, si l'on prend *style* dans son sens large, il englobe évidemment tout cela, et pour cause.

même matériellement irréductible, puisqu'il consiste en
l'*être* du texte, comme inséparable mais distinct de son
*dire*. Il n'y a pas, parce qu'il ne peut pas y avoir, de discours transparent et imperceptible. Il y a sans doute des
états réceptivement opaques, comme sont pour tout un chacun les mots et les phrases d'une langue inconnue. L'état le
plus courant est cet état intermédiaire, ou plutôt *mixte*, où le
langage à la fois s'efface comme signe et se laisse percevoir comme forme. Le langage n'est ni totalement conducteur ni totalement résistant, il est toujours semi-conducteur,
ou semi-opaque, et donc toujours à la fois intelligible,
comme dénotatif, et perceptible, comme exemplificatif.
« Car l'ambiguïté du signe, disait encore Sartre, implique
qu'on puisse à la fois le traverser comme une vitre et poursuivre à travers lui la chose signifiée, ou se tourner vers
sa réalité et le considérer comme un objet[1]. » Mais ce que
Sartre réservait au langage poétique est vrai de tout discours.

Comme on l'aura sans doute compris, il ne s'agissait pas
ici de fonder, sur une nouvelle définition du style, une nouvelle pratique de l'analyse stylistique. En un sens, la pratique existante, chez les stylisticiens comme Spitzer, et
mieux encore chez les critiques lorsqu'ils s'appliquent à
son étude, me semble plus fidèle à la réalité du style que
les principes de méthode ou les déclarations théoriques
que nous a légués cette discipline. Et le seul mérite de la
définition proposée me semble être, en somme, de s'appliquer mieux qu'une autre à la manière dont Proust, par
exemple, analysait le style de Flaubert : en se demandant
non pas *où* et *quand*, dans ses romans, apparaissent des

---

1. *Situations*, II, *op. cit.*, p. 64. Cela vaut évidemment de toute
représentation, et particulièrement de la représentation artistique : voir
J.-M. Schaeffer, Préface à A. Danto, *La Transfiguration du banal*,
Paris, Éd. du Seuil, 1989, p. 17.

« faits de style », mais *quel* style se constitue de son usage
constant de la langue et quelle vision du monde, singulière
et cohérente, s'exprime et se transmet par cet emploi si particulier des temps, des pronoms, des adverbes, des préposi-
tions ou des conjonctions. Une telle « syntaxe déformante »
ne peut être affaire de « détails » isolés dont le repérage exi-
gerait la mise en œuvre d'un appareillage sophistiqué : elle
est indissociable d'un tissu linguistique qui fait l'être même
du texte. J'ai souvenir d'un échange, à certains égards
emblématique de ce débat, entre un stylisticien et un critique, lors d'une décade de Cerisy. Dans une communication sur l'état de sa discipline, Gérald Antoine avait cité la
célèbre formule d'Aby Warburg, dont on peut bien faire
la devise des stylisticiens : « Le Bon Dieu est dans les
détails. » « Je dirais plutôt, répondit Jean-Pierre Richard en
vrai structuraliste, que le Bon Dieu est *entre* les détails »[1].
Si l'on admet que le Bon Dieu représente ici le style et que,
entre les détails, il y a encore d'autres détails, et tout le
réseau de leurs relations, la conclusion s'impose : le style
est bien dans les détails, mais dans *tous* les détails, et dans
toutes leurs relations. Le « fait de style », c'est le discours
lui-même.

1. Voir G. Poulet (éd.), *Les Chemins actuels de la critique*, Paris,
Plon, 1967, p. 296 et 310.

# Post-scriptum

La distinction entre *fiction* et *diction*, que j'ai proposée plus haut, suggérait que la « littérarité » d'un texte de prose peut tenir soit à son caractère fictionnel (un texte de fiction étant *constitutivement* – autrement mais tout autant qu'un poème – qualifié comme œuvre littéraire), soit à l'appréciation positive qu'on porte, pour le redire trop simplement, sur sa forme : littérarité, dans ce cas, évidemment *conditionnelle*, et de motif subjectif – de subjectivité individuelle ou collective. Dans mon esprit, une œuvre était « de diction » lorsqu'elle n'était reçue comme œuvre (conditionnelle) *que* par diction, sans avoir d'abord satisfait au critère objectif et constitutif – poétique ou fictionnel. Je pensais par exemple, et pour le domaine français, aux textes de Montaigne, de Pascal, de Saint-Simon, de Michelet, du Rousseau des *Confessions* ou des *Rêveries*, du Chateaubriand des *Mémoires* et de *Rancé*, et il va de soi que chacun peut ajouter à – ou retrancher de – cette liste indicative tout ce qui, esthétiquement, lui plaît ou lui déplaît, puisque tel est ici, vaille que vaille, le motif de qualification. Je ne disais pas explicitement, mais je croyais penser, et laissais entendre (par exemple en admettant des cas « d'amalgame ou de mixité ») que ces deux régimes étaient pleinement compatibles et composibles, puisqu'une fiction narrative ou dramatique peut être à la fois constitutivement *reconnue*, comme œuvre de fiction (et souvent également – autre convergence de critères – comme œuvre poétique, et donc *pour* sa forme poétique : voyez l'*Iliade* ou *Œdipe roi*)

et conditionnellement *appréciée* comme œuvre de diction
– ce dernier motif étant alors superfétatoire, puisque le premier (ou la conjonction des deux premiers) suffit à qualifier
ce texte comme œuvre, « bonne » ou « mauvaise ». Mais il
m'est venu depuis quelque temps un léger doute, ou du moins
un souhait de nuance, sur la compatibilité ainsi implicitement
admise.

En effet, je ne suis pas très sûr, à bien y réfléchir, que les
œuvres, constitutivement littéraires, de fiction narrative ou
dramatique suscitent *aussi* fortement que les autres – celles
que je viens de citer, par exemple – l'appréciation esthétique
propre à leur conférer, comme par surcroît, la littérarité conditionnelle dont peuvent jouir les œuvres « de diction ». Je
viens d'écrire « aussi fortement », je devrais peut-être dire
« aussi librement ». Je ne prétends certes pas que le lecteur
d'un roman ou l'auditeur-spectateur d'une pièce de théâtre
néglige, par exemple, le style de cette œuvre parce qu'il tient
sa littérarité pour suffisamment garantie par sa fictionalité : il
se moque bien, et bien légitimement, de ces considérations
théorico-génériques. Je pense plutôt que la relation de fictionalité tend chez lui à inhiber, ou pour le moins, désactiver
quelque peu l'appréciation, et d'abord l'*attention* stylistique.
Réciproquement, il me semble que l'attention esthétique à la
forme est de nature à contrarier l'attention – également, mais
différemment esthétique – au contenu d'action, de caractères,
d'objets, etc., d'une œuvre de fiction. Pour le dire en termes
aristotéliciens, l'attention au *comment* pourrait gêner la perception du *quoi* ; et l'on sait qu'Aristote, toujours soucieux de
privilégier la *fable*, allait jusqu'à recommander au poète,
épique ou dramatique, de réserver le travail sur l'*élocution*
aux « parties sans action et qui ne comportent ni caractère ni
pensée, car, inversement, trop de brillant dans l'expression
détourne l'attention du caractère et de la pensée[1] ». On pour-

---

1. 1460 *b*, trad. Dupont-Roc et Lallot. Je ne sais trop ce que peuvent
être ces « parties » de poèmes épiques ou dramatiques dépourvues

rait évidemment en dire autant d'une « expression » assez exécrable, au jugement du lecteur ou de l'auditeur, pour capter son attention, et donc la détourner de ce que l'auteur aurait voulu exprimer. Ce n'est pas exactement la « valeur » (positive ou négative) de la forme qui risque de faire obstacle, ou écran, mais plutôt l'intensité de sa présence – ou du moins de sa perception.

Tout lecteur de Flaubert, ou au moins de *Bovary*, de *Salammbô* ou d'*Hérodias*, peut se faire quelque idée de la difficulté que je cherche à désigner ici (*L'Éducation sentimentale*, moins corsetée, me semble y échapper davantage – d'où, peut-être, la préférence de Proust), et que de bons lecteurs comme Valéry, Malraux ou Jean Prévost ont exprimée à son propos dans des termes que j'ai déjà rapportés ailleurs[1] : le premier voit ce romancier « comme enivré par l'accessoire aux dépens du principal », le second parle de ses « beaux romans paralysés », et le troisième qualifie durement son style comme « la plus singulière fontaine pétrifiante de notre littérature ». J'ai bien conscience de tirer ici la remarque de Valéry dans un sens qui n'est sans doute pas exactement celui que visait son auteur, mais il y a pourtant quelque relation, pas trop mystérieuse, entre le souci (excessif ?) du détail matériel et celui de la forme langagière, tous deux susceptibles de distraire un peu notre attention du déroulement de l'action fictionnelle – et, de nouveau, réciproquement. En disant « souci », je ne pense pas seulement (comme sans doute Valéry) à l'intention de l'auteur, mais aussi (comme Malraux et Prévost) et, dans ce contexte de réception esthé-

---

d'action, de caractère et de pensée ; les interventions du chœur tragique, peut-être, qui ne manquent certes pas de « brillant » poétique – mais je ne suis pas sûr qu'elles manquent vraiment de « pensée »…

1. « Silences de Flaubert », *Figures I*, p. 242. Je ne sais plus – si je l'ai jamais su – d'où me viennent les deux dernières citations ; la remarque de Valéry est dans *Œuvres*, Paris, Gallimard, coll. « Bibl. de la Pléiade », t. I, p. 618.

tique, *surtout* à l'attention du lecteur. L'un comme l'autre
peut être tantôt un peu trop occupé de l'action (chez
Balzac ou Dumas, par exemple) pour se soucier du style,
tantôt (chez Flaubert, donc) un peu trop occupé du style
pour se soucier de l'action, et l'on doit bien supposer une
certaine symétrie entre ces deux formes d'intentionalité,
le public étant censé percevoir et accepter l'orientation de
l'auteur telle qu'elle s'exprime, c'est-à-dire telle qu'elle
*s'imprime*[1] dans son œuvre. Mais cette supposition vraisemblable ne peut évidemment aller jusqu'à la certitude,
puisque ce que l'auteur propose, le lecteur en dispose.
Après tout, une œuvre « représentative » (au sens de Souriau) est toujours plus ou moins à la fois transparente *et*
opaque, transitive *et* intransitive, c'est-à-dire, comme le
silicium de nos transistors, *semi-conductrice*, et chacun
peut décider du point jusqu'où il se laisse conduire, en
deçà ou au-delà de ce que Jakobson appelait « l'aspect
palpable » des signes. « Car, disait Sartre [déjà cité], l'ambiguïté du signe implique qu'on puisse à son gré le traverser comme une vitre et poursuivre à travers lui la chose
signifiée, ou tourner son regard vers sa *réalité* et le considérer comme objet[2]. » Mais le « gré » du récepteur dépend
ici beaucoup de l'importance respective qu'il croit devoir
attacher à la vitre et au paysage qu'elle laisse voir.

À supposer que le sentiment que j'exprime ici soit autre
chose qu'une simple idiosyncrasie, un trait pathologique
d'incapacité à percevoir à la fois deux (ou plus) niveaux
d'un texte – comme le mythique président Ford, incapable
de lire son journal tout en mâchant son chewing-gum –,
resterait à comprendre pourquoi la (très relative) incompatibilité, ou, pour continuer de galvauder le langage de la

---

1. J'emprunte en la détournant un peu cette nuance à Bergson :
« L'art vise à imprimer en nous des sentiments plutôt qu'à les exprimer... » (*Essai sur les données immédiates de la conscience*, in
*Œuvres*, Paris, PUF, 1991, p. 14).
2. *Situations II*, p. 64.

physique, *relation d'incertitude*[1] que je crois percevoir entre l'attention thématique et l'attention rhématique s'exercerait davantage, ou plus fortement, dans les œuvres de fiction (épique, dramatique, romanesque) que dans les œuvres « de diction », qui ne sont pourtant pas, bien évidemment, de purs *flatus vocis* dépourvus de signification.

La raison de cette différence pourrait s'exposer (s'*imposer* ?) ainsi : dans l'œuvre de fiction, l'action fictionnelle fait partie, et Aristote (qui, je le rappelle, nomme *mimèsis* ce que nous nommons *fiction*) pense qu'elle fait l'essentiel[2], de l'acte créateur ; inventer une intrigue et ses acteurs est évidemment un art. Au contraire, chez un journaliste, un historien, un mémorialiste, un autobiographe, la matière (l'événement brut, les personnes, les temps, les lieux, etc.) est en principe donnée (reçue) d'avance, et ne procède pas de son activité créatrice ; on est donc plus ou moins autorisé à estimer qu'elle n'appartient pas à son *œuvre*, au sens fort (littéraire, artistique) de ce terme (son *poiein*), à quoi appartient seulement – mais ce peut être l'essentiel – la façon dont il sélectionne et met en forme cette matière : mise en « intrigue » (Veyne, Ricœur), souvent en *scène* – voyez Michelet – qui tend, si je puis dire, à la quasi-fictionaliser, et qui constitue proprement son travail d'artiste[3]. Le lecteur

---

1. Pour désigner ce type de relation où deux fonctions ne peuvent coexister au même moment, Roland Barthes employait plus volontiers le terme sartrien de « tourniquet », et l'image de « maître Jacques tantôt cuisinier tantôt cocher, mais jamais les deux ensemble » (« Ecrivains et écrivants », *Œuvres complètes*, Paris, Éd. du Seuil, 1993, t. I, p. 1279 ; nous allons d'ailleurs retrouver ce texte).

2. « Le poète doit être artisan de fables plutôt qu'artisan de vers, vu qu'il est poète à raison de l'imitation et qu'il imite les actions » (*Poétique*, 1451 *b*, trad. Hardy).

3. Il faut rappeler ici qu'Aristote, dans la phrase qui suit celle que je viens de citer, « récupère » en quelque sorte dans le champ de la poétique – par une raison assez différente, et qui me reste obscure – non pas certes l'historien, mais du moins le poète épique ou dramatique qui emprunte sa matière à l'histoire : « ... Et quand il arrive [à ce poète] de prendre pour sujet des événements qui se sont réellement passés, il n'en est pas moins poète, car rien n'empêche que certains

du type que je tente ici de justifier peut donc légitimement
diriger toute son attention *esthétique* sur ce travail (narratif,
dramatique, stylistique) de diction. Ce n'est certes pas à
dire qu'il peut légitimement négliger la matière ainsi mise
en forme, mais que le type d'attention qu'il lui porte aussi
n'est pas autant d'ordre artistique que celui qu'il porte à
la mise en forme elle-même, tandis que le lecteur d'un
roman, par exemple, peut et doit accorder à son action, à
ses personnages, etc., une attention d'ordre proprement
artistique. Pour continuer de parler beaucoup trop *more
geometrico*, il résulte que, devant une œuvre de fiction, l'attention artistique du lecteur ou de l'auditeur se partage
nécessairement plus (entre fiction et diction) que devant
une œuvre qui n'est pas (ou qui est moins) de fiction. Ce
principe s'applique évidemment aussi bien (ou aussi mal)
à une œuvre dont la « matière » est de l'ordre, non de
la mimésis d'actions, mais de l'expression de pensées ou
de sentiments : chez un moraliste, un essayiste, un philosophe, un orateur, le lecteur ou l'auditeur peut certes distri-
buer son attention entre la pensée et la manière de l'exprimer, mais – sauf à pécher par *esthétisme*, c'est-à-dire
apprécier esthétiquement ce qui relève d'un autre type
d'appréciation – la seconde sorte d'attention me semble
mériter davantage que la première le qualificatif d'artistique – et, plus précisément, de littéraire. Sans adhérer plus
que Voltaire à sa pensée, j'admire chez Pascal la « main »
que Valéry y voyait « trop » – signe en tout cas qu'il ne
manquait pas de la voir.

On perçoit donc, j'espère, que mon « léger doute » sur la
compatibilité des deux critères de littérarité (par fiction ou
par diction) tient à une réserve toute partielle et toute rela-

---

événements arrivés ne soient de leur nature vraisemblables et possibles, et par là l'auteur qui les a choisis en est le poète. » C'est dire,
peut-être, que la présence du possible et du vraisemblable transforme
le réel en objet de fiction.

tive. Bien entendu, un texte peut relever des deux à la fois : d'abord, parce que, comme chacun sait, un grand nombre d'œuvres appartiennent en fait à un genre mixte ou intermédiaire, mêlé de réel et de fiction, tel que le roman historique, le roman autobiographique, l'Histoire, la biographie ou l'autobiographie romancées, voire ce que l'on entendait par *autofiction* à l'époque déjà lointaine où par ce mot l'on entendait quelque chose ; ensuite, et de manière plus pertinente à mon propos, parce que la perception d'une littérarité-par-fiction n'évince pas le sentiment de littérarité-par-diction, et réciproquement. Simplement, elle le trouble en s'y mêlant. Je peux certes (encore) mâcher mon chewing-gum en lisant mon journal, mais ce n'est pas la même chose que mâcher mon chewing-gum *sans* lire mon journal, ou lire mon journal sans mâcher mon chewing-gum ; je peux apprécier à la fois (par exemple, chez Stendhal) un style et une intrigue fictionnelle, mais ce n'est pas la même chose qu'apprécier un style délivré de toute intrigue – ni que de négliger (« traverser ») ce style, et ne lire, comme on dit[1], que « pour l'intrigue ». Et si je ne mentionne pas le prétendu cas symétrique d'une œuvre à intrigue *dépourvue de tout style*, c'est simplement – je persiste et signe – parce qu'un tel fantôme ne saurait exister.

Je voudrais passer maintenant de cet objet très général (la littérarité-par-diction) à un cas plus spécifique : celui de la critique, et, plus spécifiquement encore, de la critique qu'on dit, d'un adjectif ô combien ambigu, « littéraire ». Son statut artistique, je le sais, est fort controversé, voire contesté, et souvent par les « intéressés » eux-mêmes. Ainsi, notre plus grand critique vivant déclare à peu près[2] que le critique ne peut pas être un véritable écrivain, en raison de ce fait (incontestable) que son écriture, portant sur une autre

1. Peter Brooks, *Reading for the Plot*, New York, Knopf, 1984.
2. « Du jour au lendemain », France Culture, 22 novembre 2002.

écriture, est toujours « au second degré ». C'était dit en
réponse à une remarque élogieuse sur la sienne, et je
suppose qu'il faut ici faire la part du devoir de modestie.
Mais si l'on répartit, comme je fais, la littérature de prose
entre une qualification constitutive par fiction et une autre,
conditionnelle, par diction, le discours critique me semble
relever pleinement de la seconde, tout comme le discours
historique, autobiographique, ou – au sens large, qui englobe
évidemment la poétique au moins depuis Platon et Aristote –
philosophique. Même si je reconnais que le statut (méta-
textuel) du commentaire critique n'est pas celui de l'hyper-
texte fictionnel *(Andromaque, Joseph et ses frères,*
*Vendredi ou les Limbes du Pacifique…)*, l'argument du
« second degré » ne me semble pas décisif pour l'exclure
du champ des œuvres littéraires : tout discours porte sur un
objet, que cet objet soit concret (choses, actions, personnages, paysages…), abstrait (les Idées, l'humaine condition, la grâce divine…), ou lui-même un texte singulier,
c'est-à-dire (comme dit Proust à propos d'autre chose) un
objet « idéal sans être abstrait », *puisque singulier*. Parler
d'une œuvre, qu'elle soit allographique (idéale : littérature,
musique) ou autographique (matérielle : peinture, sculpture,
photographie, cinéma), c'est parler de quelque chose, ni
plus ni moins que parler de tout autre objet du monde,
matériel ou idéal. La dimension esthétique – et donc *artis-*
*tique*, puisqu'il s'agit d'un artefact humain – qu'on accorde
plus ou moins volontiers à un texte comme les *Essais* ou les
*Pensées*, je ne vois aucune raison de la refuser à un autre
texte, comme *L'Art romantique, Le Livre à venir* ou *Litté-*
*rature et Sensation*, du seul fait que son objet est lui-même
un texte ou un ensemble de textes. Un texte, oral ou écrit,
peut être l'objet d'un autre texte, et cet autre texte peut être
à son tour *reçu* comme une œuvre, selon le motif, en l'occurrence subjectif, qui préside à toutes les littérarités conditionnelles. Dans le champ du langage, tout ce qui n'est pas
fiction est diction, y compris le Code civil, comme le savait

très bien l'auteur du *Rouge et le Noir* – et des *Promenades dans Rome*.

La (trop) fameuse distinction entre « écrivains » et simples « écrivants », c'est-à-dire entre une *écriture* tout intransitive ou autotélique (« tautologique ») et une simple *écrivance*, toute transitive et fonctionnelle, cette distinction qui hante toujours notre *doxa* littéraire me semble illustrer et entretenir une valorisation quelque peu fétichiste de la Littérature dont il ne serait pas trop malvenu de se défaire. Cette distinction, on le sait, nous vient d'un texte publié par Roland Barthes en 1960[1], auquel allaient faire écho au moins deux autres du même auteur[2] ; mais la relecture de ces textes montre la position de Barthes un peu plus complexe que l'usage qui en est fait aujourd'hui, au moins par deux nuances. La première est justement un refus déclaré de la « sacralisation » de l'écriture, ou plus précisément du « travail de l'écrivain », sacralisation dont Barthes rejette le tort sur « la société, qui consomme l'écrivain, transforme le projet en vocation, le travail du langage en don d'écrire, et la technique en art » pour faire de la parole de l'écrivain une « marchandise » ; ce procès fait à « la société » est certes expéditif et inspiré d'un marxisme plutôt rustique (car l'écrivance idéologique est aujourd'hui tout aussi marchandisée – sinon plus – que l'écriture « littéraire »), mais du moins montre-t-il un Barthes soucieux de tenir égale (également sévère) la balance axiologique entre écrivance et écriture : l'écrivant, absorbé dans son *naïf* « projet de communication », se voit destitué de toute dimension esthétique, mais l'écrivain, plongé dans le souci, chez lui « ontologique », du *bien écrire*, se voit moralement dévalorisé par

1. « Écrivains et écrivants », *Arguments*, 1960 ; repris en 1964 dans *Essais critiques* ; *Œuvres complètes*, Paris, Éd. du Seuil, 1993, t. I, p. 1277-1282.
2. « Écrire, verbe intransitif ? » (1966), *ibid.*, t. II, p. 973-980 ; et une page de « Où/ou va la littérature ? », entretien avec Maurice Nadeau (1974), *ibid.*, t. III, p. 66.

le statut tout commercial de sa production, dont la fonction consiste, malgré lui, à « *transformer la pensée* (ou la conscience, ou le cri) *en marchandise* ». La seconde nuance consiste à reconnaître que leur opposition est « rarement pure », et que « chacun aujourd'hui se meut plus ou moins ouvertement entre les deux postulations, celle de l'écrivain et celle de l'écrivant [...]. Nous voulons *écrire quelque chose*, et en même temps, nous *écrivons* tout court. Bref, notre société accoucherait d'un type bâtard : l'écrivain-écrivant. » Le critique, *entre autres*, illustrerait assez bien selon moi ce type « bâtard », que l'on peut qualifier un peu plus aimablement – mais très provisoirement – d'*hybride*.

Je vais revenir à la distinction barthésienne et aux blocages qu'elle continue de provoquer malgré ses nuances aujourd'hui oubliées, après un détour qui me semble utile pour spécifier, parmi ces hypothétiques genres hybrides, le statut littéraire de la critique. Ce statut particulier me semble toujours – comme je le hasardais jadis en transposant une célèbre analyse[1] par Lévi-Strauss de la « pensée mythique » – assez bien défini par la notion, nullement dépréciative (bien au contraire) pour cet auteur, de *bricolage*. Opposé à l'ingénieur[2], qui conçoit, mesure et calcule, le bricoleur est une manière d'artisan amateur, qui fait flèche de tout bois et bois de toute flèche, ramassés au hasard de ses promenades et mis de côté à toutes fins utiles et imprévisibles : « Ça peut toujours servir. » Il n'est que de songer à certains collages, assemblages, compressions

---

1. Qu'on trouve au premier chapitre de *La Pensée sauvage*, Paris, Plon, 1962 ; ma transposition, hasardeuse mais, par chance, à peu près pertinente, est dans *Figures I*, Paris, Éd. du Seuil, 1966, p. 145-149.

2. Opposition à vrai dire toute graduelle, au moins en ceci que le bricoleur, qui travaille souvent sans dessin, ne le fait jamais sans dessein ; il y a donc dans le bricolage toujours un peu d'ingénierie. Mais il présente un autre trait distinctif, que Lévi-Strauss ne mentionne pas : c'est que le bricoleur n'œuvre généralement que pour lui-même (Crusoé), ou pour sa famille (Robinson suisse). Je ne propose pas d'étendre à l'activité critique ce trait d'autarcie.

ou accumulations de Picasso, de Rauschenberg, de César ou d'Arman pour percevoir la dimension artistique de ce type d'activité : comme le dit bien la locution familière, « accommoder les restes » est tout un art. Le propre du bricolage, disait l'auteur de *La Pensée sauvage*, « est d'élaborer des ensembles structurés, non pas directement avec d'autres ensembles structurés, mais en utilisant des résidus et des débris d'événements ».

Il me semble décidément difficile de ne pas reconnaître ici la manière dont le discours critique réagence et réorganise (restructure) les « débris » qu'il extrait, par voie de citations ou de références allusives, à l'œuvre dont il s'occupe et dont, au sens fort, il *dispose*. Dans cette élaboration seconde et « décalée », qui fait aussi penser à ce que Freud appelle le « travail du rêve », Lévi-Strauss trouve à juste titre une forme de poésie, qui lui vient de ce que le bricolage « ne se borne pas à accomplir ou exécuter ; il "parle", non seulement avec les choses [...] mais aussi au moyen des choses : racontant, par les choix qu'il opère entre des possibles limités, le caractère et la vie de son auteur. Sans jamais remplir son projet, le bricoleur y met toujours quelque chose de soi ». Dans la manière dont il « fait parler » les œuvres, c'est-à-dire dont il leur fait dire *autre chose* que ce qu'elles voulaient dire, faisant sens de tout signe et signe de tout sens (« les signifiés se changent en signifiants, et inversement »), le critique met toujours, lui aussi, et même si tel n'était pas son « projet » conscient, « quelque chose de soi ». Son discours second sur le discours d'autrui est aussi un discours indirect sur lui-même ; et si l'on admet, avec Renan (je crois), que « ce qu'on dit de soi est toujours poésie », le critique est lui aussi « poète », et donc à sa manière un artiste – ce qui ne signifie pas nécessairement un « génie » élu des dieux : l'art est une activité humaine parmi d'autres, et il n'y a pas toujours lieu de tirer une montagne de cette souris. Pour son utilité publique, Malherbe égalait la poésie au jeu de quilles, ce qui d'ailleurs n'est pas rien, et La Bruyère, qui voyait « plus que de l'esprit » dans le métier d'auteur, ne l'en comparait pas moins à celui d'un artisan de pendules, ce qui n'est pas rien non plus : telle pendule peut être tenue pour un « chef-d'œuvre », si ce mot a un sens, selon des critères parfois plus objectifs que ceux de nos assomptions esthétiques. Être ou n'être pas une œuvre littéraire ne procède d'aucune grâce ou disgrâce d'aucune sorte, mais simplement de l'inscription, volontaire ou involontaire, dans un mode, constitutif ou conditionnel, de littérarité. Dans le premier cas, relativement confortable (je veux dire plus *assuré*), le talent n'est pas vraiment requis, puisqu'un mauvais poème, un mauvais roman, un mauvais drame n'en sont pas moins poème, roman ou drame – ce qui ne suppose ni n'entraîne aucun jugement de valeur. Dans le second, le talent n'est pas davantage requis, il est simplement *éprouvé* (à tort ou à raison), et du même coup *conféré*, par la seule instance qualifiante qui en ait la légitimité, savoir, certainement pas le désir ou la conscience de l'auteur, mais bien la libre appréciation du public, individuel ou collectif.

C'est ici le point où je me séparerais le plus nettement de la distinction barthésienne : pour son inventeur, « est écrivain, celui qui veut l'être […] l'écrivain est un homme qui absorbe radicalement le *pourquoi* du monde en *comment écrire* […] pour l'écrivain, *écrire* est un verbe intransitif ». Je citais là de nouveau le texte de 1960 ; celui de 1966 témoigne d'une certaine gêne à l'égard de cette notion d'intransitivité (« S'agit-il vraiment d'intransitivité ? Aucun écrivain, à quelque temps qu'il appartienne, ne peut ignorer qu'il écrit toujours quelque chose… »), et tente, sans grand succès (peut-être sans grande conviction), de lui substituer une autre notion grammaticale, qu'illustrait le grec ancien, celle de « voix moyenne » : « dans l'*écrire* moyen, la distance du scripteur et du langage diminue asymptotiquement. » Celui de 1974 revient à l'opposition entre écrivance transitive et écriture intransitive, et y ajoute un motif qui relève typiquement de la subjectivité de l'auteur : « Écrire est un verbe intransitif, tout au moins dans notre usage singulier, parce qu'écrire est une perversion. La perversion est intransitive ; la figure la plus simple et la plus élémentaire de la perversion, c'est de faire l'amour sans procréer : l'écriture est intransitive dans ce sens-là, elle ne procrée pas. Elle ne délivre pas de produits. L'écriture est effectivement une perversion, parce qu'en réalité elle se détermine du côté de la jouissance. » On voit que le thème polémique du produit littéraire comme marchandise consommée par la société se trouve maintenant évincé par la grâce de la jouissance perverse (celle de l'écrivain), mais à travers ces divers repentirs et variations, un motif reste stable : c'est bien l'écrivain qui se constitue, et pour ainsi dire se sacre lui-même, comme Napoléon à Notre-Dame, par sa seule *intention* subjective ; il *veut* l'être, il ne l'est qu'en vertu de ce vouloir et en vue de sa propre *jouissance*, et ce choix suffit à lui conférer son statut littéraire. Le « plaisir du texte » est tout entier du côté de l'auteur, et le rôle du lecteur dans l'accès à la littérarité semble ne compter ici pour rien.

Si je me suis un peu attardé sur ces propos (auxquels la pensée de Barthes sur ce sujet ne se réduit d'ailleurs pas tout à fait[1]), c'est parce que le mien s'y trouve assez bien

---

1. Il a produit au moins deux textes sur la question de la lecture, qui reste d'ailleurs pour lui sans réponse : dans le premier (« Pour une théorie de la lecture », 1972, *Œuvres complètes, op. cit.*, t. II, p. 1455-1456), il observe qu'« en fait il n'y a jamais eu de théorie de la lecture », et émet simplement le vœu que cette théorie advienne, sans apparemment vouloir s'y atteler ; dans le second (« Sur la lecture », 1975, *ibid.*, t. III, p. 577-584), il confesse encore : « Je suis, à l'égard de la lecture, dans un grand désarroi doctrinal : de doctrine sur la lecture, je n'en ai pas […]. Ce désarroi va parfois jusqu'au doute : je ne sais même pas s'il faut avoir une *doctrine* sur la lecture… » Quant au rôle fondateur de l'intention auctoriale, il est quelque peu mis à mal dans le texte célèbre (au moins pour son titre), « La mort de l'auteur » (1968, *ibid.*, t. II, p. 491-495), qui se clôt sur une page tout à la gloire de l'activité (herméneutique) du lecteur : « Il y a un lieu où cette mul-

défini comme *a contrario* : pour moi, la littérarité d'un
texte non-fictionnel ou non-poétique – par exemple, d'un
texte critique – ne dépend pas essentiellement de l'intention
de son auteur, mais bien de l'attention de son lecteur. Ce
qui rend l'écriture « transitive » ou « intransitive » n'est rien
d'autre que la manière dont la traverse ou s'y arrête le
regard d'un lecteur. Ne vous demandez donc pas si vous
« êtes » ou « n'êtes pas » écrivain : à cette question hamlé-
tienne, qui pour le coup n'a rien d'« ontologique », c'est un
autre qui répondra, sans vous consulter, et souvent à votre
insu. Et, tout compte fait, je retire mon trop prudent « à tort
ou à raison », car un sentiment ne saurait se tromper.

---

tiplicité [d'écritures, constitutive d'un texte] se rassemble, et ce lieu,
ce n'est pas l'auteur, comme on l'a dit jusqu'à présent, c'est le lecteur
[…]. Pour rendre à l'écriture son avenir, il faut en renverser le mythe :
la naissance du lecteur doit se payer de la mort de l'Auteur. » C'était
peut-être ce qu'on appelle chez moi sauter par-dessus le cheval.

# Table

RÉALISATION : PAO ÉDITIONS DU SEUIL
IMPRESSION : NORMANDIE ROTO IMPRESSION S.A.S. À LONRAI
DÉPÔT LÉGAL : JANVIER 2004. N° 63180 (03-2977)
IMPRIMÉ EN FRANCE